Caruso lebt – Ina Helle ermittelt II

AF206509

B.D. Thion wurde in der Eifel geboren. In Köln studierte sie Germanistik und Geographie. Sie arbeitete lange als Lehrerin. Mit ihrer Familie bereiste sie viele Länder und sammelte dabei vielfältige Eindrücke. Schreiben war schon seit der Kindheit ihre große Leidenschaft, besonders Krimis faszinieren sie. Heute lebt sie in Köln und Südfrankreich.

Mehr Informationen: krimiville.wordpress.com

Caruso lebt

Ina Helle ermittelt II

B.D. Thion

Krimininalroman

Bibliografische Information der Deutschen Nationalbibliothek:

Die Deutsche Nationalbibliothek verzeichnet diese Publikation in der Deutschen Nationalbibliografie; detaillierte bibliografische Daten sind im Internet über http://dnb.dnb.de abrufbar.

Alle Figuren und Handlungen dieses Romans sind frei erfunden. Jede Ähnlichkeit mit realen Ereignissen und Personen wäre Zufall.

Herstellung und Verlag: BoD- Books on Demand, Norderstedt

Covergestaltung: Mika V. Mio

ISBN: 978-3-744815062

Inhalt

Personen der Handlung

Ina Helle, Kommissarin

Das Silberpaar Linda und Robert Martens

Lindas Schwester Irene Baumann mit Ehemann Thomas und den Kindern Lucille und Mark

Lindas Tochter Laura

Lindas Schwester Sabrina Eisenberg

Lindas Vater Paul Eisenberg und Tante Elisa Reale

Roberts Bruder Richard

Roberts Bruder Erik

Der Zauberer Giovanni Caruso

Inas Familie:

Bruder Jens mit Ehefrau Mine

Tessa, die Tochter von Jens

Inas Eltern in Letterbach

Die Kommissare Hans Hundertmacher und André Sarkozy

1.Kapitel

Am Samstagmorgen machte sich Ina zur Insel auf. Zwei Stunden Fahrt zum Fluss, dann die Fähre. Im Hotel dort sollte die Silberhochzeit stattfinden. Heiß und drückend war dieser Tag Ende August. Es lag etwas in der Luft. Bestimmt würde es noch ein Gewitter geben. Die Klimaanlage in ihrem alten Wagen funktionierte nicht. Inas Laune war miserabel. Denn sie kannte das Ehepaar Linda und Robert Martens. Ihr Bruder hatte sie geschickt.

Auch in anderer Hinsicht fühlte sich Ina in einem Zwiespalt von Gefühlen. Keine Nachricht aus Spanien. Pablo meldete sich einfach nicht. *Will er von mir nichts mehr wissen? Habe ich ihm zu wenige Gefühle gezeigt? Eine Fernbeziehung ist doch nicht das Wahre.*

Viel mehr störte sie, was sie bei ihrem Noch-Ehemann Benno gesehen hatte. *Bloß nicht daran denken.*

Ina schaute auf die Uhr. Ab zwei konnte man im Hotel einchecken und das Zimmer beziehen. Um vier sollten sich alle Eingeladenen zum Nachmittagskaffee treffen.

Ina parkte auf dem Platz neben der Anlegestelle. Nur mit Mühe erreichte sie die kleine Personenfähre, die gerade ablegen wollte. Sie konnte soeben noch auf das Boot springen. Mit ihrem Köfferchen war das nicht so leicht. Fast wäre sie samt Gepäck ins Wasser gefallen. Keuchend kam sie an Bord. An Deck saßen zwei elegant aussehende Frauen. Ina schätzte die beiden auf Anfang bis Mitte vierzig, also mindestens zehn Jahre älter als sie selbst. Die Jüngere könnte Sabrina sein, die jüngste Schwester der Silberbraut

Linda. Dunkle, lockige Haare, ein milchkaffeebrauner Teint. Darüber hatte sich Inas Familie früher schon gewundert. Wie konnte Sabrina mit den hellblonden Schwestern Linda und Irene verwandt sein? Zumal auch die Eltern blond waren. Sie wirkte wie ein adoptiertes Kind der Familie Eisenberg. Die Ältere mit kinnlangem glattem Haar hatte ein helles Leinenkostüm an. Trotz der Hitze wirkten beide frisch und entspannt. Im Gegensatz zu Ina, die sich abgehetzt fühlte und schwitzte.

Sie strich sich das klebrige Haar aus der Stirn und versuchte sich mit der Hand Kühlung zuzuwedeln. Derangiert kam sie sich vor und fürchtete, einen schrecklichen Eindruck zu machen.

„Einen schönen guten Tag", sagte sie zu den beiden Damen. Die erwiderten den Gruß und sahen sie neugierig an. „Wer sind Sie? Sind Sie auch eingeladen?", fragte die, die sie für Sabrina hielt.

„Ja. Ich bin Ina, ich stamme aus Letterbach, meine Eltern wohnen noch dort", stellte sie sich vor.

„Ach ja, hallo Ina, ich habe früher mit Ihrem Bruder Jens gespielt, wenn wir in unserem Ferienhaus waren. Er ist ungefähr so alt wie ich. Sie waren damals noch ein Baby. Wo ist er?" Sie sah sich theatralisch um. „Warum ist er nicht gekommen?"

„Er hat keine Zeit", antwortete Ina.

„Keine Zeit! Wie lächerlich. Ich glaube eher, dass er Angst hat, mich zu treffen." Sabrina lachte. „Ich hätte ihn gerne wiedergesehen", fügte sie weniger sarkastisch hinzu. Diese Begegnung hatte Inas Bruder sicher vermeiden wollen, daher hatte er seine Schwester geschickt. Jetzt verstand Ina ihn. Denn Jens war damals

„fürchterlich" in Sabrina verliebt gewesen. Jedenfalls nannte die Familie es so. Nach seinem Selbstmordversuch. Mutter hatte er die Tabletten gestohlen und Ina hatte ihn gerade noch gefunden. Obwohl sie erst fünf Jahre alt gewesen war, erinnerte sie sich genau an die Situation. Jens hatte seine Musikanlage laut aufgedreht. Wenn er das vorher gemacht hatte, tanzte er ungestüm durch sein Zimmer. Seine kleine Schwester machte das immer gerne mit. Doch als sie diesmal in sein Zimmer kam, lag er bewegungslos auf dem Bett. Sie rüttelte an ihm, aber er ließ sich nicht wecken. Erschrocken war sie weggelaufen und hatte Hilfe geholt. Seit damals waren alle aus der Familie Weiß nicht gut auf die Eisenbergs und vor allem auf Sabrina zu sprechen. Ihr Name durfte nicht mehr erwähnt werden. Und was hatte Sabrina in der Zwischenzeit gemacht? Wen hatte sie noch ins Unglück gestürzt? Bei wem war der Selbstmordversuch geglückt? Einen Ehemann schien sie nicht zu haben. Würde er nicht mit ihr anreisen? Fragen über Fragen.

Beruhigend legte die andere Frau ihre Hand auf Sabrinas Arm. „Sabrina, lass das. Wir wollen doch ein schönes Fest haben. Ich bin übrigens Cathrina, die Schwägerin von Linda Martens." Sie streckte Ina die Hand hin, Ina nahm sie gerne. Darauf hätte sie auch kommen können. Cathrina war die Frau des jüngsten Bruders von Robert Martens. Wie hieß er noch? Karsten, Frederik, nein, Erik. Wieder ihr gute Personengedächtnis, auf das sie so stolz war. Es war damals etwas mit ihm passiert, kurze Zeit, nachdem er und Cathrina geheiratet hatten. In Letterbach. Er war verschwunden damals. Was war geschehen? Es gab viele Gerüchte. Erik sei bei einem Unfall gestorben. Jemand habe ihn entführt. Er lebe noch in der Höhle im Eiterbachtal. Oder er sei dort eingeschlossen worden und gestorben. Nur seine Knochen seien noch von ihm übrig. Ina schwirrte der Kopf. Es blieb ein Geheimnis, ein Familiengeheimnis. Vielleicht würde Ina etwas darüber erfahren können. Sie war äußerst neugierig. Die beste Voraussetzung für ihren Beruf als Kriminalkommissarin, sagte sie sich. *Aber halte dich zurück. Den Fall sollst du nicht lösen. Oder?* Sie versuchte, sich selbst zu zügeln. Aber ihr Jagdinstinkt war erwacht.

Mittlerweile waren sie auf der Insel angekommen. Ina bewunderte das mächtige Gemäuer, das ihr fast wie eine Burg vorkam. Ursprünglich war es ein Nonnenkloster, danach ein Internat, jetzt ein Fünfsternehotel. Anerkennend musterte sie das mediterran anmutende Ambiente: Palmen in hohen Kübeln, blühender Lavendel. Dazu kam das sonnige Wetter, das die Illusion perfekt machte. Es gefiel ihr. Hier könnte sie es für ein Wochenende aushalten. Aber auch länger.

Sie stiegen aus. Es waren nur wenige Meter bis zur Rezeption. Hier musste sie ihre Einladung vorzeigen. Für ihre nur wenige Jahre jüngere Nichte Tessa, die Tochter ihres Bruders Jens, ließ Ina das Ticket hinterlegen.

„Hoffentlich schafft sie es bis einundzwanzig Uhr. Danach fährt keine Fähre mehr", sagte die junge Dame am Empfang.

„Das wird sie schaffen", hoffte Ina.

Im Foyer wurden sie von den Gastgebern Robert und Linda Martens empfangen. Linda, eine elegante Blondine um die fünfzig, kam auf die drei Frauen zu und begrüßte sie: „Schön, dass ihr gekommen seid." Ihrer Schwester Sabrina und ihrer Schwägerin Cathrina fiel sie um den Hals. „Herzlich willkommen", sagte Linda zu Ina und reichte ihr die Hand.

Robert wollte seine beiden Schwägerinnen ebenfalls umarmen, doch sie entzogen sich. Sabrina verzog geringschätzig den Mund, Cathrina drehte ihm demonstrativ und wortlos den Rücken zu. Ina wunderte sich, denn Robert war ein attraktiver Mann, Anfang fünfzig, braune Haare.

Er ließ sich nichts anmerken, stattdessen wandte er sich umso freundlicher an Ina. „Und wer ist diese ausnehmend schöne, junge Dame?"

Ihr war es peinlich, wie er vor seiner Frau mit ihr sprach. Daher drehte sie sich zu Linda um und antwortete: „Ich bin Ina Helle, das jüngste Kind der Familie Weiß aus Letterbach."

„Ach, Sie sind die Kommissarin. Dann haben Sie viel Interessantes zu erzählen. Vielleicht haben wir heute Abend noch Gelegenheit, mehr miteinander zu reden. Wir finden sicher noch ein bisschen Zeit", hoffte er. Ina wunderte sich, wieso er wusste, dass sie bei der Polizei war.

Linda sah ihn strafend an. „Das glaube ich nicht. Wir haben ein straffes Programm heute Abend, mein Lieber."

„Ja, ja, ich weiß, die Zaubershow mit dem berühmten Magier. Aber es wird doch eine Atempause bleiben."

„Der Zauberer, mein Lieber, das Essen, die Reden, das Tanzen. Der ganze Abend wird ausgefüllt sein. Du wirst es schon merken", wies ihn seine Frau zurecht. „Ja, Frau Feldwebel!" Damit stellte er sich stramm hin, salutierte und zwinkerte Ina zu.

Linda sah ihn mitleidig an. „Jetzt stell dich nicht so an. Und lass doch unsere Gäste in Ruhe. Die müssen sich noch ausruhen. Miriam, zeigen Sie ihnen ihre Zimmer", wandte sich Linda an die junge Dame an der Rezeption.

„Das kann ich doch machen", bot sich ihr Mann an.

„Nein, du bleibst, mein Lieber. Wir müssen die Gäste empfangen. Dein Platz ist hier."

Miriam führte Ina, Cathrina und Sabrina zu ihren Zimmern. Die beiden stupsten sich an und Cathrina sagte:

„Ich weiß, warum ich ihn nicht mag. Er hat sich überhaupt nicht geändert."

Auch Ina wunderte sich über den Ehemann Robert Martens, der heute seine Silberhochzeit feiern wollte. Mit ihrem klimatisierten Doppelzimmer im ersten Stock war sie zufrieden. Es war geräumig mit zwei breiten Betten und einem großen, antik wirkenden Schreibtisch, die Tagesdecke und die Vorhänge aus einem blauen rustikalen Stoff, kariert und mit kleinen Blümchen.

„Hübsch", entfuhr es ihr. Und es war so wunderbar temperiert. Ina atmete auf.

Auch das dazu gehörige Bad hatte eine ordentliche Größe. Ina nahm sofort eine Dusche und fühlte sich endlich wieder frisch.

Dann sah sie sich weiter um. Der Blick aus dem Zimmer ging auf den Innenhof hinaus. Überall standen weißgedeckte Tische. Hier fand das Kaffeetrinken statt. Einige Leute hielten sich bereits dort auf und bedienten sich an dem Kuchenbuffet und den reichlichen Getränken. Alle Personen waren Erwachsene, nur ein Junge von etwa zehn, elf Jahren war zu sehen.

Ina legte sich auf das Bett und war kurze Zeit später eingeschlafen. Doch bald klopfte es und ihre Nichte Tessa stand vor der Tür. Vor Freude fielen sich beide Frauen um den Hals. Sie mochten sich wie Freundinnen, wie Schwestern. „Jetzt kann die Party losgehen." Sie waren entschlossen, den Abend zu genießen.

Nachdem sich auch Tessa erfrischt und eine weiße Bluse und einen schwingenden Rock angezogen hatte, gingen sie in den Innenhof.

Sofort kam der Junge zu Ina gelaufen, den sie schon vom Fenster aus gesehen hatte. „Hallo, ich habe gehört, dass du von der Polizei bist", begrüßte er sie.

Sie sah sich den Jungen näher an: dicke Brille, dunkelblonde Haare, der Typ „altklug", schätzte sie ihn ein.

„Ja, stimmt. Ich bin Ina. Und wer bist du?", fragte sie.

„Ich heiße Mark. Hier wird noch etwas passieren." Seine Miene sah wichtigtuerisch aus.

„Wie meinst du das? Passieren? Was denn?" Ina lächelte ihn an. Unwillkürlich sah sie zum Himmel hoch. Die Sonne war noch zu sehen, doch es hatte sich schon zugezogen. Das Gewitter kam immer näher.

„Ein Mord", erwiderte der Junge geheimnisvoll.

Ina erschrak. „Ein Mord? Dann hast du bestimmt Indizien dafür gefunden, die darauf hindeuten", ging sie auf Mark ein.

„Ja, das habe ich. Indiz Nummer eins: Ich habe soeben auf dem Sessel im Foyer dieses Buch gefunden. Als wir vorhin ankamen, war es noch nicht da. Ich habe alle Leute gefragt. Doch es gehört keinem. Auch den Angestellten nicht. Dann habe ich angefangen zu lesen. Es ist so ähnlich wie hier. Wir sind auf einer Insel, keiner kann mehr weg."

Ina schaute sich das Buch an. Es war eine alte Ausgabe des Kriminalromans „Zehn kleine Negerlein" von Agatha Christie.

„Ich kenne das Buch. Vor ein paar Jahren habe ich es auch gelesen. Du hast Recht. Auf einer einsamen Insel sind Leute eingeladen. Das ist die einzige Gemeinsamkeit mit dem Krimi. Die werden fast alle nacheinander ermordet. Aber ich denke nicht, dass das die richtige Lektüre für dich ist."

„Ach, ich lese alles, was mir in die Finger kommt. Ich habe auch schon Dostojewski gelesen und Nietzsche." Mark schaute sie stolz an.

Ina schüttelte den Kopf. „Verstehst du denn alles? Und was ist das zweite Indiz?"

„Du bist das."

„Wieso ich?" Ina war überrascht.

„Du bist von der Polizei. Er will es dir zeigen", beharrte Mark auf seiner Meinung.

„Wer?"

„Der Mörder natürlich." Mark sah sie vorwurfsvoll an.

„Ich kann nicht glauben, dass hier jemand ermordet wird. Außerdem ist es reiner Zufall, dass ich hier bin.

Eigentlich hatte mein Bruder die Einladung erhalten. Und warum will der Mörder bei einem Mord die Polizei dabei haben? Das könnte doch gefährlich für ihn werden. Außerdem haben dein Onkel und deine Tante eingeladen. Glaubst du, dass einer von den beiden zum Mörder wird?", gab Ina zu bedenken.

„Du wirst schon sehen." Jetzt hatte Marks Miene einen besorgten Ausdruck angenommen.

„Wer soll ermordet werden?", fragte Ina nach.

„Das weiß ich noch nicht. Ich muss noch ein bisschen in dem Buch lesen und darüber nachdenken. Ich sag' s dir später", vertröstete Mark sie.

„Weißt du, Mark, vielleicht hast du dem Mörder sein Drehbuch weggenommen. Er hat nicht damit gerechnet, dass du ihn durchschaust. Jetzt weiß er nicht mehr weiter und es wird nichts passieren", versuchte sie, ihn in seiner Phantasie zu bremsen, und sie lächelte dabei. Mark wollte noch etwas sagen, ließ es dann aber. Stattdessen nahm er sein Buch und verzog sich in eine schattige Ecke des Gartens.

Ina sah zu Tessa, die in ein Gespräch mit Armins Bruder Richard vertieft war.

Bisher war es ein wunderschöner Tag, sehr sonnig, dachte Ina. Doch ein wenig zu warm. Aber auf jeden Fall zu schön, um solchen Hirngespinsten nachzugehen. Vielleicht musste Mark eine solche Phantasie entwickeln, um nicht an Langeweile zu sterben.

„Ich bin Irene, Lindas Schwester und Marks Mutter. Ich hoffe, mein Sohn ist Ihnen nicht auf die Nerven gegangen." Sie war von hinten an Ina herangetreten. Erschrocken dreht diese sich um.

Irene wirkte bei weitem nicht so elegant wie ihre Schwestern. Nicht so apart wie Sabrina, nicht so hellblond wie Linda. Stattdessen zogen sich graue Strähnen durch die Haare. Diese wirkten strohig und hätten dringend einen Friseurbesuch nötig. Außerdem sah sie gehetzt aus. Auch sie schien unter der Hitze zu leiden. Ina bemerkte dunkle Flecken in ihrem Gesicht, die jedoch mit einer dicken Make-up-Schicht überdeckt waren, sodass nur noch Schatten zu sehen waren. Sie hatte wohl keine gute Camouflage benutzt, überlegte Ina. Und woher stammten die Flecken? Eine Hautkrankheit? Oder? Misshandlung? Irene tat ihr leid.

„Nein, Mark ist mir nicht auf die Nerven gegangen. Wir haben uns sogar gut unterhalten", beruhigte Ina sie.

„Er ist furchtbar anstrengend, müssen Sie wissen. Manchmal denke ich, dass mir alles zu viel wird", klagte Irene.

Was war mit ihr? Sie schien völlig überfordert. Mark war doch kein kleines Kind mehr, er konnte sich ganz gut alleine beschäftigen.

„Und er hat immer so eine morbide Phantasie. Ich habe Angst, dass er an Verfolgungswahn leidet. Und das in seinem Alter. Entschuldigen Sie, ich muss mich jetzt hinlegen. Ich bin total müde, ich kann nachts nie richtig schlafen. Und mein Mann Thomas ist auch nicht gerade …"

Sie vollendete ihren Satz nicht, stattdessen zitterte sie am ganzen Körper. In Zeitlupe drehte sie sich um und wankte wie eine Schlafwandlerin davon. Vorsichtig setzte sie einen Fuß vor den anderen, die Hände hatte sie sich um Balance bemühend zur Seite gestreckt. Ina blieb nachdenklich zurück.

In diesem Moment erschien Cathrina auf der Bildfläche. Sie stand an der Terrassentür und schaute sich suchend um. Abrupt beendete Richard Martens sein Gespräch mit Tessa und eilte seiner Schwägerin entgegen. Diese schien jedoch nicht erfreut, denn sie verzog ihr Gesicht.

„Was war das?", wunderten sich Tessa und Ina.

„Ja, seltsam, gerade hat er mir noch einiges von seinem Job erzählt. Er ist Kernphysiker in Jülich. Als ich ihm sagte, dass ich Ärztin bin, dachte er wohl, er könnte mir Wissenschaftliches erzählen, nein darlegen. War höchst spannend", fügte Tessa ironisch hinzu. „Aber dass er jetzt so schnell weg ist, das ist nicht die feine Art."

„Der hat anscheinend was für seine Schwägerin übrig. Oder er fühlt sich für sie verantwortlich", deutete Ina an. Leise erzählte sie ihrer Nichte, was sie über Cathrinas verschwundenen Mann Erik wusste. Das war bisher noch nicht viel. Tessa kannte die Geschichten über die Familien Martens und Eisenberg nur ganz vage, da ihr Vater wohl alles in dem Zusammenhang gemieden hatte. Ina verschwieg ihrer Nichte, dass sie ein ungutes Gefühl hatte. Sie spürte etwas, dass sie nicht richtig einordnen konnte. Und es hatte nicht nur mit dem zu tun, was Mark ihr erzählt hatte.

„Vielleicht fühlt sich Cathrinas Schwager schuldig", überlegte Tessa. „Und du willst sicher herausbekommen, was da wirklich passiert ist?" Sie kannte Inas Neugier.

Ina lachte etwas gezwungen. „Natürlich. Halten wir Augen und Ohren offen. Übrigens eine komische Familie." Sie informierte Tessa über ihr Gespräch mit

Mark und dem Zusammentreffen mit dessen Mutter Irene.

„Dann werde ich mir die beiden besonders anschauen", beschloss Tessa.

Ina und Tessa mussten sich beim Kuchenbuffet sehr zügeln zurück, das ausgesprochen lecker aussah. Das Diner stand bevor. Sie waren gespannt auf den Abend. Es donnerte. Kritisch schauten sie zum Himmel hinauf.

Mittlerweile war der Zauberer mit seinem ganzen Tross angekommen. Viele Gerätschaften wurden von verschiedenen Personen in den großen Speisesaal getragen. Vorerst verschwand alles hinter einem großen Bühnenvorhang.

Vor allem Mark interessierte sich für dieses Geschehen. „He, Junge. Weg da! Du stehst uns im Weg. Heute Abend siehst du noch genug", versuchte einer der Männer, ihn zu verscheuchen.

Doch Mark ließ sich nicht einfach wegschicken. Er musste sich alles genau ansehen und ging daher noch ein bisschen näher. „Ich kann euch doch helfen", bot er sich an.

„Das ist nett. Aber das kannst du nicht. Das hier ist ein gefährliches Instrument. Geh lieber draußen spielen, das Wetter ist doch so schön. Noch", stellte der andere Mann klar.

„Aber ich kann euch wirklich helfen", wandte Mark ein.

„Junge, verschwinde!", befahl der erste Mann ungehalten.

Der zweite war freundlicher und schlug vor: „Du kannst uns tatsächlich helfen. Du musst dich draußen vor die Tür stellen und aufpassen, dass niemand hier hineinkommt. Was wir aufbauen, darf nämlich niemand sehen."

„Gut, dann werde ich das machen. Aber ich weiß genau, dass ihr mich loswerden wollt."

Die Männer grinsten und machten Handbewegungen zur Tür hin. Mark verstand sehr gut, dass sie ihn weghaben wollten. Als Erstes rannte er zu Ina, bei der er atemlos ankam.

„Das dritte Indiz! Das dritte Indiz!", triumphierte er. „Du rätst nie, was der Zauberer mitgebracht hat."

„Einen Zauberkasten, ein Kaninchen, das er aus dem Hut zaubert, einen Überseekoffer mit doppeltem Boden …", versuchte Ina zu raten.

„Nein, nein! Das vielleicht auch, aber ein richtiges Mordinstrument."

„Eine Pistole, ein Gewehr, eine Armbrust", riet sie weiter.

„Ach Quatsch. Das ist doch nichts Besonderes. Eine Pistole hast du doch als Polizistin auch."

„Stimmt. Aber ich habe sie nicht dabei", stellte Ina klar.

Mark sah sie vorwurfsvoll an. „Das ist ein großer Fehler. Ich sage dir, dass ein Mord passieren wird."

Inas unangenehmes Gefühl verstärkte sich, sie versuchte, es zu verdrängen. Daher fuhr sie den verrückten Jungen unfreundlich an: „Mark, reiß dich zusammen. Wir sind bei einer Silberhochzeit auf einer ruhigen, friedlichen, schönen Insel. Was soll hier schon passieren?"

Mark war beleidigt. „Ich bin mir sicher. Warum glaubst du das nicht? Es ist eine Guillotine." Ina glaubte, sich verhört zu haben. „Was? Eine Guillotine?"

„Ja, ein Fallbeil. Wie in der Französischen Revolution. Du weißt, der Robbespierre. 1789 fing das an. Die richtigen Hinrichtungen begannen erst …"

„Ja, Mark, ist gut. Du brauchst uns jetzt keine geschichtlichen Vorträge zu halten", bremste Ina ihn. „Tessa und ich haben in der Schule gut aufgepasst."

Mark jedoch ließ sich keineswegs beirren. „Denk daran, was ich dir gesagt habe. Es wird jemand ermordet und jetzt ist das Mordwerkzeug da."

„Dann versuch doch, herauszufinden, wer ermordet werden soll, warum und von wem", schlug Ina vor.

„Werde ich machen. Also bis später. Jetzt muss ich noch an der Tür zum Speisesaal aufpassen, dass niemand hineingeht", erklärte Mark und stürmte davon.

Ina und Tessa sahen sich an. „Der ist wirklich anstrengend", bemerkte Ina. „Ich kann seine Mutter verstehen, dass sie manchmal genervt ist."

„Und er macht einem Angst", fügte Tessa hinzu.

Tessa war immer noch oder schon wieder müde und legte sich für eine Stunde hin, damit sie am Abend frisch war. Dagegen packte Ina ihren Badeanzug aus und ging zum Innenpool ins Untergeschoss. Es gab auch ein Schwimmbad auf der Rückseite des Hauses. Das war für ihren Geschmack jedoch zu nahe an dem Flanier- oder Joggingpfad, der rings um das Haus und dann weiter in den Park führte. Ina hatte keine Lust, Besichtigungsobjekt für die feine Gesellschaft zu sein. Während sie allein ihre Schwimmbahnen zog, hatte sie genug Zeit, zu überlegen. Was hatte Mark erzählt? War an seinen Spekulationen etwas Wahres? Ach, Unsinn.

Aber die Guillotine schreckte sie doch. Für eine Silberhochzeit erschien das nicht angemessen. Oder sollte das eine symbolische Bedeutung haben? Was würde der Abend noch bringen?

„Hallo, Ina", erklang es vom Beckenrand. Es war Mark mit Badehose. Ina seufzte. Konnte er sie nicht mal hier in Ruhe lassen? Sie wollte doch nur in Ruhe ein paar Bahnen schwimmen.

„Übrigens weiß ich jetzt, wer umgebracht wird", rief Mark und sprang dicht neben Ina ins Wasser. Es spritzte so stark, dass Ina bedenklich ins Schaukeln geriet.

„Wer denn?", fragte sie scherzend, als Mark aus dem Wasser auftauchte. „Das Rind, das sein Filet für das Abendessen opfern musste?"

„Pah, so ein Quatsch. Nein, der Zauberer", äußerte Mark voller Überzeugung.

„Wie kommst du darauf?", zweifelte Ina.

„Es muss auf jeden Fall eine wichtige Person sein."

„Aber der Zauberer ist doch nicht so wichtig", wand Ina ein.

„Doch, doch. Auf jeden Fall ein Mann", versicherte Mark.

„Hm. Beruhigend für mich", überlegte Ina. „Aber dann ist die Auswahl doch noch groß."

Nach einer halben Stunde ging Ina ins Zimmer zurück. Tessa hatte gerade geduscht. Beide legten sich ihr Abendmakeup auf und zogen sich ihre festlichen Kleider an. Noch einmal schaute Ina auf ihre WhatsApp-Mitteilungen. Keine Antwort, keine Nachricht von Pablo. Nichts von Benno. Sie bemitleidete sich selbst.

Draußen hatte es sich verfinstert und das Gewitter kam immer näher. Die Gäste waren froh, dass das Abendessen im Speisesaal eingenommen wurde.

2. Kapitel

Kurz vor sieben Uhr versammelten sich die Gäste vor der Tür des großen Speisesaals, die noch verschlossen war. Pünktlich wurde geöffnet. Gesittet und unter Plaudern schlenderten alle in den Saal. Die Bühne für die späteren Darbietungen war noch hinter einem dicken roten Vorhang versteckt. Die Guillotine konnte man nicht sehen. Wenn es eine gab. Ina konnte es immer noch nicht glauben.

Die Tische waren in Hufeisenform angeordnet. Im Mittelteil des Hufeisens ließ sich das Brautpaar nieder. Tessa und Ina hatten ihre Plätze auf dem rechten Seitenteil. Neben Tessa saß die gleichaltrige Laura, Lindas Tochter, vierundzwanzig Jahre.

Die Gäste prosteten dem Silberpaar Linda und Robert zu: „Auf euer Wohl! Und damit ihr die nächsten fünfundzwanzig Jahre genauso gut übersteht!" Draußen blitzte und krachte es. Die Vorhut des Gewitters war über das Hotel hinweg gezogen.

Alle genossen die Speisen und alkoholischen Getränke, nur wenige tranken Softdrinks oder Wasser. Auch Ina und Tessa hielten sich an den Champagner, mit dem bei den Reden angestoßen wurde, und kosteten die Weine.

Von draußen waren immer wieder heran rollende Donnerschläge zu hören, die wie Wellen über das Hotel hinweg rollten. Zwischendurch zerrissen Blitze den Himmel. Ina erschauerte und sie musste an Marks Ahnungen denken.

Aber dann ließ sie sich wieder durch das Programm der Silberhochzeit ablenken. Als Erster stand Lindas Vater Paul auf, um sein Hoch auf das Brautpaar auszusprechen. Er klopfte mit einem Messer an sein Glas und sagte: „Liebe Linda, lieber Robert. Vor fünfundzwanzig Jahren habe ich auch eine kleine Rede gehalten. Es ist mir eine besondere Ehre, das heute ebenfalls machen zu dürfen. Ich freue mich für euch und mit euch, dass ihr solange eine glückliche Ehe führen konntet und sie hoffentlich auch weiter führt. Liebe Tochter, lieber Schwiegersohn, herzlichen Glückwunsch! Zum Wohl!"

Wieder prosteten die Gäste dem Silberbrautpaar zu. Wieder ein Blitz und ein Donner. „Es ist fast über uns", flüsterte Irene und fing an zu zittern.

Dann widmete Richard seinem Bruder und seiner Schwägerin eine Rede: „Lieber Robert, liebe Linda! Ihr liegt mir beide am Herzen. Das will ich bei dieser Gelegenheit explizit zum Ausdruck bringen. Ich bin nicht verheiratet. Ich bin es nie gewesen. Doch kann ich mir vorstellen, dass es nicht einfach ist, eine Ehe mit allen Höhen und Tiefen aufrechtzuerhalten. Ihr habt es geschafft! Fünfundzwanzig Jahre! Herzlichen Glückwunsch euch beiden! Und jetzt meine Bitte: Schafft auch noch die nächsten fünfundzwanzig!"

Richard umarmte Linda und seinen Bruder und alle tranken mit ihm auf das Wohl des Silberpaares
Draußen hörte man das Donnergrollen.

Das Essen verlief noch ohne Komplikationen. Keiner fiel vergiftet oder erstochen vom Stuhl. Daran musste

Ina jedes Mal denken, wenn sie Mark ansah, der ihr auf der linken Seite des Hufeisens gegenüber saß. Aber der glaubte ja, dass eine Guillotine bei dem Mord eine entscheidende Rolle spielen würde. Meistens jedoch war er in sein Buch vertieft. Nur wenn der nächste Gang kam, ließ er sich von seiner Lektüre ablenken. Manchmal schaute er zu Ina herüber und machte Zeichen mit der Hand. Er legte seinen Zeigefinger auf den Mund und zeigte dann auf seine Armbanduhr. Ina nickte ihm zu. Sie deutete seine Geste so: Wir haben ein Geheimnis. Später wird noch etwas passieren.

Mark tat ihr leid. Keiner kümmerte sich um den Jungen, niemand war in seinem Alter. Seine Schwester Lucille war die einzige der Anwesenden, die noch nicht erwachsen war. Aber sie war auch schon siebzehn. Sie hatte sicher keine Lust, sich um den jüngeren, äußerst anstrengenden Bruder zu kümmern.

Er musste sich ganz alleine beschäftigen. Kein Wunder, dass seine Phantasie überschäumte. In Ina glaubte er, eine Verbündete gefunden zu haben. Wieder kam er herüber-gelaufen. „Bald, bald ist es so weit." Sein Blick war ganz wirr. Er schien tatsächlich an seine eigenen Prophezeiungen zu glauben.

„Wie ist es mit deinen Erkundigungen? Hast du noch etwas herausgefunden?", fragte sie.

Mark sah sich angstvoll um, legte dann seinen Zeigefinger auf seine Lippen und zischte: „Pst, pst. Wir müssen leise sprechen. Wir dürfen den Mörder nicht auf uns aufmerksam machen. Er darf nicht wissen, dass wir seine Absicht kennen."

Ina erschauerte, obwohl sie alles für das bloße Hirngespinst eines phantasievollen Jungen hielt.

„Du glaubst, dass er uns auch etwas antun würde?", flüsterte sie.

„Das ist doch nicht auszuschließen", bestätigte Mark ernst. Irene, die von Zeit zu Zeit zu ihrem Sohn herübersah, winkte ihn zu sich. Sie flüsterte ihm etwas ins Ohr und beide lachten. Etwas später setzte er sich wieder brav auf seinen Platz und widmete sich seinem Dessert, das jetzt serviert wurde.

Mittlerweile merkte man einigen Gästen an, dass sie dem Alkohol schon reichlich zugesprochen hatten. Denn nur zu gerne prosteten sie Linda und Robert immer wieder zu.

Nun richtete Laura einige Worte an ihre Eltern: „Liebe Mama, lieber Papa, ich kann nur sagen, ich bin froh, dass es euch gibt und dass ihr euch vor fünfundzwanzig Jahren zusammengetan habt. Das war existenziell für mich. Ich möchte mich bei euch bedanken, dass ihr mir immer gute Eltern wart. Ich wünsche mir, dass ihr noch lange ein gutes Leben führen könnt und dass ihr glücklich miteinander seid. Zum Wohl!"

Blitze und Donnergrollen von draußen. Die Gäste sahen sich erschrocken an.

Bernard, ein ehemaliger Studienkollege von Robert, ließ es sich nicht nehmen, bereits ziemlich angeheitert, seinen Freund anzusprechen: „Lieber Robert, wir haben uns lange nicht gesehen. Leider. Zuletzt war ich auf eurer Hochzeit vor fünfundzwanzig Jahren. Aber du hast dich verändert, zum Positiven. Erinnerst du dich noch an unsere Studienzeit? Wir haben die tollsten

Streiche ausgeheckt, vor allem du hattest die verrücktesten Ideen. Ich hätte bei eurer Hochzeit keinen Pfifferling für eure Ehe gegeben. Fünfundzwanzig Jahre Treue, das hätte ich dir niemals zugetraut. Aber das spricht für Linda. Herzlichen Glückwunsch ihr beiden!"

Er hob sein Champagnerglas und stieß mit Linda und Robert an, dem er schelmisch zuzwinkerte. Nach den Trinksprüchen auf das Silberpaar wurde – von den Freunden und der Familie sorgsam zusammengetragen – ein Film über die glücklichen Jahre des Silberpaares gezeigt: die Hochzeit der beiden, ein verlegen lächelnder Bräutigam, die halbwegs zufriedene Braut. Dann Bilder der neugeborenen Tochter einige Monate später. Die Eltern sahen freudestrahlender aus als bei der Hochzeit selbst. Weitere Fotos, sicher hundert an der Zahl folgten: Bilder von Urlauben der kleinen Familie, der Vater nur noch virtuell vorhanden, denn er war selten abgebildet, sicher wie es überhaupt das Schicksal aller fotografierender Väter ist, dann noch Bilder des alten Hauses, das noch ziemlich baufällig und reparaturbedürftig, aber dennoch der Stolz des jungen Ehepaares war, zehn Jahre später die neu bezogene Villa in Thielenbruch, fast nur noch Fotos von Laura und ihrer Mutter Linda. Einige Bilder zeigten auch die Ferienhäuser in Letterbach und Kinder der Eisenbergs und Martens. Dann Bilder von Reisen in den sonnigen Süden. Der Vater schien sich verflüchtigt zu haben.

Der Film wurde von allen mit Rührung zur Kenntnis genommen und entsprechend kommentiert: „Mein Gott, wie die Zeit vergeht".

Als er zum Ende gekommen war, stellte sich Robert in voller Größe vor die Gäste, als ob er seine Abwesenheit während der Ehe- und Familienjahre wettmachen müsse. Mit einem Räuspern rückte er seine exklusive dunkle Seidenkrawatte mit dem türkisfarbenen Muster zurecht, klopfte an sein Glas und begann er mit seiner Rede: „Liebe Gäste, vor allem aber liebe Linda! Man kann es sich gar nicht vorstellen, wenn man dich so sieht. Es sind fünfundzwanzig Jahre vergangen und du bist kein Tag älter und immer noch so schön wie damals. Auch wenn unsere Ehe schwierige Phasen überstehen musste, hat sich das Ergebnis auf jeden Fall gelohnt: Es ist unsere einzigartige Tochter Laura, auf die ich unendlich stolz bin!"

Dabei wandte er sich Laura zu und hob sein Glas. „Aber was ich sagen will: Es sind fünfundzwanzig Jahre, das sind dreihundert Monate oder sogar über neuntausend Tage, mehr als zweihundertsechzehn- tausend Stunden, zwölf Millionen und zweihundert- sechsundneunzigtausend Minuten und sage und schrei- be neunhundertneunzig Millionen Sekunden. Wenn ich mich nicht verrechnet habe. Liebe Linda, ich habe keine Sekunde bereut, ich war immer sehr glücklich mit dir und ich würde dich wieder heiraten!"
Robert schien erleichtert, aber stolz und setzte sich hin, denn die Zahlen hatte er nicht abgelesen, sondern auswendig aufgesagt. Ina konnte ihm ansehen, dass er seine kleine Rede und die Lobeshymne auf Linda als ungeheure Leistung empfand. Hoheitsvoll schien er daher den aufbrausenden Applaus seines Publikums entgegenzunehmen. Ina fragte sich insgeheim, ob er

den Beifall wegen seiner Rechenkünste erhalten hatte. Dass er seine Frau jederzeit wieder heiraten würde, hielt sie für eine charmante und gut klingende Lüge.

Nun erhob sich Lindas Freundin Sonja, um dem Hochzeitspaar zu würdigen. „Liebe Linda, ich freue mich sehr, dass wir uns nach so langer Zeit wiedersehen, und ich freue mich vor allem, dass es dir und deiner Familie gut geht. Alle Achtung: Es ist eine große Leistung, fünfundzwanzig Jahre durchzuhalten! Eine Ehe aufrechtzuerhalten! Herzlichen Glückwunsch, ihr beiden!" Auch sie erhob ihr Glas und prostete Linda und Robert zu. „Ich habe noch etwas für euch vorbereitet und ich hoffe, ihr mögt es. Eine Familie war mir selbst nie vergönnt, stattdessen ist die Musik mein Leben und meine Liebe: Ich habe Musik studiert, von Beruf bin ich Musiktherapeutin, auch in meiner Freizeit ist sie meine Leidenschaft. Ich werde euch eine Liebesballade singen, die hoffentlich passt: ‚Have I told you lately that I love you', ‚Habe ich dir in letzter Zeit schon gesagt, dass ich dich liebe'?"

Mit leicht rauchiger Stimme, nicht ganz so rau wie Rod Stewart, begann Sonja. Hörte man zunächst noch staunend zu, sang man dann den Refrain begeistert mit, vor allem da Sonja auch den Text für alle mitgebracht hatte. Anschließend wollte der Applaus nicht mehr abebben, die Rufe nach Zugabe bewogen die Sängerin, ein weiteres Lied zu singen. „When I need you" war der zweite Song, der sogar zweimal wiederholt werden musste. Ihr Gesang und das Gitarrenspiel waren sehr eingängig, aber auch melancholisch.

Dann stand Linda auf, um einige Worte an die Gäste und ihren Mann zu richten. Dazu erhob sie ihrerseits ihr langstieliges Champagnerglas.

„Danke, liebe Sonja. Deine Darbietung war wunderbar. Ich weiß gar nicht, ob wir diese Ehrung tatsächlich verdient haben. Auf dein Wohl, Sonja! Auf euer Wohl, liebe Familie und Freunde und natürlich lieber Robert! Wir freuen uns, dass ihr gekommen seid und den heutigen Tag mit uns feiern wollt. Wir danken euch für eure Glückwünsche und die Geschenke, die wir später aus-packen wollen. Als wir heirateten, heute vor fünfundzwanzig Jahren eben, hatten wir noch gar keine Vorstellung davon, was das für ein Tag ist. Ich hatte sentimentale Ideen: ein Leben voller Glück, mit einem liebenden Mann an der Seite und bald ein Kind. Die perfekte Familie. So hatte ich es mir gedacht. Später erst habe ich gemerkt, dass nichts romantisch war. Im Rückblick war es ein Horrortag."

Die Gäste schauten ungläubig, auch Ina war überrascht. Was wollte Linda sagen? Wie meinte sie das?

3. Kapitel

„Das werden wir entsprechend in unsere Feier einbeziehen. Nach dem Essen wird eine Zaubershow stattfinden! Auch mit dunkler Magie. Liebe Gäste, ich darf euch den Magier Giovanni Caruso vorstellen", fuhr Linda fort.

Jetzt schienen alle erleichtert und klatschten über den vermeintlichen Scherz.

Gleichzeitig erschien der Zauberer, der eine Löwenmaske trug, zwei superschlanke Assistentinnen, die eine hellblond, die andere brünett, beide mit ultrakurzen Miniröckchen begleiteten ihn. Die Männer schauten interessiert, wenn nicht sogar lüstern, musste Ina feststellen. Aber auch Caruso in seiner Maske und einem hautengen schwarzen Anzug bewegte sich anmutig auf der Bühne, sodass die Damen ebenfalls etwas zu schauen hatten.

Linda stellte den Zauberer weiter vor: „Und wo kann er mit diesem Namen wohl herkommen? Natürlich aus Neapel! Er ist tatsächlich mit dem berühmten Tenor Enrico Caruso verwandt. In seiner Heimat ist auch Giovanni Caruso ein bekannter Künstler, ein Zauberkünstler eben. Dort hat er sogar im Castel Nuovo die bekannte zentnerschwere Tür mit den Kanoneneinschusslöchern verschwinden lassen. Es freut uns, dass dieser Künstler heute Abend für uns zaubern wird. Vielleicht wird er auch für uns singen. Das kann er genauso gut."

„Alles hier hat Linda organisiert. Ihr wisst, dass sie ein richtig gutes Organisationstalent ist. Auch deshalb liebe ich dich", wandte Robert sich an Linda. Die Gäste klatschten. Es hörte sich wirklich so an, als ob Robert stolz auf seine Frau wäre. Er küsste sie auf den Mund. Manche Gäste, die an Romantik glauben wollten, mochten sich wohl angenehm berührt fühlen, dachte Ina. Denn es machte den Eindruck, als ob dieser Mann seine Frau noch nach fünfundzwanzig Jahren liebte.

Dagegen hatte Ina ein unangenehmes Gefühl: Zu offen zur Schau gestellte Gefühle wirken übertrieben und enthalten nicht viel Wahrheit. Roberts Vorliebe, mit jüngeren Frauen zu flirten, hatte sie bereits am eigenen Leibe erfahren.

Die Zaubershow begann.

Caruso reichte Mark einen Zylinder: „Lieber Mark, kannst du diesen Hut untersuchen? Ganz gründlich von allen Seiten. Dann sag uns, ob da etwas Ungewöhnliches dran ist."

Mark ließ sich das nicht zweimal sagen. Er besah sich den Zylinder von innen und außen und setzte ihn dann auf den Kopf. Damit sah er aus wie ein Zauberlehrling. Die Gäste klatschten. Mark gab dem Zauberer den Hut zurück und sagte: „Alles normal." Caruso setzte sich jetzt selbst seinen Zylinder auf, nahm ihn wieder ab, drehte ihn dreimal um seinen Körper, hielt ihn dann Mark entgegen, zog ein weißes Kaninchen heraus und reichte es dem Jungen. Überglücklich nahm Mark das zappelnde Tierchen auf den Arm. Und er wollte es überhaupt nicht mehr hergeben. „Bitte, darf ich es behalten, Herr Zauberer? Bitte", bat er eindringlich.

„Na ja, wenn deine Eltern das erlauben", schlug Giovanni mit seinem charmanten italienischen Akzent vor. So überrumpelt hatten Irene und ihr Mann Thomas nichts dagegen. Den ganzen Abend war Mark mit seinem neuen Spielkameraden beschäftigt und er vergaß sogar das Buch, das unbeachtet auf dem Tisch lag. Ina sah, wie glücklich er über das Tierchen war, und freute sich für ihn. Jetzt musste er wohl nicht immer an einen bevorstehenden Mord denken.

Mark interessierte sich nur noch am Rande für Carusos nächsten Trick. Die blonde Assistentin zeigte einen Schlangenkorb. Dann stieg ihre Kollegin hinein. Dieser gelang es tatsächlich, sich so klein zu machen, dass sie ganz darin verschwand. Schließlich setzte die Blonde einen bunten Deckel auf den Korb. Caruso reichte den Gästen mehrere Schwerter, die sie prüfen sollten. Ina spürte die Schärfe der Klingen. Fast hätte sie sich daran geschnitten. Mit den Schwertern stach der Zauberer diagonal durch den ganzen Korb. Ina zuckte zusammen. Nach normalem Ermessen müsste die junge Dame jetzt völlig durchlöchert sein. Aber es war kein Schmerzenslaut zu hören. Kein Blut floss. Noch nicht. Die Blonde nahm den Deckel vom Korb und ihre Kollegin stieg unversehrt heraus.

Als Nächstes rollten die Assistentinnen einen Schrankkoffer hinter dem Vorhang hervor und stellten ihn aufrecht. Die Brünette öffnete ihn und ließ ihre Kollegin einsteigen. Dann schloss sie den Deckel. Caruso kam mit drei Sägen und zersägte den Koffer in Höhe des Kopfes, des Bauches und des Knies. Die Sägen ließ er stecken. Die Assistentin drehte den Schrank einmal um seine Achse, Caruso zog die Sägen heraus und öffnete die Tür. Unbeschadet stieg die Blonde aus. Es gab großen Applaus vom Publikum.

Niemand ist ermordet worden, dachte Ina. Trotzdem hatte sie ein ungutes Gefühl.

Auf Musik brauchten die Gäste auch nicht zu verzichten, denn es erklangen während der Tricks bekannte Opernarien, die von Giovannis Großgroßonkel Enrico Caruso vor langer Zeit gesungen worden waren: „Nessun dorma" aus „Turandot", „Questo o quella" und „La donna e mobile" aus „Rigoletto".

Die Zaubershow wurde für einige Tänze unterbrochen. Das Silberpaar Linda und Robert begann mit einem Wiener Walzer. Auch andere Paare ließen sich zum Tanzen animieren. Sie versuchten sich mehr oder weniger gekonnt am langsamen Walzer, an Tango und Rumba.

Irene zog ihren widerwillig blickenden Mann Thomas vom Stuhl und in Richtung Tanzfläche. Doch da er sich sträubte, stolperte sie und fiel zu Boden. Ihm schien das ausgesprochen peinlich, denn er riss seine Frau heftig hoch und brachte sie wieder auf ihren Platz, wo sie apathisch sitzen blieb. Irene tat Ina leid.

Auch Roberts Bruder Richard tanzte nicht, sondern setzte sich neben Thomas, der immer noch verächtlich blickte.

Da Frauenüberschuss herrschte, animierte Linda den Zauberer Giovanni, die alleinstehenden Damen wie Cathrina und Sabrina aufzufordern. Besonders mit Cathrina schien er sich gut zu unterhalten. Die Assistentinnen waren hinter dem zwischenzeitlich zugezogenen Vorhang verschwunden.

Dann ging die Zaubershow weiter. Der Vorhang hob sich. Giovanni stieg auf die Tanzfläche herunter und trat zu dem Silberpaar, das noch tanzte. Er zog Linda von dem überraschten Robert weg und führte sie an der Hand auf die Bühne.

„So und jetzt lasse ich die wichtigste Dame des Abends schweben. Weil heute so ein besonderer Tag ist, soll Linda sich in den siebten Himmel erheben", kündigte er an.

Bereitwillig ließ sich diese von Giovanni zu einer Liege führen, auf die sie sich legte. Giovanni hypnotisierte sie und befahl ihr: „Linda, schwebe!"

Tatsächlich erhob sich Lindas Körper in die Luft, ihr wallendes Gewand, das rechts und links locker herunterhing, ließ sie wie ein Engel erscheinen. Giovanni führte einen schmalen Reifen um die schwebende Gestalt, hin und zurück. Die Gäste schienen beeindruckt.

Giovanni Caruso sagte zu Linda: „Jetzt bewege dich nach unten." Kurze Zeit später lag sie wieder auf der Liege. Aus einer tiefen Trance erwachte sie. Giovanni gab Linda einen sanften Kuss auf die Wange. Sie ließ es gerne geschehen und sie strahlte ihn an. War da ein Knistern zwischen den beiden? Hatte Ina das richtig bemerkt? Sie schaute sich im Saal um, doch die anderen schienen nur Augen für das Geschehen zu haben. Auch Mark wirkte entspannt.

Doch nun kam der eigentliche Höhepunkt des Abends. Der Zauberkünstler enthüllte eine Guillotine. Er selbst wollte sich auf die vorher abgedeckte Originalguillotine legen. Ina erschrak. Mark hatte recht: ein Mordinstrument. Caruso erklärte: „Eine Guillotine ist keine italienische Erfindung. Gott sei Dank kann man sagen. Ihr wisst, dass ein Arzt namens Guillotin sie für die Revolutionäre in der Französischen Revolution erfunden hat, um die Gegner schneller hinzurichten. Heute Abend allerdings muss sich kein Feind unter das Beil legen. Das werde ich selbst machen und hoffen, dass ich dabei nicht den Kopf verliere."

Mark kam mit seinem Kaninchen zu Ina und stupste sie an. „Jetzt kommt es", sagte er aufgeregt. Ina spürte ein Gruseln. Sollte sie etwas unternehmen? Was könnte sie sagen: „Stopp. Keine Tricks mit der Guillotine. Mark befürchtet, dass damit ein Mord geschieht." Nein, das konnte sie unmöglich. Mit gemischten Gefühlen beobachtete sie daher den Fortgang der Geschehnisse. Es ist alles nur Show, beruhigte sie sich.

Die beiden Assistentinnen bestiegen die Stufen zum Schafott und legten in die Vertiefung einen Kohlkopf, die ansonsten für den Hals des Hinzurichtenden vorgesehen war. Um die Schärfe des Beils zu demonstrieren, betätigten sie das Halterungsseil, sodass das Metall herunter schoss und den Kohlkopf in zwei Teile sprengte. Ina schauderte es bei dem Gedanken, dass dort Menschen ihr Leben verloren hatten. Nach dieser überzeugenden Demonstration trat der Meister selbst, diesmal in einem wallenden rubinroten Umhang und immer noch mit der Löwenmaske, seinen Gang zum Schafott an. Als ob ihm dies ausgesprochen schwerfallen und er selbst an dem glücklichen Ausgang des gefährlichen Tricks zweifeln würde, ließ er sich von den beiden Schönen stützen. Sie umfassten ihn rechts und links. Alle drei zusammen bestiegen die Plattform der Guillotine, wo sich Giovanni hinlegte und er festgeschnallt wurde. Seinen Hals musste er dabei unter das Fallbeil legen, das bedrohlich über ihm hing.

Im Saal wurde es leise. Ina hielt den Atem an. Das Licht ging aus. Nur ein Scheinwerfer bestrahlte die gespenstische Szene. Das Beil fiel herunter. Der Kopf mit der Löwenmaske sprang in den großen bereitstehenden Korb. Tatsächlich. Wie furchtbar.

„Mein Gott!", war der Schreckensruf des Publikums. Ina hielt sich entsetzt die Hand vor den Mund. Hatte Mark doch Recht?

Der blutrote Vorhang fiel und verbarg das schreckliche Mordinstrument und den kopflosen Körper. Mark schrie: „Es ist passiert. Hilfe, Mord. Caruso ist tot." Es war ganz ruhig geworden. Es war, als ob alle Herzen stehen geblieben wären. Ratlos schauten sich die Leute an und ein bedauerndes Raunen ging durch den Saal. Doch dann bewegte sich der rote Bühnenvorhang. Der Magier stand lebendig und natürlich mit seinem Kopf an der vorgesehenen Stelle vor ihnen. Die Gäste atmeten auf. „Oh, Gott sei Dank", war zu hören. Alle klatschten und waren begeistert.

Ina schaute Mark an. Dann zuckte sie erleichtert mit den Schultern. Doch kein Mord. Du hast dich getäuscht, sollte das heißen.

Linda klopfte mit einem Löffel gegen ihr Glas. „Da kann ich nur sagen: Gott sei Dank! Er lebt. Denn das liegt mir besonders am Herzen. Ich wollte euch nämlich noch etwas anderes mitteilen! Besonders meinem lieben Mann Robert." Ihre Stimme klang ironisch. „Ich habe von Horror gesprochen und ich meine es auch so. Zwar feiern wir hier Silberhochzeit, aber in den letzten fünfundzwanzig Jahren war ich nicht immer glücklich. Schon lange nicht mehr. Dazu hat vor allem Robert beigetragen. Das könnt ihr euch sicher gut vorstellen. Mit seinem Faible für junge Frauen und wegen seiner vielen Seitensprünge. Alle wissen es, ich auch", sagte sie streng zu ihm.

Dem wurde die Situation offensichtlich immer peinlicher. Er wusste nicht, wohin er schauen sollte und versuchte sie zu unterbrechen: „Aber Linda, so war es doch nicht. Ich habe immer nur dich geliebt."

Linda ließ sich nicht beirren und redete weiter: „Die ganze Zeit habe ich nichts gesagt. Ich weiß nicht einmal, warum. Auf wen habe ich Rücksicht genommen? Auf unsere Tochter Laura? Eine Zeitlang sicher. Dann auf die Meinung der Leute? Vielleicht auch das. Aber das ist nun vorbei. Jetzt habe ich mir einen Liebhaber zugelegt. Ihn werde ich heiraten, sobald wir geschieden sind. Er hat mich total verzaubert. Giovanni, sei so lieb, demaskiere dich! Zeige dein wahres Gesicht!" Sie sah Caruso freudestrahlend an.

Der Zauberer zog seine Löwenmaske vom Kopf und es kam ein Mann, etwa Mitte Dreißig, mit klassischen Gesichtszügen und dunkelbraunen Locken, zum Vorschein.

„Linda! Linda, bist du verrückt? Aber …" Robert schnappte nach Luft und suchte nach Worten.

In der Runde waren nur betretene Gesichter zu erkennen. Auch Ina und Tessa waren zutiefst erschrocken und sahen sich ratlos an.

„Linda, stimmt das wirklich? Du hältst uns doch zum Narren. Warum habt ihr denn diese Feier veranstaltet?", fragte Cathrina. Sie hatte sich zuerst gefasst. „Du machst doch nur einen Witz?"

Einige lachten, weil es ihnen am wahrscheinlichsten schien.

„Das kann doch nicht wahr sein", sagten andere. Alle glaubten, ihren Kommentar dazu abgeben zu müssen, so dass ein Tumult entstand. Keiner konnte wohl an die Ernsthaftigkeit von Lindas Ankündigungen glauben.

Dann wandte sie sich zur Tür und sagte: „Ciao, für mich ist die Feier zu Ende. Robert, du hast ein anderes Zimmer als ich. Liebe Gäste, ihr könnt noch in die Bar gehen, wenn ihr wollt. Übernachten müsst ihr sowieso hier. Keiner kann von der Insel. Die Fähre kommt heute nicht mehr." Linda lachte.

Alle klatschten. Das war ein ungewöhnliches Spiel. Robert hatte sich ebenfalls wieder etwas entspannt.

Tessa wandte sich an ihre Tischnachbarin Laura und fragte: „Es ist ein Scherz? Das ist doch nicht wahr?"

„Ich glaube das auch nicht. Mama würde sich nicht mit so einem Mann wie dem Zauberer abgeben", antwortete sie.

„Aber wieso sagt sie so etwas? Das muss deinen Vater doch fürchterlich ärgern?"

„Ich denke nicht, dass er das ernst nimmt. Einem Mann wie ihm scheint es unmöglich, dass eine Frau, seine Frau, dazu fähig ist, ihren Mann zu hintergehen", erwiderte Laura.

„Wenn jemand fremdgehen darf, dann doch der Mann. Das meinen die Männer. Deswegen habe ich auch keinen", stellte Sabrina klar.

Ina spürte die getrübte Stimmung bei den Gästen. Es war ihr, als sei etwas zerbrochen. Endgültig. Doch man wollte sich nicht unterkriegen lassen.

„Musik, Musik", riefen einige. Der Barkeeper stellte die Musik an. Es wurde getanzt, andere gingen sofort zur Bar.

Die Guillotine war wieder hinter dem dicken Bühnenvorhang verschwunden. Auch der schöne Giovanni und seine Assistentinnen räumten das Feld.

Ina hatte sich zu den anderen Frauen gesetzt, da für sie kein Tanzpartner da war. In diesem Moment empfand Ina eine trostlose Leere. Sie musste daran denken, dass sie mit Pablo hätte tanzen können. Auch Benno vermisste sie, er war ein ausgezeichneter Tänzer. Aber sie schüttelte diese Gedanken von sich, denn sie wollte einiges erfahren. Jetzt schien das Familiengeheimnis der Martens noch interessanter.

„Also, wenn ich diese Option hätte", flüsterte Irene und dachte wohl an den schlanken, aber muskulösen Zauberer.

„Warum hat uns Linda nie etwas davon erzählt?", warf Sabrina ein, bei der ein Glitzern in den Augen nicht zu übersehen war. „So einen muss man doch nicht verheimlichen."

„Dass sie dir nichts erzählt hat, wundert mich überhaupt nicht", gab Irene patzig von sich. „Du wilderst doch zu gerne in Nachbarsgärten. Vielleicht hatte sie Angst, dass du dich an Giovanni heranmachen würdest. Bei allen Männern hast du es versucht!"

„Irene kann ihrer Schwester einfach nicht verzeihen, dass sie einmal was mit Thomas hatte", erklärte Mona, die sich zu den Frauen gesetzt hatte.

„Das war vor deiner Zeit", verteidigte sich Sabrina.

„Na und wenn", setzte Irene entgegen.

„Thomas, die Lusche, behalte ihn, liebe Irene. Und Giovanni ist überhaupt nicht mein Typ. Da braucht Linda keine Angst zu haben", erklärte Sabrina.

„Aber Thomas war dein Typ?" Irene schüttelte den Kopf. Man sah ihr an, was sie dachte: Sie konnte nicht glauben, dass Giovanni nicht in Sabrinas Beuteschema passen sollte. Denn alle Damen schienen davon überzeugt zu sein, dass Giovanni von seiner äußerlichen Attraktivität kaum zu überbieten war. „Mir war schon immer klar, dass Linda etwas Besseres verdient hat. Robert wollte ich auch nicht", stellte Cathrina fest.

„Wir wissen, dass du ihn nie gemocht hast. Das ist kein Geheimnis", kommentierte Irene und Mona stimmte ihr zu.

4. Kapitel

Es war schon spät geworden. Aber kein Gast hatte sich in sein Zimmer zurückgezogen. Hatte man Angst, etwas zu verpassen? Nur Mark war von seiner Mutter bereits vor Mitternacht in die Familiensuite geschickt worden. Ohne zu murren, war er mit seinem Kaninchen und dem Buch verschwunden. Das Tierchen hatte er „Blacky" genannt, obwohl dessen Fell weiß war. Giovanni hatte ihm einen Käfig gegeben. Ina glaubte, dass Mark jetzt abgelenkt war und nicht mehr an seine Mordtheorie dachte.

Um ein Uhr in der Nacht sagte Mona: „Liebe Leute, heute Abend wird nichts mehr passieren. Wir sollten schlafen gehen, damit wir morgen früh wieder aufnahmefähig sind. Ihr könnt aber auch in der Bar bleiben. Sie ist noch einige Zeit geöffnet."

Da Mark Ina mit seinen Phantasien beunruhigt hatte, bat sie einen Angestellten, auf jeden Fall nach dem Abräumen des Geschirrs den Speisesaal zu verschließen. „Das wird sowieso gemacht. Darum hat auch der Zauberer gebeten. Besonders, wenn da ein Mordwerkzeug steht. Es wäre zu gefährlich", erwiderte John. Der Name stand auf dem Schildchen am Revers des jungen Mannes.

Tessa war sehr müde und ging kurz nach eins ins Bett. Ina jedoch wollte noch in die Bar gehen, um zu sehen, ob noch etwas los war. Auf dem Flur dachte sie daran, dass Robert und Linda kein gemeinsames Zimmer benutzen würden. Selbstverständlich nach der „Überraschung", dachte sie. Irene, die gerade auf den Flur trat, erklärte:

„Zuhause schlafen die auch schon lange nicht mehr im selben Zimmer. Linda hat Recht. Er war nie der treue Ehemann. So war es ihm möglich, auch in der Nacht nach Hause zu kommen. Seine Ehefrau konnte so nicht fragen. Ina, wir sollten uns duzen. Komm, lass uns noch einen Absacker in der Bar trinken." Damit zog sie Ina am Arm mit sich. „Ich brauch das jetzt, nach der Überraschung", erklärte sie und lachte. Ina war es recht, auch dass Irene wie selbstverständlich zum ‚Du' übergangen war.

Irene setzte sich auf einen Barhocker. „Ina, hier ist noch Platz. Lass uns noch weiterfeiern." Sie zeigte auf den Hocker neben sich.

Gerne folgte Ina dieser Aufforderung. Irene würde bestimmt auch über die Familien Martens und Eisenberg erzählen, wenn sie darauf angesprochen würde. „Es scheint, die Familie ist etwas zerstritten", begann Ina mit dem Gespräch, das eher eine Befragung war.

„Etwas?" Irene lachte. „Das ist ein guter Scherz. Die würden sich am liebsten zerfleischen. Ich bin eine Ausnahme: Ich bin Vegetarierin." Sie kicherte. „Was hältst du von meinem Sohn Mark?", fragte sie dann ernst.

„Er ist ein sehr intelligenter Junge, vielleicht geistig ein wenig unterfordert", äußerte Ina.

„Dann kommt er auf seine Mama", sagte sie überzeugt.

„Auf jeden Fall nicht auf meinen Mann Thomas. Hast du dir den näher angesehen? Ich weiß überhaupt nicht, was ich an dem mal fand. Und warum ich ihn überhaupt geheiratet habe. Unvorstellbar. Dabei hatte ich damals so viele andere Angebote, viel bessere". In ihrer Stimme klang großes Bedauern mit.

Sie nahm einen großen Schluck von ihrem Whiskey. Für Ina hatte sie ebenfalls einen bestellt.

„Wir haben überhaupt noch nicht auf uns getrunken", stellte sie fest. „Also zum Wohl."

Sie prostete Ina zu. Da Irene auch vorher schon einen angetrunkenen Eindruck gemacht hatte, glaubte Ina, das Familiengeheimnis der Martens direkt ansprechen zu können. Irene würde es nicht als zu aufdringlich empfinden. „Was ist mit Cathrinas Mann Erik passiert?"

„Ach Erik. Oje, das war eine Tragödie. Aber wir wissen nicht, was passiert ist. Er ist von einem Ausflug mit den Brüdern nicht mehr zurückgekommen. Vor fünfundzwanzig Jahren!"

„Ja, das weiß ich. Aber wieso …?", wollte Ina nachhaken. Doch da traten Cathrina und Sabrina in die Bar, Irene wandte sich ihnen sofort zu.

Die Frauen unterhielten sich über die ungeheuerliche Überraschung des Abends.

„Das Gesicht von Robert! Göttlich. Das war diese ganze Silberhochzeit schon wert", äußerte sich Sabrina schadenfroh. „Lange hat mich nichts mehr so gefreut wie das."

„Na ja, direkt bedauert habe ich ihn auch nicht", stimmte Cathrina zu.

„Und ich habe es ihm so richtig gegönnt", freute sich Irene.

Kaum war das ausgesprochen, standen Robert und Richard vor ihnen.

Robert machte immer noch ein griesgrämiges Gesicht. „He Robert, das hat man davon, wenn man einen solchen Lebenswandel führt", begrüßte ihn Sabrina mit einem schadenfrohen Lächeln.

„Ach, vergiss es. Das ist doch Unsinn." Er tat großspurig. „Außerdem bist du nicht besser als ich." Er lächelte herablassend.

„Mit dem einen Unterschied: Ich bin nicht verheiratet", versetzte sie.

„Aber du machst dich an verheiratete Männer heran."

„Das ist immer noch was anderes. Und stimmt außerdem nicht", erwiderte Sabrina bissig.

„Lasst das! Es bringt doch nichts", bremste Richard die beiden.

„Und du, Richard, bist genau das Gegenteil von deinem Bruder: Du warst niemals verheiratet und von einer Freundin weiß man auch nichts. Ist das nicht langweilig?", fragte Sabrina.

„Woher weißt du, dass er keine Freundin hat?", bohrte Irene. „Hast du es nicht auch einmal bei ihm probiert? Damals?"

Sabrina sah Richard geringschätzig an. „Nein, der passt nicht in mein Beuteschema. Aber", wandte sie sich an Robert, „würdest du deinen Nebenbuhler nicht am liebsten umbringen? Einen Kopf kürzer machen? Mit seiner eigenen Maschine?" Mit der rechten Hand ahmte sie eine Hackbewegung nach.

„Was für ein Blödsinn. Meine Frau mit so einem Jungen. Das glaube ich nicht." Dann wandte er sich lächelnd an Ina. „Junge Dame, wie wär's denn mit uns? Ich bin jetzt frei." Ina schüttelte den Kopf.

Cathrina gab zu bedenken: „Robert, du bist selbst schuld, dass Linda sich einen anderen sucht. Jede Frau wünscht sich einen Mann, der alles für sie tut und natürlich auch treu ist."

„Ich könnte so ein Mann sein", wandte sich Richard an sie. Dabei lächelte er unsicher.

Sie kehrte ihm jedoch abrupt die Schulter zu.

Ina sah, dass Richards Lächeln noch etwas verlegener geworden war und langsam erstarb.

„Sie sehen", sagte Robert zu ihr, „in unserer Familie steckt eine Menge Zündstoff. Es ist zwar stressig, aber es wird nie langweilig."

Die anderen stimmten ihm zu.

„Ich bin müde, ich verziehe mich jetzt", sagte er und ließ sich vom Barkeeper eine ganz Flasche Whiskey geben. Irene folgte seinem Beispiel.

„Ich kann damit besser einschlafen. Sonst noch jemand?", fragte sie. Die anderen schüttelten den Kopf.

Ina spürte eine schwere Müdigkeit, noch mehr Alkohol brauchte sie nicht. Die Uhr zeigte schon nach zwei. Den anderen schien es nicht anders zu gehen. Alle erhoben sich, um ihre Zimmer aufzusuchen.

Ina stolperte fast in ihr Bett. Sie hatte keine Lust mehr, sich vollständig und gründlich abzuschminken. Das mochte sie ohnehin nicht. Es gelang ihr gerade noch, ihr Kleid auszuziehen und über den Stuhl zu werfen. Morgen ziehe ich eh was anderes an, waren ihre letzten Gedanken, bevor sie in einen tiefen Schlaf fiel. Draußen war das Gewitter mit aller Gewalt ausgebrochen. Es blitzte, es donnerte ohne Unterlass und der Regen rauschte wie ein Wasserfall.

5. Kapitel

Es war Sonntag. Ein sonniger Tag. Das Gewitter hatte sich vollständig verzogen. Die Erde dampfte. Kriminalkommissar André Sarkozy lag noch in seinem weichen Bett und genoss den Morgen. Er liebte das Gefühl des edlen Damasts. Besonders wenn dieser frisch gewaschen und gestärkt war und einen Duft von Lavendel verströmte. Heute könnte er länger liegen bleiben. Er dreht sich noch einmal um. Er war zufrieden mit sich und der Welt. Doch nicht ganz. Sein Glück war noch nicht vollkommen: Eine Frau fehlte ihm, eine Frau, die ihn liebte, die er liebte, die er verwöhnen wollte. Doch bis jetzt war er noch nicht der Richtigen begegnet.

Beruflich klappte es dagegen gut bei ihm. Die Arbeit machte ihm Spaß und stellte Herausforderungen. Was er sehr schätzte. Aber vor kurzem war er dem Alten zugeordnet worden. Der war sehr anstrengend und ganz und gar nicht sein Fall. Allein schon von seinen Äußerlichkeiten war Hundertmacher eine Zumutung. Und sein Geruch! Hatte der denn keine Dusche und keine Waschmaschine? Wie gut, dass jeder in seinem eigenen Büro saß.

Auch Ina und Tessa auf der Insel Frauenstein genossen den Morgen. Sie hatten die Vorhänge zurückgezogen und das Fenster weit geöffnet. Das Gewitter hatte die Luft gereinigt, es war angenehm frisch. Die Vögel zwitscherten. Der Sonntag macht seinem Namen alle Ehre, sehr sonnig und nicht zu heiß, dachte Ina anerkennend. Sie schaute in den Innenhof. Die großen Kastanienbäume spendeten Schatten. Die Frühstückstische draußen auf der Terrasse waren gedeckt. Einige Gäste konnten es wohl kaum erwarten und hatten sich auf ihre Plätze niedergelassen. Den Gedanken an einen möglichen Mord hatte Ina weit von sich geschoben. Alles sah so friedlich aus. Sicher ist nichts passiert, beruhigte sie sich selbst. Alles entsprang nur der überschwänglichen Phantasie eines Jungen. Im Laufe des Vormittags sollte die allgemeine Abreise stattfinden. Kein Grund mehr, sich aufzuregen. Ina und Tessa zogen sich lockere Kleider an und schminkten sich.

Sie nahmen den Weg am Speisesaal vorbei. Ina versuchte, die Tür zu öffnen. Doch diese war noch verschlossen. Ina atmete auf. Keiner hatte wohl in der Nacht zur Guillotine gehen können.

Pünktlich um zehn Uhr waren schließlich alle Gäste auf der Terrasse versammelt.

Mark hatte sein Kaninchen mitgebracht, er sah entspannt und fröhlich aus. Er schien, gut geschlafen und nicht an einen Mord gedacht zu haben. Dagegen wirkten die Erwachsenen übernächtigt. Alle waren gespannt darauf, was passieren würde, wenn der Zauberer auftauchte.

„Linda, wie ist es jetzt mit dir und Caruso?", fragte Sabrina.

„Ich warte auf meinen geliebten Giovanni, um das zu beantworten. Lasst ihm noch ein bisschen Zeit", bat Linda.

„Auch noch warten. Auf so einen", murrte Robert, der missgelaunt aussah. Anscheinend waren ihm sein

Hochzeitstag und die damit verbundenen Überraschungen nicht so gut bekommen. Was man verstehen konnte, dachte Ina. „Also ist es wahr, Giovanni ist wirklich dein neuer Mann?", versuchte Elisa, herauszufinden.

Linda tat geheimnisvoll. „Mehr erfahrt ihr, wenn er da ist. Vorher kein Wort."

„Schade", bedauerten einige.

„Ich habe Hunger!", rief Mark. „Blacky übrigens auch." Er hatte sein Kaninchen aus dem Käfig genommen und zeigte es den anderen. Dann setzte er es zurück und zupfte Klee aus dem Rasen. „Hat wenigstens Blacky was zu essen", kommentierte er.

„Bessere Manieren sollte man deinem Giovanni schon beibringen. Typisch Italiener! Kommst du heute nicht, kommst du morgen!", monierte Paul.

Elisa protestierte: „Das stimmt nicht. Ich kenne mich mit Italienern aus. Ich war ja mit einem verheiratet, mit Franco. Wie ihr wisst. Und ich habe lange in Italien gelebt."

„Franco war eine Ausnahme", stellte Irene fest.

„Regt euch nicht auf. So ein Zauberer hat auch ein anstrengendes Leben. Vor allem wenn man erstens zu spät ins Bett und dann zweitens gar nicht so richtig zum Schlafen kommt, weil man nächtlichen Besuch von seiner Geliebten hat", beschwichtigte Irene die aufgebrachten Gemüter. Alle schauten Linda fragend an. Die schüttelte den Kopf.

„Wenn du willst, schau ich einmal nach Giovanni. Ich beeile mich", bot sich Mona an.

„Ja, bitte", sagte Linda.

„Na gut, dann lasst uns schon mal mit dem Frühstück anfangen! Jetzt kann es ja nicht mehr lange dauern", schlug Paul vor.

Diesen Vorschlag griffen alle erfreut auf und sie bedienten sich nur zu gerne am reichhaltigen Frühstücksbuffet. Doch Mona ließ auf sich warten, so dass Linda, aber auch Ina unruhig wurden.

„Wo bleibt sie denn? Linda, pass auf, die spannt dir den neuen Mann aus", scherzte Sabrina.

„Sie heißt nicht Sabrina", zischte Linda missbilligend. „Du machst dich doch an jeden ran."

„Das ist Jahrzehnte her", verteidigte sich Sabrina.

Ratlos trat Mona wieder auf die Terrasse. „Tut mir leid, Giovanni ist nicht in seinem Zimmer. Ich habe ihn nicht gefunden. Linda, ist er doch schon abgereist? Oder ist er zum Joggen raus?"

„Unverschämtheit! Und lässt uns hier warten!" Robert konnte kein freundliches Wort für seinen Nebenbuhler finden. „Linda, ich kann es dir nicht verzeihen, dass du mich vor der ganzen Mannschaft hier lächerlich gemacht hast", fügte er leise, aber mit deutlich spürbarer Wut hinzu.

„Das war wohl doch nichts mit deinem neuen Mann. Der hat sich schon abgesetzt", stellte Cathrina sachlich fest.

„Nein, das kann ich nicht glauben, das würde er nie machen, nicht Giovanni!"

Linda schien sich da ganz sicher.

„Hat er die Nacht nicht mit dir verbracht?", wollte Sabrina wissen. Linda blieb stumm. „Vielleicht ist er mit seinen Assistentinnen in der Nacht abgereist. Die hatten doch bestimmt ein besonderes Boot. Und die waren nicht ganz ohne! Männer sind einfach so", stellte Irene fest. Dabei warf sie ihrem Mann Thomas einen vorwurfsvollen Blick zu.

„Lasst uns doch nachsehen, ob er seine Requisiten noch auf der Bühne hat. Ohne die wird er doch nicht weggegangen sein." Das erschien allen einleuchtend. Vater Paul hatte immer die praktischsten Ideen.

Sofort sauste Mark mit seinem Kaninchen auf dem Arm zum Speisesaal. „Es ist abgeschlossen", rief er. Dann lief er zur Rezeption, um sich von der Empfangsdame den Schlüssel aushändigen zu lassen. Schon war er wieder zurück und reichte ihn Ina, die den Saal aufschloss. Mark war auch der Erste, der in den Saal und auf die Bühne hinter den Vorhang stürmte. Sekunden später kam er kreidebleich zurück. „Mama, Papa, Ina. Ich hab's doch gewusst", stieß er hervor.

Voll böser Vorahnung liefen Ina und Irene hinter den Vorhang. Ein fürchterlicher Schrei! Von Irene.

Einige Kilometer weiter erwachte Hauptkriminalkommissar Hundertmacher. Es war schon recht spät am Morgen, in der Nacht hatte er sich unruhig gewälzt. Immer wieder gingen ihm die Gedanken zu seiner unglücklichen Familiengeschichte durch den Kopf. Er dachte an seine Frau, die ihn wegen eines jüngeren Mannes verlassen hatte. Er dachte auch an seine drei Söhne. Sie waren schon lange nicht mehr bei ihm gewesen. Sie konnten doch unmöglich von ihm erwarten, dass er sie in der lasterhaften Wohnung besuchte, wo sich auch der Geliebte niedergelassen hatte. Er empfand Bitterkeit und Hass, doch dann versuchte er, diese Gefühle abzuschütteln.

Nur langsam kam er auf die Beine. Er machte sich einen Kaffee, das musste für den Moment reichen. Die schmutzige Kaffeetasse stellte er noch zu dem Berg, der sich auf seiner Anrichte und im Spülbecken auftürmte. Eine Spülmaschine besaß er nach dem Auszug seiner Familie auch nicht. Es widerstrebte ihm, neue Geräte zu kaufen. Lieber fühlte er sich als das Opfer seiner untreuen Frau. Sie hatte ihm alles genommen. Sich selbst, die Kinder, die Möbel, seine Selbstachtung. Bald hatte er kein sauberes Geschirr mehr. Er hatte schon alte Porzellanleichen aus der hintersten Ecke des Schrankes ausgegraben. Muss ich doch mal spülen, dachte er. Es war alles so ungerecht. Seine Ex hätte ihm doch die wichtigsten Geräte lassen können. Wenn sie sich schon die Freiheit genommen hatte. Doch sie hatte argumentiert, dass sie auf jeden Fall die Waschmaschine und Spülmaschine brauchte. Für „vier Personen" hatte sie gesagt, sie meinte wohl sich und weitere vier Personen, ihren Liebhaber also mit eingerechnet.

Das Dumme war, dass der neue Mann sich auch fürsorglich und liebevoll den Jungen gegenüber verhielt. So begleitete er auch den Jüngsten zum Fußballtraining, was Hundertmacher selbst nie geschafft hatte. Das tat schon weh! Den Gedanken schob er aber entschlossen von sich.

Jetzt musste er frühstücken. Gestern hatte er eingekauft, davon könnte er noch längere Zeit zehren. Wenn die bitteren Gedanken kamen, brauchte er Nervennahrung. Einen Karton Fruchtjoghurt für die ganze Woche, zubereiteten Vanillepudding, den er so gerne aß, außerdem einige Dosen Bier und mehrere Flaschen Rotwein. Und Süßigkeiten in rauen Mengen, denn darauf konnte er keineswegs verzichten. Leider sah man das seiner Figur an.

Das war das Wichtigste, was auf seinem Einkaufszettel stand, den er natürlich nur in seinem Kopf hatte.

Frischgemüse und Derartiges fanden sich nicht auf seinem Speiseplan, denn er kochte nicht für sich selbst. Obwohl ihm der Herd geblieben war! Aber die Arbeit! Fleisch und Fisch aß er deshalb schon lange nicht mehr. Das müsste er ja zubereiten. Nur ab und zu gönnte er sich eine Currywurst von seiner Lieblingsimbissbude. Vielleicht sollte er später mal dahin fahren.

Hundertmacher überlegte, was er mit seinem freien Tag machen sollte. Aufräumen, saubermachen? Das Geschirr spülen? Viel zu schade, besser sich nach draußen in den Schatten setzen, lesen und Musik hören. Klassik mochte er am liebsten. Besonders angetan hatte es ihm Bach mit seinen Goldberg Variationen. Oder lief nachher im Fernsehen nicht ein interessantes Fußballspiel? Fußball lag ihm am Herzen. Er hatte in der Schulmannschaft gespielt und galt als absolutes Talent. Doch damals ließ sich daraus nichts machen, es gab niemand, der einen förderte. Was ist übrig geblieben von dem Talent? Heute eher das Gegenteil. Hüftkrank und gehbehindert. Wie konnte es nur so weit kommen? Er müsste mal seine Kleidung waschen, hatte nichts Frisches mehr. Aber heute war es egal. Er würde sich die Zeitung und einen Kaffee mit raus an die frische Luft nehmen.

Er war gerade dabei seinen Kaffee aufzubrühen, nach alter Methode, heißes Wasser auf gemahlenes Kaffeepulver, als das Telefon durchdringend klingelte. Erschrocken ließ Hundertmacher fast den heißen Wasserkessel fallen. Wer könnte das heute sein? Ein Notfall? Es war Timo, sein ältester Sohn. Also fast ein Notfall. Nachdem ihn seine Frau vor einiger Zeit verlassen hatte, war alles, was mit Familie zu tun hat, höchst empfindlich.

„Papa, hast du Lust mit uns auf den Fußballplatz zu gehen? Wir haben ein Turnier. Mama geht mit Freundinnen ins Museum. Sie hat da eine Führung. Martin hat Dienst. Es wäre toll, wenn du mitgehen könntest." Martin war der Geliebte seiner Exfrau.

Das konnte Hundertmacher seinen Söhnen nicht abgeschlagen. Nichts lieber als das. Obwohl es ihm lästig war. Aber was macht man nicht um des lieben Friedens willen? Hundertmacher begann sich anzuziehen.

Versprochen ist versprochen!

6. Kapitel

Noch ein Schrei. Die entsetzte Irene zeigte auf die Guillotine. Auf der Plattform der Guillotine lag eindeutig Giovanni Caruso. Der Körper jedoch ohne Kopf! Diesmal kein Trick mehr. Guillotiniert von seiner eigenen Guillotine! Sein schöner Kopf mit den dunklen Locken fand sich in dem Korb, nun bleich und blutverschmiert. Auch ringsum war alles voller Blut.

„Caruso ist tot. Ich hatte Recht", stellte Mark lakonisch fest.

Die mittlerweile hinzu geeilte Linda fiel in Ohnmacht. „O mein Gott, Giovanni!", hauchte sie noch. Auch den meisten anderen, die nachdrängelten, wurde es übel. Vor Ratlosigkeit und Entsetzen schienen alle kopflos. Nur Paul behielt die Oberhand und den Verstand. „Alle von der Bühne runter! Ihr dürft keine Spuren verwischen, wir müssen die Polizei rufen!"

„Polizei? Ja, natürlich. Aber Frau Helle ist von der Polizei", sagte Peter.

Ina musste tief durchatmen, um ihrer Panik entgegenzuwirken. Es war ein furchtbarer Anblick. Der enthauptete Kopf im Korb, der kopflose Körper auf der Guillotine. Und dann das viele Blut. Wie ein See. Ina spürte aufsteigende Übelkeit. Noch einmal tief durchatmen.

„Herr Eisenberg hat Recht. Alle müssen von der Bühne herunter. Gehen Sie wieder auf die Terrasse. Ansonsten könnten Spuren zerstört werden", ordnete Ina an.

„Und der Notarzt muss gerufen werden", bestimmte Paul Eisenberg. Jemand lachte sarkastisch. „Tessa ist Ärztin", sagte Laura.

Tessa sah sich das Opfer näher an und schluckte merklich. Auch sie schien geschockt. „Wir sehen alle, dass Herr Caruso tot und nicht auf natürliche Weise gestorben ist. Sein Tod scheint schon vor ein paar Stunden eingetreten zu sein. Aber das muss der Gerichtsmediziner genauer untersuchen", schlug Tessa vor. Auf der Terrasse warteten die Gäste auf die Polizei. Keiner sagte mehr ein Wort. Alle standen wohl unter Schock. Außer dem Mörder, dachte Ina. Ihr ging es besser, als sie den Speisesaal hinter sich abgeschlossen und den Schlüssel in ihre Tasche gesteckt hatte.

Bei Hundertmacher klingelte an diesem Morgen erneut das Telefon. Verdammt, man sollte es abschaffen. Zumindest am Sonntag. „Was? Ein Mord? Auf der Insel Frauenstein? Ich soll sofort kommen? Na klar, wird gemacht. Es ist ja nur Sonntag. Ich habe nichts Besseres vor. Außer zu einem Fußballturnier mit meinen Jungs zu gehen. Der Mord soll schrecklich sein? Sind Morde nicht immer schrecklich? Wie?"

Hundertmacher zog sich eilends an, als ob es um sein eigenes Leben ging. Als ob er noch ein Leben retten könnte. Er nahm seinen uralten Wagen, der bestimmt bald seinen Geist aufgeben würde. Nach seiner Pensionierung könnte er sich sicher kein Auto mehr leisten, denn für seine Kinder musste er noch lange Unterhalt bezahlen. Aber nicht jetzt daran denken, es gibt anderes zu regeln. Jetzt kann ich doch nicht zu meinen Söhnen zum Fußballturnier. Wie soll ich denen das beibringen? Er versuchte, Timo telefonisch zu erreichen. Doch die Jungs waren bestimmt schon unterwegs. Es soll eine abstruse und grausame Tat sein. Danach ist mir jetzt nicht. Wer sagt, dass es kein Unfall oder kein Selbstmord war? Nützt nichts, müsste er sich selbst anschauen. Sarkozy war auch schon informiert worden, sie sollte so schnell wie möglich auf die Fähre. Es sollte auf dieser exzentrischen Insel sein: Frauenheim oder Frauenstein. Falls es um Mord geht, müsste sich der Mörder noch auf der Insel befinden. Das ist doch wie bei einem Krimi, von dieser britischen Autorin, Agatha Christie. Wie war das?

An der Anlegestelle traf Hundertmacher auf Sarkozy. Sie gaben sich die Hände.

„Was ist denn hier los?", fragte der alte Kommissar. Er zeigte auf die Polizeiautos, mehrere Krankenwagen, einen Leichenwagen, aber auch Herren und Damen mit Kameras um den Hals, Vertreter der Presse.

„Es hat sich wohl schon rumgesprochen", antwortete Sarkozy, „Was erwartet uns da?"

„Es ist schön hier. Ich könnte mir sowas nie leisten", stellte Hundertmacher fest, als sie die Insel und das noble Hotel vor sich sahen. Sonnenlicht beleuchtete das grüne Ufer, die Insel vor ihnen mit den trutzigen Gebäuden sah romantisch aus. Gar nicht nach einem grausamen Mord.

Im Foyer bemühten sich einige um Linda, die immer noch nicht zu sich gekommen war. Robert hatte sie auf ein Sofa gelegt und kühlte ihre Stirn mit einem feuchten Tuch. Ihre Tante Elisa hatte einen Cognac kommen lassen und flößte ihn der benommenen Linda ein.

„Was ist passiert?", fragte diese, als sie die Augen aufschlug und alle um sich herum stehen sah. Besonders seltsam kam ihr vor, dass sich Robert so um sie kümmerte.

„Nichts", sprach er liebevoll auf sie ein. „Es wird alles wieder gut."

„War alles nur ein böser Traum?", fragte Linda. Sie suchte Monas Blick, die ihr die Hand hielt. „Was ist mit Giovanni, ist ihm etwas passiert?" Mona nickte nur. Linda versuchte ihre Tränen zu unterdrücken. Ihre Freundin nahm sie in den Arm. „Armer Giovanni! Arme   Linda!"

Monas Mann Peter stieß eine Weinkaraffe um. Sie zerschellte auf dem Boden. Alle schauten auf Peter, der fast noch bleicher als die anderen schien.

„Ent…, Ent…, Entschuldigung, es, es tut mir so leid, was mit Giovanni passiert ist, natürlich auch das mit der Vase", stotterte Peter. Auch er konnte seine Fassung noch nicht finden.

Ina erklärte den Gästen: „Alle müssen weiter auf der Frühstücksterrasse auf ihren Plätzen bleiben. Gleich kommt die Kriminalpolizei. Sie wird die Befragungen durchführen. Bis dahin kann noch gefrühstückt werden."

Die Gäste gingen beklommen zurück auf die Terrasse, Irene brachte Linda in ihr Zimmer.

Doch die schreckliche Morgenüberraschung hatte allen den Appetit auf das reichhaltige Frühstück geraubt. „Um Himmels Willen, ich habe doch keinen Hunger mehr", sagte Paul.

„Ich möchte nur wissen, wie es weitergeht", gab Mona zu. „Das ist ja alles so schrecklich."

„Wer kann so etwas Abscheuliches machen?", fragte Irene.

Mona sagte: „Ich habe Giovanni erst gestern kennen gelernt. Ich fand ihn sehr nett. Und ich kann Linda gut verstehen, denn sie war schon lange nicht mehr mit Robert glücklich, vor allem auch wegen seiner…"

„Schweig, Mona! Das gehört wirklich nicht hierhin", unterbrach Robert sie. „Seitensprünge", vervollständigte Mona.

„Liebe Mona, du solltest nicht voreilig, aus Betroffenheit heraus reden", warf Paul ein.

„Wieso Betroffenheit? Das ist die Tatsache", entgegnete Mona.

„Sei still, Mona!", schrie Robert. Jetzt schien er nicht mehr so gelassen wie gestern.

„Was wahr ist, das ist wahr", mischte sich Irene aufgebracht ein.

„Ich bitte euch alle um Beherrschung", mahnte Paul und war dabei aufgestanden. Er griff sich an die linke Brustseite und war bleich geworden.

Elisa eilte zu ihm und brachte ihn dazu, sich auf eine an der Seite stehende Sonnenliege zu legen.

Doch keiner der anderen Anwesenden schien Pauls Schwächeanfall bemerkt zu haben, so sehr waren wohl alle mit ihrem eigenen Schock beschäftigt.

Peter konnte seine Emotionen nicht zügeln und seine Stimme überschlug sich, als er fragte: „Wann hat Linda Giovanni kennengelernt? Hatte sie wirklich was mit ihm?"

Ina runzelte die Stirn und dachte: Hat der keine anderen Probleme?

Sabrina setzte eine traurige Miene auf. „Arme Linda, jetzt hat es sich für sie ausgezaubert!"

Cathrina kommentierte sarkastisch: „Auch Robert ist sie endlich los."

Mona schaute sie fragend an. „Wie meinst du das?"

Triumphierend sah Irene in die Runde. „Ist doch klar, der gehörnte Ehemann ist der Mörder und kommt natürlich ins Gefängnis!"

Cathrina nahm ein Glas Cognac in die Hand und sagte: „Auf ein Neues."

Es trat eine betretene Stille ein. Was meinte sie, überlegte Ina.

Robert warf Sabrina einen vorwurfsvollen Blick zu. „Du warst es, du hast ihn getötet."

„Ich? Blöde Idee. Ich hätte eine ganz andere Verwendung für ihn gehabt." Dabei leckte sie sich über die Lippen.

„So genau will das keiner wissen, vor allem nicht Linda", bremste Irene ihre Schwester.

„Bitte Ruhe bewahren. Die Polizei wird alles untersuchen und herausfinden, wie Giovanni ums Leben kam. Ob Mord oder Unfall. Ich hoffe, dass es kein Mord war, sonst hätten wir einen Mörder unter uns", überlegte Elisa.

„Es war Mord", versicherte Mark. „Ich wusste schon den ganzen Tag, dass es passieren würde. Stimmt's Ina?"

„Ja, es stimmt. Mark hat mich seit gestern Nachmittag versucht, zu überzeugen, dass ein Mord geschehen würde. Aber ich konnte es nicht glauben. Bei so einem friedlichen Familienfest", gab Ina zu. Sie hatte ein schlechtes Gewissen. Vielleicht hätte sie den Mord verhindern können. Hätte sie doch nur dem Jungen geglaubt.

„Ja, in unserer friedliebenden Familie ist das auch unmöglich", äußerte Sabrina ironisch.

„Tatsache ist, dass niemand die Insel in der Nacht verlassen konnte, zumindest nicht mit der Fähre. Demnach müsste der Mörder noch auf der Insel sein. Wohl einer von uns. Es darf daher keiner wegfahren, bevor er seine Aussage gemacht hat", bestimmte Ina.

„Das Personal ist doch auch noch da. Vielleicht ist es einer von denen gewesen. Wir sind uns zwar teilweise nicht wohlgesonnen, aber Mörder? Nein", gab Irene zu bedenken.

„Das Personal wird auch befragt. Selbstverständlich", versicherte Ina.

Mittlerweile hatte sich Paul erholt. Er schien sich immer noch wie der Patriarch eines großen Imperiums zu fühlen, für das er allein verantwortlich war. Auch die Familie betrachtete er wohl unter diesem Aspekt, vor allem da er bei diesem Fest alle Töchter wieder um sich versammelt sah. „Egal, was passiert. Ich benachrichtige Herrn Schuster, er ist der beste Anwalt weit und breit. Bis auf Robert natürlich, aber der ist ja selbst betroffen."

Lucille, Marks siebzehnjährige Schwester, schimpfte: „Was soll das mit dem Anwalt? Ihr habt kein Gefühl. Denkt ihr denn nicht an den armen Zauberer?"

„Und Robert kommt ins Gefängnis. Garantiert. Er ist bestimmt der Hauptverdächtige", schloss Sabrina.

„Onkel Robert ist nicht der Mörder", rief Mark. Dann las er weiter in seinem Buch, das Kaninchen rumorte in einem Karton auf dem Schoß.

Ina sprach beruhigend auf alle ein: „Vielleicht war es nur ein unglückseliger Unfall."

Das Gemurmel zeigte ihr, dass niemand an diese Version glaubte. Sie auch nicht, denn sie hatte gesehen, dass Giovannis Hände mit einem Stoffgürtel an der Guillotine gefesselt waren. Außerdem war die Tür zum Speisesaal soeben noch abgeschlossen gewesen und der Schlüssel hing an der Rezeption. Wie konnte das sein? Hatte Giovanni einen eigenen Schlüssel? Dann müsste der noch bei ihm sein. Aber Ina hatte auf den ersten Blick keinen gesehen.

„Ein Unfall? Das kann ich mir nicht vorstellen. Er hätte sich nicht freiwillig auf die Guillotine gelegt und dann das Fallbeil ausgelöst", mutmaßte Elisa Reale.

Bis jetzt hatte sich Richard noch nicht zu Wort gemeldet. Er hatte alle schweigend beobachtet. Endlich sagte er: „Es tut mir leid um Giovanni Caruso." Man merkte, dass seine Gedanken ganz woanders waren. Er war traurig und sagte: „Ich glaube nicht, dass Robert ein Mörder ist. Welches Motiv sollte er haben? Eifersucht? Er nicht", sagte er laut. Robert sah ihn an und nickte dazu.

Elisa führte wohl ihre eigenen Ermittlungen und fragte neugierig: „Sag mal, Robert, eine indiskrete Frage, habt ihr wirklich in zwei verschiedenen Schlafzimmern geschlafen, du und Linda?"

Mona war außer sich. „Wie können Sie nur so etwas Geschmackloses fragen?" Trotzdem antwortete Robert: „Natürlich nicht in einem Zimmer." Die Stimmung war düster. Jeder schaute jeden an und stellte sich wohl die Frage: Ist mein Gegenüber ein Mörder? Warum? Robert war jedenfalls nicht der Ehemann, der aus Eifersucht einen Mord beging. Hatte er vielleicht andere Motive?

Ina sah, dass hier viele Konflikte herrschten. Bei dieser Hochzeitsfeier hatte man wahrlich eine Menge geboten bekommen, dachte sie sarkastisch. Nette Überraschungen! Nette Familie!

7. Kapitel

Mit der nächsten Fähre kamen die beiden Kommissare Hundertmacher und Sarkozy, ein Arzt, der Gerichtsmediziner und Polizisten. Der Arzt kümmerte sich zunächst um Linda und gab ihr ein Beruhigungsmittel. Auch Paul wurde nach seinem Schwächeanfall behandelt.

Die Polizei sicherte den Tatort ab. Die Leute von der Spurensicherung mit ihren Spurensicherungskoffern und den weißen Tyvek-Anzügen begannen mit ihrer Arbeit. Der Tatort blieb weiterhin hinter dem Vorhang verborgen und der Speisesaal war für die Gäste gesperrt.

Etwas später traten die Kommissare Hundertmacher und Sarkozy auf die Terrasse. Ina besah sich den korpulenten älteren Herrn, der einen seltsamen Eindruck machte. Er trug einen übergroßen grauweißen Schnäuzer und fast bis zu den Schultern fallendes weißes Haar, seine Hose und der farblich nicht dazu passende Blazer sahen abgewetzt aus. Außerdem war die Hose viel zu kurz, so dass man einen Blick auf die unterschiedlich farbigen Socken werfen konnte. Die Schuhe glichen eher Pantoffeln als Straßenschuhen. Von weitem erkannte man trotz der ausgeweiteten, schlackernden Hose seine ausgeprägten X-Beine und, wenn er ging, seinen schleppenden Gang. Seriös sieht der aber nicht aus, dachte Ina. Der war noch eine Steigerung von Columbo.

„Wer ist denn der Penner?", fragte Robert und verzog angewidert das Gesicht. Hundertmacher schien es nicht gehört zu haben. Er stellte sich vor die Gäste und sprach zu ihnen: „Guten Morgen, als Erstes möchte ich mein Bedauern darüber ausdrücken, dass der eigentlich positive Anlass, dieses Fest, die Silberhochzeit, ein solch schreckliches Ende genommen hat. Ich bin Kriminalhauptkommissar Hundertmacher und ich übernehme den Fall zusammen mit meinem Assistenten Kriminalkommissar Sarkozy.“

Dabei zeigte er auf seinen Kollegen, einen schmalen und nicht allzu großen jungen Mann, der einen feinen grauen Anzug trug. Dichtes braunes Haar bildete über der Stirn eine ausgeprägte Haartolle.

Ina stellte sich den beiden Kollegen vor: „Guten Morgen. Ich bin Kriminalkommissarin Ina Helle.“

„Was? Die Kriminalpolizei ist schon da?“, wunderte sich Hundertmacher.

„Ich bin von der Polizeidienststelle Dannstein in der Eifel. Aber ich bin nur als Gast hier, seit gestern Nachmittag“, erklärte Ina.

Sie schüttelten sich die Hände.

Sarkozy lächelte und sagte: „Sehr erfreut, Frau Kollegin Helle. Bevor Fragen dazu kommen, ich bin nicht verwandt mit dem gleichnamigen Herrn aus Frankreich. So berühmt bin ich nicht, noch nicht. Ob ich das überhaupt wollte, wer weiß. Auf jeden Fall ist dies mein erster richtiger Fall. Und was für einer!“

„Ich kann Ihnen den Toten zeigen“, bot Ina ihren Kollegen an.

Sie führte die beiden in den Speisesaal hinter den Vorhang. Auch Hundertmacher und Sarkozy waren von dem Anblick des Opfers schwer betroffen.

„Mein Gott. Ich habe im Laufe meines Berufslebens eine Menge Todesfälle bearbeitet. Aber so etwas habe ich noch nie gesehen. Was für ein Verbrechen. Soll das mein letzter Fall sein? Auf jeden Fall spektakulär", kommentierte Hundertmacher. Dann erklärte er, dass er bald pensioniert würde.

Er wandte sich an seine Kollegen: „Frau Kriminalkommissarin Ina Helle wird uns helfen, die Verhöre beziehungsweise Befragungen durchzuführen. Sie kennt die Gäste schon. Natürlich nur, wenn sie will."

„Selbstverständlich werde ich mich daran beteiligen", bestätigte Ina erfreut. Das war die Gelegenheit, weiter zu forschen.

„Gut, dann werden wir sofort damit anfangen", beschloss Sarkozy.

Die drei Kommissare gingen auf die Terrasse zurück.

Sarkozy teilte Papierbögen an die Gäste aus und erklärte: „Es tut mir leid, dass die Umstände alles andere als angenehm sind. Ich verteile jetzt ein Blatt für jede Person. Jeder schreibt darauf, wie und wo er die letzte Nacht und mit wem er sie verbracht hat. Mit genauer Uhrzeit, wann er oder sie ins Bett gegangen ist. Vor allem muss auch aufgeschrieben werden, ob man Giovanni Caruso schon vorher gekannt hat, und wenn ja, dann bitte angeben, wo und wann er ihn kennengelernt und wie gut er ihn gekannt hat."

Robert schüttelte den Kopf und sagte sarkastisch: „Herr Kommissar, Sie überfordern diese Leute hier. Das war alles etwas zu viel." Meinte er den Bogen oder den Mord, fragte sich Ina.

Die ausgefüllten Zettel sammelte Sarkozy etwas später ein und begann sofort die Angaben auszuwerten: Jeweils allein in einem Zimmer hatten Robert, Linda, ihre Schwester Sabrina, ihre Freundin Sonja, Roberts Bruder Richard, die Schwägerin Cathrina, Lindas Vater Paul und Tante Elisa übernachtet. Roberts Schulfreund und dessen Frau waren bereits am vorigen Abend mit der letzten Fähre abgereist.

Sich ein Zimmer geteilt hatten Ina und Tessa, das Ehepaar Mona und Peter, die Cousinen Laura und Lucille, außerdem hatte Lindas Schwester Irene mit ihrem Mann Thomas und Mark in einer Suite gewohnt, die aus zwei Schlafzimmern bestand. Nachfragen, wer in welchem der Zimmer geschlafen hatte, notierte Sarkozy.

Außer Linda als Geliebte wollte keiner Giovanni vorher näher gekannt haben. Nur Sabrina gab an, Giovanni Caruso vor Jahren einmal auf einer Kulturveranstaltung kurz gesehen zu haben.

8. Kapitel

Hundertmacher erklärte das weitere Vorgehen in den Ermittlungen: „Wir müssen jetzt die Anwesenden einzeln befragen. Sie sind sogenannte Auskunftspersonen, die nebensächliche oder vielleicht auch wichtige Informationen zur Aufklärung dieser schrecklichen Tat geben können. Alle Beobachtungen, die jemand gemacht hat, können wichtig sein. Am besten gehen Sie auf Ihre Zimmer. Bitte bleiben Sie dort, bis Sie gerufen werden." Schweigsam gingen alle davon.

Es war Mittagszeit.

Ina hatte das Personal um einen Befragungsraum gebeten. Schnellstens war ein Hotelbüro dazu umfunktioniert worden. Hier gab es einen großen Schreibtisch, hinter den sich Hundertmacher niederließ. Sarkozy und Ina hatten sich Sessel herangezogen und Schreibblöcke für Notizen zurechtgelegt. Zusätzlich war ein Tonbandgerät herangeschafft worden.

Zunächst gaben Ina und ihre Nichte Tessa ihre Erinnerungen an die vergangene Nacht zu Protokoll, da sie ebenfalls Gäste im Hotel waren. Tessa konnte gar nichts dazu sagen, sie war unmittelbar nach der Zaubershow zu Bett gegangen und hatte das Zimmer nicht mehr verlassen. Dagegen war Ina mit Irene, Sabrina und Cathrina noch in der Bar gewesen, dort waren sie auf Richard und Robert getroffen. Ina erzählte von den Gesprächen, die geführt worden waren. Alle seien kurz nach zwei in ihre Zimmer gegangen. Tessa reiste nach der Befragung ab, da sie noch viele Kilometer vor sich hatte und am nächsten Morgen in der Frühe wieder arbeiten musste.

Nachdem sie sich verabschiedet hatte, wurde der Silberbräutigam Robert Martens in den Verhörraum gebeten.

Die Kommissare saßen Robert gegenüber, der sich auf einem Polsterstuhl vor dem Schreibtisch niederlassen musste.

„Herr Martens", begann Hundertmacher. „Was sind Sie von Beruf?"

Robert war verdutzt. „Wozu soll das wichtig sein? Ich bin Rechtsanwalt für Finanz- und Firmenrecht", sagte er dann.

„Was haben Sie diese Nacht ab zwei Uhr gemacht?"

„Mit meinem Bruder war ich in der Bar, dann bin ich in mein Zimmer gegangen. Alleine! Meine Frau hat mich schön bloßgestellt, wie Sie ja gehört haben", wandte er sich an Hundertmacher. „Frau Helle hat es selbst miterlebt." Er blickte zu Ina und zwinkerte ihr zu. „Ich habe den Italiener nicht umgebracht, ich mache mir doch meine Hände nicht schmutzig! Das können Sie mir wirklich glauben."

„Aber für Außenstehende sieht es so aus, als ob Sie ein Mordmotiv haben: bloßgestellt und mit einem anderen Mann konfrontiert! Manche haben wegen weniger gemordet."

„Und noch mehr haben aber auch wegen mehr nicht gemordet. Und ich bin keiner, der sich so aus den Fugen bringen lässt. Außerdem stimmt es, dass ich mehrere Beziehungen im Laufe meiner Ehe hatte. Es gibt auch noch andere Frauen als Linda, schönere und jüngere." Dabei sah er Ina intensiv an und lächelte hintergründig. „Ich hätte sie freigegeben, wenn sie das unbedingt gewollt hätte. Also gab es keinen Grund ihren Freund umzubringen. Gleiches Recht für alle!"

„Ach so." Hundertmacher nickte scheinbar verstehend. „Sie haben Ihrer Frau also auch immer ihre Freiheit gelassen? Sie haben sozusagen eine offene Ehe geführt?"

„Im Prinzip ja, nur meine Frau hat kaum Gebrauch davon gemacht, denke ich. Aber man kann sich auch irren, wie es jetzt aussieht." Er zuckte mit den Schultern.

„Sie hatten vorher also keine Ahnung davon, dass Ihre Frau einen anderen hatte?"

„Nein, überhaupt nicht. Dann hätte ich natürlich nicht diese sündhaft teure Silberhochzeit geplant und mich dieser Schmach ausgesetzt. Das können Sie mir glauben. Wenn Sie es genau wissen wollen, ich bin in dieser Nacht doch nicht allein ins Bett gegangen. Nein. Ich habe mir eine Flasche Whiskey beim Barkeeper besorgt und mich auf meinem Zimmer richtig besoffen. Ich hatte allen Grund dazu." Roberts Gesicht zeigte Abscheu. Wovor?, überlegte Ina.

„Noch eine indiskrete Frage, Herr Martens. Wie kommt es, dass Sie nach dieser unangenehmen Überraschung gestern Abend nicht umgehend abgereist sind? Das wäre doch normal gewesen. Eine andere denkbare Reaktion wäre gewesen, dass Sie im Affekt auf den Liebhaber der Frau losgehen."

„Hätte ich schwimmen sollen?" Robert hatte lässig die Beine ausgestreckt und gab sich ganz entspannt. „Informierte wissen", dabei zwinkerte er Ina wieder zu, „dass es in der Nacht keine Fähre mehr gab. Außerdem bin ich stolz darauf, nicht wie alle zu sein. Deshalb reagiere ich vielleicht anders als alle anderen. Trotzdem oder deshalb bin ich kein Mörder!"

„Na gut, dann dürfen Sie Ihr Zimmer wieder aufsuchen. Sie müssen sich allerdings zur Verfügung halten. Es könnte sein, dass wir Sie noch einmal brauchen."

„Verdammt, ich habe keine Lust mehr, länger hier zu bleiben. Ich hab schlechte Erinnerungen an dieses Hotel und das ganze Drumherum." Robert erhob sich und verließ mit erhobenem Haupt und in schlechter Stimmung das Zimmer.

„Der ist aber sauer", stellte Sarkozy fest.

„Giovanni Caruso hat noch weniger Grund, diese Hochzeit in guter Erinnerung zu behalten", ergänzte Ina sarkastisch. Ihre Kollegen lächelten schwach.

„Was haben wir jetzt von Herrn Martens erfahren?", fragte Hundertmacher.

„Wenig Konkretes. Eigentlich nur, dass er anders als andere reagiert, dass er ein notorischer Ehebrecher ist und von daher eigentlich keine Mordmotive hat", fasste Ina zusammen.

„Frau Helle, ich glaube, der ist scharf auf Sie", stellte Sarkozy fest. „Was sagen Sie dazu?"

„Ich halte ihn für einen Lackaffen, für einen schmierigen Typen, aalglatt", urteilte Ina niederschmetternd. „Mir scheint sein Verhalten nicht schmeichelhaft. Im Gegenteil." Sie verzog verächtlich ihren Mund.

„Ein hartes Urteil", resümierte Hundertmacher und nickte.

„Frau Martens ist sicher noch nicht vernehmungsfähig. Lassen wir ihr noch ein bisschen Zeit. Vielleicht bringt Richard Martens etwas Licht ins Dunkel", überlegte Sarkozy.

Richard trat ein und Hundertmacher bat ihn, sich zu setzen. Den Kommissaren wurde bewusst, wie unterschiedlich die Brüder Martens vom Erscheinungsbild waren. Richard Martens hatte ganz und gar nicht die Ausstrahlung des attraktiven und selbstsicheren Robert. Ihnen gegenüber saß ein weltfremd wirkender Mann, etwa ein Meter fünfundachtzig groß, hager, jemand der anscheinend nicht wusste, wo er seine langen Hände hinlegen sollte. Auch die überhaupt nicht zur Gesichtsform passende Nickelbrille ließ Richard wie ein in die Jahre gekommener Pubertierender aussehen. Allerdings war sein Haar recht modisch geschnitten. Als ob die Frisur das Weltfremde kaschieren sollte, beurteilte Ina ihn. Er wirkte jünger, als er war. Überhaupt zählte er wohl zu jenen Menschen, deren Alter man schlecht einschätzen konnte.

Hundertmacher fragte ihn nach seinem Beruf und seinem Wohnort.

„Ich bin Physiker und wohne unter der Woche in der Nähe meines Arbeitsplatzes, in Hambach. Aber mein Hauptwohnsitz ist in Köln, am Rathenauplatz", antwortete Richard.

„Wohnen Sie zur Miete?", fragte Hundertmacher.

Richard Martens wirkte überrascht. „Nein, ich habe dort eine Eigentumswohnung", sagte er.

„Haben Sie einen Verdacht, wer der Mörder sein könnte?", wollte Sarkozy wissen.

Martens zuckte zusammen. „Nein, ich habe keine Ahnung, wer Giovanni Caruso, so hieß er doch, umgebracht hat."

„Sie wissen, dass Ihr Bruder Robert der Hauptver-dächtige ist? Könnte er den Mord begangen haben?" Hundertmachers Stimme klang sehr eindringlich.

„Nein. Diese Tat war geplant. Mein Bruder handelt logisch, sehr überlegt, nie aus dem Affekt heraus. Robert begeht keinen Mord. Schon gar nicht, wenn er im Vorfeld weiß, dass jeder Verdacht auf ihn fallen würde. Auch aus Liebe zu Linda würde er nicht aus dem Affekt heraus handeln. Ausgeschlossen, Robert kann das nicht gewesen sein", beteuerte Richard.

„Das war logisch", sagte Ina ironisch und ein zweifelnder Ausdruck breitete sich über ihr Gesicht aus.

„Wahrscheinlich denken Sie, das sei ein Widerspruch, aber es ist nur ein Scheinwiderspruch, ein Paradoxon sozusagen. Ich denke, die Tat muss vorab geplant gewesen sein. Wer würde Giovanni dazu bringen, sich aufs Schafott zu begeben und sich freiwillig hinrichten zu lassen? Niemand. Es muss jemand vorher gewusst haben, wie das Ganze ablaufen sollte. Mein Bruder jedoch wusste vielleicht von den Zauberkünsten, die hier gezeigt wurden. Aber sicher nichts von der Überraschung, die Linda ihm machen würde. Er wusste nicht, dass Giovanni Caruso als neuer Mann an ihrer Seite präsentiert werden sollte. So sehr mein Bruder gekränkt oder enttäuscht gewesen sein mochte, er ist nicht fähig zu solch einer Tat. Also meines Erachtens muss jemand vorher schon den Plan, den Zauberer auf diese schreckliche Art und Weise zu ermorden, ausgeheckt haben. Wenn Sie mich fragen, war das eine Hinrichtung, im wahrsten Sinne des Wortes. Und wer bringt so etwas Schreckliches zustande: die Mafia!

Bedenken Sie, Giovanni Caruso war Italiener. Da liegt das nicht fern."

Die Zweifel waren den Kommissaren ins Gesicht geschrieben. „Doch nicht jeden ermordeten Italiener hat die Mafia auf dem Gewissen", bemerkte Sarkozy. Auch Hundertmacher schüttelte den Kopf.

„Erzählen Sie mir mehr über Ihren Bruder", forderte ihn der Kommissar auf.

„In seinem Beruf als Rechtsanwalt setzt er sich äußerst motiviert für seine Klienten ein. Er war schon als Kind ehrlich, zu ehrlich, ein Gerechtigkeitsfanatiker. Deshalb ist er Rechtsanwalt geworden."

„Aber er ist Firmenanwalt. Da gibt es doch kein schuldig oder nicht schuldig! Kann er sich trotzdem durch seinen Beruf viele Feinde gemacht haben?", fragte Ina.

„Ja. Er hat viele Feinde, aber auch viele Freunde. Vor allem, weil er reich und überaus großzügig ist. Sehen Sie sich doch dieses Fest an, was hier alles geboten wurde! Zudem ist er sehr erfolgreich. Das ruft immer Neider auf den Plan."

„Interessant", warf Hundertmacher ein. „Wie ist sein Verhältnis zu seiner Ehefrau?"

„Wie allgemein bekannt ist, hatte er außereheliche Beziehungen. Dennoch liebt er Linda über alles. Er lässt ihr viele Freiheiten, engt sie nie ein."

„Wie meinen Sie das? In Bezug auf Männer?", forschte Hundertmacher nach.

„Insgesamt. Meine Schwägerin Linda interessiert sich für Geschichte, Politik und bereist in diesem Zusammenhang viele Länder, das ergibt sich auch aus ihrem Beruf. Sie arbeitet als Lektorin im Akademischen Auslandsamt. Sie kann ihr Leben selbst gestalten."

„Das ist nett von ihm." Inas Ironie war nicht zu überhören. *Frauen sind doch heute nicht mehr von ihren Männern abhängig und identifizieren sich glücklicherweise auch nicht mehr über sie.*

In diesem Moment ging die Tür auf und ein Mann der Spurensicherung trat ein. In der Hand hielt er eine durchsichtige Kunststofftüte, in der sich ein gefundenes Beweisstück befand. Er winkte Sarkozy zu sich und wechselte mit ihm einige leise Worte mit ihm. Mit ernster Miene trat Sarkozy zu Hundertmacher, deutete auf eine der Folien und flüsterte ihm etwas zu.

Hundertmacher wandte sich an Richard und zeigte ihm den Inhalt. Es war eine dunkle Krawatte mit einem auffälligen türkisfarbigen Muster. Er fragte: „Kennen Sie diese Krawatte?"

Richard war erstaunt. „Ja natürlich! Die ist von Robert! Die hatte er gestern Abend getragen. Unverkennbar. Ich hatte noch gedacht: ‚Wie schön sie mit ihrem Blau genau zu Lindas Kostüm passt. Welche Harmonie!' Woher haben Sie sie?"

„Sie ist bei der Leiche gefunden worden, der Tote war sogar damit gefesselt. Sie wissen, dass damit Ihr Bruder besonders belastet ist", hielt Hundertmacher ihm vor.

„Das ist ja schrecklich. Vielleicht irre ich mich auch. Vielleicht war es nur eine ähnliche Krawatte. Unmöglich! Das kann ich nicht glauben. Oder jemand will den Verdacht auf Robert lenken", versuchte Richard, zu erklären.

„Alles möglich! Das werden wir schon herausfinden. Vielen Dank, Herr Martens. Sie können jetzt nach Hause fahren", verabschiedete sich Hundertmacher von ihm. „Herr Sarkozy wird Sie auf Ihr Zimmer geleiten.

Wenn wir Sie noch einmal brauchen, werden wir Kontakt mit Ihnen aufnehmen. Für den Moment können Sie nach Hause fahren. Aber bitte, behalten Sie alles für sich! Zu keinem ein Wort", bat Hundertmacher.

„Klar doch! Ich werde nichts zu Ungunsten meines Bruders Robert heraus posaunen! Sie können sich auf mich verlassen", versprach Richard Martens.

Sarkozy sollte Richard in sein Zimmer begleiten, damit dieser vorerst keinen Kontakt mit seinem Bruder aufnehmen konnte. Diesem schien das Ganze nicht zu behagen. Dass jetzt Robert so stark belastet war, ging ihm wohl gegen den Strich. Sofort begann er, seinen Koffer zu packen.

Robert wurde noch einmal ins Büro geführt. Wir müssen Sie vorläufig festnehmen. Es besteht dringender Tatverdacht, dass Sie Giovanni Caruso ermordet haben. Mit Ihrer Krawatte wurde das Mordopfer gefesselt. Alles, was Sie jetzt sagen, kann gegen Sie verwendet werden."

„Das muss jemand inszeniert haben. Ich habe nichts zu verbergen. Die Krawatte hatte ich in der Bar liegen lassen. Ich habe niemanden umgebracht. Denkt doch mal nach." Entrüstet schlug er sich vor die Stirn. „Vor gestern Abend kannte ich den Caruso doch gar nicht", beschwor er leicht verzweifelt. Polizisten brachten ihn ins Präsidium, wo er in Untersuchungshaft kam, da dringender Tatverdacht bestand. Die Indizien schienen erdrückend. Das Wichtigste war, dass mit Roberts Krawatte das Mordopfer gefesselt worden war.

Carusos Hotelzimmer war ebenfalls durchsucht worden. Außer einigen Kleidungsstücken wurde nichts gefunden. Kein Handy, keine Schlüssel, nichts Schriftliches. Auch bei den Requisiten hinter der Bühne nicht.

9. Kapitel

Endlich hatte sich Linda Martens etwas gefasst. Noch wankend fand sie den Weg zum Vernehmungsbüro und sie bestand darauf, ihre Aussage zu machen. Hundertmacher hielt ihr die Hand hin, die sie ergriff, als ob sie Halt suchte. Er führte sie zur Polsterecke. „Bitte setzen Sie sich doch, Frau Martens! Ich kann Ihren Kummer verstehen. Doch muss ich noch Grundsätzliches fragen. Sie haben den ermordeten Zauberkünstler Giovanni Caruso als Ihren zukünftigen Mann vorgestellt?" Traurig nickte Linda.

„Auch ohne den Mord hat die Feier schon etwas Seltsames an sich. Zumindest für Außenstehende. Wer von den Gästen wusste etwas von der sogenannten Überraschung? Dass Sie Ihrem Mann den neuen Liebhaber am Abend der Silberhochzeit präsentieren wollten?", fragte Hundertwasser, dem man seine Verwunderung auch anmerkte.

„Niemand, niemand …", stammelte Linda, die immer noch benommen wirkte. Es mochte auch an den Beruhigungsmitteln liegen, die ihr der Arzt gegeben hatte. Auch Ina spürte Lindas Indisposition und sie fragte sich, ob es nicht besser gewesen wäre, sie in eine Klinik bringen zu lassen.

„Bitte erzählen Sie mir etwas über Giovanni Caruso! Wie haben Sie ihn kennen gelernt? Seit wann waren Sie ein Liebespaar?", fragte Hundertmacher.

„Waren? O mein Gott, Giovanni! Warum musste er sterben? Wer war es, Herr Kommissar? Wer hat ihn umgebracht?" Linda konnte ihre Tränen kaum zurück-halten.

„Das wissen wir noch nicht, Frau Martens. Sie wissen, dass ihr Mann höchst verdächtig ist. Trauen Sie ihm das zu? Könnte er Ihren Liebhaber getötet haben?", wollte Hundertmacher wissen.

„Robert? Nein, das glaube ich nicht. Dafür hat er die Ehe seit Jahren schon nicht mehr ernst genommen. Es war ihm schon lange egal, was ich gemacht habe. Er selbst hat sich jede Freiheit heraus genommen." Linda hörte sich ausgesprochen sicher an. Und bitter.

„Es ist etwas anderes, wenn man so vor allen Leuten bloß gestellt und gleichzeitig ein Nebenbuhler serviert wird. Da könnte einer schon durchdrehen, könnte ich mir vorstellen."

Hundertmacher glaubte an die Abgründe der mensch-lichen Seele, vor allem wenn ein so eitler Charakter, wie er Robert sah, der in seinem Selbstwertgefühl derart verletzt wurde. Er hätte selbst seinen Nebenbuhler Martin auch am liebsten umgebracht. Damals und jetzt noch.

„Nein, Robert, nein …" Linda hatte die Augen geschlossen.

„Noch etwas, Frau Martens! Haben sie diese Krawatte schon einmal gesehen?" Sarkozy zeigte auf die Tüte mit dem Beweisstück.

„Ja, natürlich. Das ist Roberts Krawatte. Ganz sicher. Die hat er gestern Abend getragen", bestätigte sie.

Linda Martens machte einen erschöpften Eindruck. Hundertmacher hatte Mitleid mit ihr und glaubte, dass sie für den Moment keine weiteren Auskünfte mehr geben konnte. Daher entließ er sie. Für sie war am Flussufer ein Taxi bestellt worden, das sie nach Hause bringen sollte. Dass Frau Martens ihm eigentlich nicht auf seine Fragen nach Giovanni Caruso geantwortet hatte, schien ihm nicht so wichtig. Die Ärmste konnte einem doch leidtun, der Ehemann hat sie jahrelang betrogen und der neue Liebhaber wird gleich so bestialisch ermordet.

„Jetzt habe ich aber eigentlich keine Lust mehr, mit der Befragung weiter zu machen", murrte Hundert-macher. „Irgendwann muss auch einmal ein Kommissar Feierabend haben. Heute ist zudem Sonntag. Ich habe meine Kinder wieder einmal vor den Kopf gestoßen und enttäuscht." Ina und Sarkozy sahen ihn mitleidig an.

„Aber ich weiß, dass das Verbrechen keine Pause und keinen Feierabend macht", seufzte er tief auf. „Also weiter machen!"

Bei ihren Vernehmungen waren die Kommissare ungestört, denn das Hotel konnte am heutigen Tage nicht mehr öffnen. Die Polizei hatte das Mordopfer zwar schon abholen lassen, aber der große Saal mit der Bühne war bisher noch nicht frei gegeben worden. Immer noch waren die Leute der Spurensicherung am Werk. Was sie außer der Krawatte noch gefunden hatten, wusste Hundertmacher nicht. Anscheinend nicht so viel, sonst hätte man ihn schon informiert.

Sarkozy machte sich einige Notizen auf seinem Block, mittlerweile waren seine Aufzeichnungen zu einem scheinbar unentwirrbaren Hieroglyphengekritzel ge-worden. Als Linda gegangen war, betrachtete der

Kommissar etwas ratlos seinen Block. „Irgendetwas habe ich vergessen. Was war das? Jetzt ist es mir eingefallen", rief Sarkozy und schlug sich an den Kopf. „Sabrina Eisenberg, die Schwester von Linda Martens, hat doch angegeben, dass sie Giovanni irgendwann schon mal begegnet ist. Da müsste man nachhaken."

Als Nächstes wurde also die jüngste der drei Schwestern, Sabrina Eisenberg, ins Büro gerufen. Sie hatte kein Problem damit, länger im Hotel zu bleiben, vor allem weil alle Gäste nach ihren Essenswünschen befragt worden waren und ihnen das Essen anschließend auf den Zimmern serviert wurde. Sie hatte gerade ein Coq au vin rouge verspeist und dazu einen gehaltvollen Burgunder getrunken, worüber sie sichtlich zufrieden war.

„Sie können froh sein, dass ich mein Mahl schon fast beendet hatte, als ich gerufen wurde. Sie müssen dieses Burgunderhähnchen unbedingt probieren! Vorzüglich!", riet sie den Kommissaren.

„Das werden wir gerne noch machen, wenn wir unsere Arbeit getan haben", bemerkte Hundertwasser, dem allein bei der Nennung des Gerichts das Wasser im Munde zusammenlief. „Aber erst die Arbeit, dann das Vergnügen beziehungsweise das Essen. Wir haben ja soeben noch etwas gefrühstückt." Er zeigte auf das schmutzige Geschirr in der Ecke, das noch nicht abgeräumt war.

„Ich weiß nicht, ob ich Ihnen helfen kann. Los, fragen Sie mich", schlug Sabrina vor.

„Sie sind die einzige außer Ihrer Schwester Linda natürlich, der Giovanni Caruso vorher schon einmal begegnet ist. Können Sie uns das ein bisschen genauer darlegen?"

„Richtig kennengelernt habe ich ihn nicht. Ich war vor zwei Jahren auf einer internationalen Konferenz für Schriftsteller. Sie müssen wissen, ich bin Schriftstellerin. Es war in Neapel. Giovanni war in zweifacher Funktion da und deshalb ist er mir aufgefallen. Einmal selbst als Schriftsteller. Ich glaube, er hatte ein Buch über seinen Großgroßonkel Enrico Caruso geschrieben, das er vorstellte. Andererseits trat er als Magier auf und zeigte ein ähnliches Programm wie gestern. Mit ihm gesprochen habe ich aber nicht. Dazu gab's keine Gelegenheit. Schade um ihn, schade um Linda, die ihren Geliebten verloren hat." Sabrina wiegte bedauernd den Kopf.

„Mehr als schade! Immerhin ist ein grausamer, blutrünstiger Mord geschehen!" Diesmal war Sarkozy der Sarkastische.

Sabrina ging auf diese Bemerkung nicht ein. „So, jetzt hab ich alles gesagt und darf deshalb bestimmt gehen. Ich muss an meinem Manuskript weiter schreiben, das ich glücklicherweise mitgebracht und in meinem Hotelzimmer liegen habe."

„Nein, nicht so schnell, Frau Eisenberg", stoppte Hundertmacher sie, die schon aufgestanden war. „Sie müssen uns noch sagen, was Sie letzte Nacht ab ein Uhr gemacht haben."

„Das habe ich doch quasi schon gesagt: Ich war bis etwa zwei Uhr in der Bar. Das weiß auch Ihre Kollegin Frau Helle, die ebenfalls da war. Danach habe ich noch an meinem Manuskript geschrieben, so etwa bis drei, vier Uhr. Ich muss es bald meiner Lektorin vorlegen.

Deshalb hab ich eigentlich keine Zeit zum Feiern. Aber andererseits wollte ich mir das Spektakel nicht entgehen lassen. Ich hatte schon etwas Besonderes erwartet. Immerhin ist Robert als Angeber bekannt." Sie lächelte hintergründig.

„Sie scheinen Ihren Schwager nicht besonders zu mögen. Was glauben Sie, ist ihm dieser Mord zuzutrauen?"

„Robert als Mörder? Nein, dafür hat der keinen Mumm. Der macht zwar auf dicke Hose, aber dahinter steckt nichts." Sabrina verzog verächtlich das Gesicht.

„Aber wer könnte ein Motiv für den Mord haben?", wollte Hundertmacher wissen.

„Wenn Sie mich fragen, war das die Mafia oder die Camorra, wie sie in Neapel heißt. Giovanni Caruso hat auch ein Buch über die Camorra verfasst, das vor kurzem herausgekommen ist. Vielleicht hat man ihm das sehr übel genommen", mutmaßte sie.

„Ja, dann sollte einer das Buch mal lesen, damit man weiß, was die Mafia oder Camorra so erzürnt haben kann", schlug Sarkozy vor.

„Den hätten wir gerade schon gefunden. Besorgen Sie sich das Buch so schnell wie möglich und lesen Sie es, Kollege", verordnete Hundertmacher. „Und Sie können jetzt gehen", wandte er sich an Sabrina. „Sie können das Hotel verlassen, wenn Sie wollen. Aber lassen Sie Ihre Adresse und Telefonnummer da."

„Hab ich doch alles aufgeschrieben, auf dem Zettel, den ich Ihrem Kollegen ausgehändigt habe", warf Sabrina Eisenberg schnippisch ein.

„Stimmt. Dann noch etwas. Haben Sie diese Krawatte schon einmal gesehen?" Damit hielt er ihr die Plastiktüte vor die Augen. „Die ist eindeutig von Robert. Wo haben Sie sie gefunden?", wollte Sabrina neugierig wissen.

„Vielen Dank für Ihre Auskunft", bedankte sich Hundertmacher, ohne auf ihre Frage einzugehen.

„Gerne geschehen! Übrigens eine komische Idee mit den Zetteln, aber ganz praktisch. Alle Achtung, Herr Sarkozy! Aber jetzt muss ich wieder an die Arbeit." Sie beeilte, sich wegzukommen. „Wenn Sie mir schon nicht antworten", schob sie in beleidigtem Ton hinterher.

„Einen Moment noch! Worüber schreiben Sie denn?"
„Über Wirtschaftskriminalität! Ein brisantes Thema. Keine Fiktion, alles Realität. Dann auf Nimmerwiedersehen!" Sabrina Eisenberg war entschwunden.

„Was halten Sie von ihr? Dass die Mafia damit etwas zu tun hat, glaube ich nicht. Sie etwa?", fragte Sarkozy.

„Aber so einen grausamen Mord haben wir hier noch nicht gesehen. Vielleicht deutet das doch auf die Mafia hin", wandte Hundertmacher ein.

10. Kapitel

Zunächst sollte noch Roberts und Richards Schwägerin Cathrina ihre Aussage machen. Hundertmacher schätzte sie auf Mitte vierzig. Mit ihren dunklen, halblangen glatten Haaren wirkte sie sehr apart. Ihre grünen Augen schauten den Inspektor neugierig an. „Ich weiß nicht, was ich zu diesem Mord sagen kann. Ich habe nichts gesehen und nichts gehört."

„Ja, schade. Aber vielleicht können Sie mir etwas über Ihre Verwandtschaft, vor allem über Ihren Schwager Robert erzählen. Wo ist eigentlich Ihr Mann? Wenn ich das fragen darf", fragte Hundertmacher neugierig.

Cathrina reagierte betroffen. „Ich habe meinen Mann Erik schon früh verloren. Das heißt, ich bin schon lange Witwe."

„Das tut mir leid, das wusste ich nicht. Wie ist das passiert? Wenn Sie mir das sagen wollen." Mein Gott, Hundertmacher, wie indiskret, dachte sich Ina. Wie kommt der auf solche Fragen, die mit der Sache doch nichts zu tun haben? Oder doch?

„Wenn Sie es wissen wollen: Das ist die Schuld von Robert. Natürlich auch in gewisser Weise von Erik, weil er das verdammte Spiel mitgemacht hat. Damals, als Erik und ich jung verheiratet waren, wir waren erst Anfang zwanzig, da haben seine älteren Brüder Robert und Richard an einem Wochenende – ich war im Ferienhaus geblieben, weil ich an dem Morgen unter Migräne litt – Erik dazu gebracht, zusammen mit ihnen mit verbundenen Augen in eine Höhle hinabzusteigen. Erik stürzte wahrscheinlich in eine Felsspalte und wurde nie mehr gefunden. Robert, der Älteste, hatte immer verrückte Ideen, die auch gefährlich waren. Die beiden anderen mussten bei allem mitmachen."

„Es ist also nicht sicher, dass Ihr Mann wirklich tot ist, wenn seine Leiche nie gefunden wurde?"

„Es muss so sein. Niemals hätte er mich im Stich gelassen", beteuerte Cathrina.

„Halten Sie Ihren Schwager Robert für den Mörder von Giovanni Caruso?"

„Ja. Genauso wie er meinen Mann umgebracht hat. Ich traue ihm alles zu." Ihre Wut war deutlich spürbar. Doch dann schweifte ihr Blick ab und zeigte eine tiefe Traurigkeit. Als sie merkte, dass Hundertmacher sie ansah, verzog sie ihre Mundwinkel zu einem spöttischen Ausdruck. Ihre Augen schauten ihn kalt an. Es war ein Ausdruck, der einen erschauern ließ, dachte Ina.

„Robert hätte den Tod meines Mannes verhindern können. Er hatte niemals Mitgefühl. Auch jetzt nicht."

„Wie meinen Sie das?"

„Oh, ganz einfach, Herr Hundertmacher", sagte sie mit einem spöttischen Ausdruck. „Ich erkläre es Ihnen. Sprechen Sie doch mal mit den Leuten, denen mein lieber Herr Schwager den Prozess gemacht hat. Er ist als Anwalt spitzzüngig und arrogant, mit seinen Gegnern hat er niemals auch nur ein bisschen Mitgefühl. Sicherlich hat er das eine oder andere Mal Leben zerstört, ich meine finanziell und psychisch gesehen."

„Haben Sie Beweise dafür?"

„Nein, ich könnte Ihnen aber welche liefern, da brauche ich nicht lange nachzuforschen", beteuerte Cathrina. Sie schien sich sicher.

„Ihr Schwager Richard sieht ihn anders. Er sieht in ihm einen Gerechtigkeitsfanatiker", wandte Hundertmacher ein.

„Ja, natürlich, sein Bruder sieht ihn durch eine rosarote Brille. Mein Schwager Robert ist selbstherrlich, übeheblich und ein Macho. Frauen sind für ihn nur ein Zeitvertreib. Nach allen Demütigungen, die er Linda angetan hat, kann ich es verstehen, dass sie sich einen Liebhaber zugelegt und ihn ausgerechnet auf ihrer Silberhochzeit präsentiert hat. Dass Giovanni tot ist, tut mir leid und ich bin geschockt über den Mord. Und wem ich den als Ersten zutraue, habe ich bereits verlauten lassen", führte sie heftig aus.

„Sind Sie Giovanni Caruso vorher einmal begegnet?"

„Nein", antwortete sie knapp.

„Was sind Sie von Beruf, Frau Martens?"

„Ich bin Psychotherapeutin für Kinder. Der Beruf macht mir sehr viel Spaß und gibt mir viel. Es hat mich ein wenig über den Verlust meines Mannes hinweggetröstet oder – besser gesagt – mich abgelenkt. Damals studierte ich romanische Sprachen. Doch nach Eriks Verschwinden hatte ich angefangen, Psychologie zu studieren. Ich muss oft noch an Erik denken, auch wenn das alles schon so lange her ist. Er war so ein ganz anderer Mensch als seine Brüder, so lieb und fürsorglich. Wir hatten das Leben noch vor uns. Aber mit seinem Verschwinden bin auch ich gewissermaßen gestorben. Ich war seit damals nie mehr glücklich. In Bezug auf Männer war für mich das Leben zu Ende. Und alles nur wegen Robert. Er ist ein Teufel, ein Scheusal."

Cathrina hatte, als sie von ihrem Mann erzählte, ihre Arroganz, ihren Spott verloren. Doch als sie auf ihren

Schwager Robert zu sprechen kam, steigerte sie sich in eine Hysterie.

Hundertmacher konnte Cathrinas Verbitterung verstehen und wollte sie daher auch nicht länger quälen. „Liebe Frau Martens, das war's für den Moment. Vielen Dank für Ihre Ausführungen. Sie können dann nach Hause fahren."

Als Cathrina das Zimmer verlassen hatte, fasste Ina ihren Eindruck zusammen: „Diese Frau hat so extreme Gemütslagen, dass einem eine Gänsehaut über den Rücken läuft. Eine Frau mit zwei Gesichtern und viel Wut, sogar Hass. Auf die überlebenden Brüder Martens. Aber keinen Hass auf Giovanni Caruso. Zumindest nicht, soweit wir das nachvollziehen können."

11. Kapitel

„Nun machen wir eine Pause! Wir lassen uns paar Leckereien wie das Coq au vin rouge kommen! Wir müssen ja auch bei Kräften bleiben! Sarkozy, gehen Sie mal in die Küche. Suchen Sie was Gutes für uns aus. Vielleicht bringen Sie auf dem Rückweg noch einen der Gäste mit, den wir noch befragen können. Sie dürfen sich die Person auch aussuchen. Mir ist es jetzt egal. Hauptsache, ich bekomme gleich ein gutes Essen", bestimmte Hundertmacher und rieb sich den Bauch.

Dann suchte er die Toilette auf und Sarkozy eilte in Richtung Küche davon. Ina ordnete ihre Unterlagen und dann ihre Haare.

Etwas später kam Sarkozy mit den Kusinen Laura und Lucille zurück.

„Tut mir leid, Hundertmacher, ich konnte mich nicht entscheiden. Daher habe ich sie beide mitgebracht. Voilà, Lucille et Laura!"

Hundertmacher schaute etwas irritiert, dann schmunzelte er. „Sie Charmeur! Hätte ich mir' s doch denken können, wen Sie sich aussuchen. Und dann auch noch beide."

Sarkozy hatte die beiden Kusinen bewusst geholt, denn er hielt sie für ausgesprochene Schönheiten. Laura, die etwas Reifere, mit halblangem braunem Haar, gefiel ihm besonders gut. Die jugendliche Lucille mit den hüftlangen blonden Haaren schien ihm etwas oberflächlich, zu jung für seinen Geschmack. Außerdem wollte er vermeiden, dass seine Vorliebe für Laura direkt auffallen würde.

Hundertmacher zeigte den beiden jungen Frauen das Sofa, auf das sie sich setzten. „So, meine Damen! Konnten Sie letzte Nacht irgendetwas beobachten, was uns weiterbringen könnte?", fragte er.

Lucille saß locker und entspannt vor ihnen und wirkte sehr kess. Sie war ausgesprochen mitteilsam. „Wir haben unser Zimmer nach ein Uhr nicht mehr verlassen. Kurz vorher waren wir noch in der Bar. Aber wir sind nicht lange geblieben, weil mir der Barkeeper keinen Alkohol ausschenken wollte. Da haben wir uns sehr geärgert. Deshalb hat Laura eine Flasche Rotwein mitgehen lassen, die wir dann im Zimmer getrunken haben. So bis vielleicht vier Uhr. Wir hatten so viel zu reden, immerhin sehen wir uns ziemlich selten."

Die vierundzwanzigjährige Laura schien zurückhaltender. Sicher auch, weil es sie mehr betraf, was letzte Nacht passiert war. Immerhin hatte sie nicht nur die Schande ihres Vaters erlebt, sondern auch die schreckliche Ermordung des Freundes ihrer Mutter. Zudem war ihre Mutter nach dem Mord zusammengebrochen und bis jetzt kaum ansprechbar.

„Wer war noch in der Bar?", fragte Sarkozy.

„Da waren wir allein. Aber als wir zurückgingen, haben wir die anderen kommen sehen. Wir haben uns versteckt und sind dann schnell ins Zimmer verschwunden."

„Wen haben Sie gesehen?"

„Die Kommissarin Ina Helle, meine Mutter, Cathrina und Sabrina", antwortete Lucille.

„Laura, wussten Sie vorher, dass Ihre Mutter sich von Ihrem Vater trennen wollte, dass sie sogar schon einen neuen Mann hatte?", fragte Hundertmacher.

Laura zitterte. „Nein, ich wusste nichts davon. Sonst wäre ich nicht gekommen. Das wollte ich mir nicht anschauen, wie mein Vater blamiert wird und damit die ganze Fam…."

„Das war ja megapeinlich!", fiel Lucille ihr ins Wort.

„Ich wusste wohl, dass mein Vater immer mal wieder eine neue Liebschaft hatte. Mama hat so getan, als ob es sie nicht interessierte. Aber dass sie so reagiert, extrem übertrieben", fuhr Laura fort.

„Na, ich hätt mich aber auch tierisch aufgeregt, wenn mein Mann immer fremdgeht. Dafür ist man doch nicht verheiratet", gab Lucille zu bedenken.

„Laura, würden Sie Ihrem Vater den Mord an Giovanni Caruso zutrauen?"

„Nein, mein Vater ist kein Mörder. Er hat zwar viel auf dem Kerbholz, was meiner Mutter nicht gefällt, aber jemanden töten könnte er nicht. In Wirklichkeit hat ihn gar nicht interessiert, dass meine Mutter einen Neuen hatte." Da schien sich Laura sicher zu sein.

„Und Sie, Lucille?"

„Ich glaube es auch nicht. Auch wenn man sich ärgert, tötet man normalerweise niemanden. Und dass meine Tante Linda einen anderen hatte, war doch nur gerecht."

„Haben Sie Giovanni Caruso zuvor schon einmal gesehen?"

Lucille verneinte, doch Laura machte ein nachdenkliches Gesicht. „Also ich bin mir nicht so sicher. Als ich ihn so auf der Bühne gesehen habe, ich meine, als er sich demaskierte, dachte ich, er wäre mir schon mal begegnet. Und zwar noch vor kurzem, als ich mit Onkel Richard in der Oper ,Salome' war. In der Pause sind mir zwei Männer aufgefallen. Sie hielten sich an den Händen und schauten sich immer wieder liebevoll an. Der Größere und Ältere sah aus wie Giovanni. Sein Gesicht ist, war unverkennbar. Aber das kommt mir jetzt doch ein bisschen seltsam vor, weil Giovanni doch bestimmt nicht schwul sein konnte, wenn Mama ihn heiraten wollte. Deshalb dachte ich, es wäre ein Doppelgänger."

„Das scheint tatsächlich interessant. Könnten Sie seinen Begleiter beschreiben?"

„Ja doch. Der ist mir aufgefallen. Er war jung. Höchstens Ende zwanzig. Nicht so groß, etwa ein Meter siebzig. Schlank, dunkelblonde Haare, ein netter Typ, ein hübscher Junge."

„Ich muss Ihnen ein Kompliment machen, Laura. Sie sind eine außerordentlich gute Beobachterin und Zeugin", lobte Sarkozy und er sah sie anerkennend an. Laura erwiderte seinen Blick und lächelte.

„Wir werden dieser Sache auf jeden Fall nachgehen. Nur eins wundert mich. Warum hat Richard Martens nichts von der Begegnung gesagt? Er hat die beiden doch auch gesehen", überlegte Hundertmacher laut.

„Vielleicht hat er auch gedacht, dass das nicht Giovanni sein konnte", versuchte Laura, zu erklären. „Oder er hat die beiden nicht bemerkt. Männer beachten andere Leute kaum. Kaum Frauen, erst recht keine Männer."

Sarkozy nickte. Andere Männer interessierten ihn auch nicht. Frauen schon eher. Wenn sie so aussahen wie Laura Martens.

Freundlich verabschiedeten sich die Kommissare von den jungen Frauen. Die Geschichte mit dem Doppelgänger gab doch Rätsel auf. War es Giovanni gewesen? Dann war er aber homosexuell? Bisexuell? Oder? Ina war noch auf eine andere Idee gekommen. Als die Oper „Salome" genannt wurde, war ihr ein Gedanke durch den Kopf gegangen. „Ich weiß nicht, ob es Zufall ist, aber in der Oper ‚Salome' wird Johannes der Täufer enthauptet. Und der Name ‚Giovanni' heißt nichts anderes als ‚Johannes'. Vielleicht ist in dem Zusammenhang jemand darauf gekommen, Giovanni auf diese Weise zu enthaupten."

Sarkozy und Hundertmacher sahen sie zweifelnd an.

„Wir müssten Richard Martens befragen, warum er sich für diese Oper entschieden hat", schlug Ina vor.

„Ja, das müssten wir. Außerdem sollten wir Linda Martens fragen, ob sie vom Doppelleben ihres zukünftigen Manns wusste. Dann muss auch das Hotelpersonal befragt werden, vor allem die Barkeeper und die Leute, die für das Speiserestaurant zuständig waren, in der Nacht und am Morgen. Vielleicht haben die noch etwas beobachtet. Und die Assistentinnen von Giovanni Caruso", überlegte Sarkozy.

„Also weiter. Das Hotelpersonal übernehmen Sie, Sarkozy. Und versuchen Sie, Richard und Linda Martens noch einmal zu erreichen", ordnete Hundertmacher an.

In dem Moment klopfte es an der Tür und ein Kellner brachte das bestellte Essen herein. Hundertmacher schien wie ausgehungert und machte sich sofort ans Werk.

Ina fand heraus, dass Linda und Richard Martens schon abgereist waren. Dann aß auch sie mit den beiden anderen Kommissaren zu Mittag.

12. Kapitel

„Nun kommt noch die Befragung des Schwagers, Thomas Baumann heißt er. Holen Sie ihn", forderte Hundertmacher Sarkozy auf.

Baumann, ein fettleibiger Mann, Ende vierzig, mit grauem Haar und Nickelbrille, betrat das Zimmer. Auch wenn jetzt nicht mehr viel davon übrig war, konnte man ahnen, dass er vor zwanzig, fünfundzwanzig Jahren attraktiv ausgesehen hatte, dachte Ina.

„Herr Baumann", begann Hundertmacher die Befragung. „Sie sind verheiratet mit Irene, geborene Eisenberg. Sie haben zwei Kinder: Ihre siebzehnjährige Tochter Lucille und Ihren elfjährigen Sohn Mark?"

„Ja, das ist richtig."

„Kannten Sie den Ermordeten?"

„Nein." Die Antwort klang scharf. Zu scharf?, überlegte Ina.

„Wie haben Sie die letzte Nacht verbracht?"

Baumann sah entrüstet aus. „Was geht Sie das an?" Dann antwortete er doch: „Nach der Feier, der sogenannten, der lächerlichen Feier, wie man sie auch nennen mag, bin ich zu Bett gegangen. Und zwar sofort, etwa ein Uhr. Ich war sehr müde und bin umgehend eingeschlafen", gab Thomas an.

„Wer kann das bezeugen?"

„Meine Frau natürlich. Sie wollte allerdings noch in die Bar. Ich habe aber gar nicht mehr mitbekommen, als sie zurückkam."

„Haben Sie mit Ihrer Frau das Zimmer geteilt?"

„Nicht das Zimmer, Mark und Irene haben in einem Bett geschlafen."

„Dann haben Sie also allein geschlafen?", fragte Sarkozy.

„Ja, aber in derselben Suite. Da hört jeder, wenn die Tür aufgeht", erklärte Baumann.

„Aber Sie haben fest geschlafen und nichts gehört?"

„Ja, das habe ich schon gesagt."

„Wie ist Ihr Verhältnis zu Ihrem Schwager Robert?"

„Gut", antwortete Thomas kurz.

„Trauen Sie Ihrem Schwager den Mord zu?", forschte der Kommissar.

„Nein, nicht mehr als Ihnen oder mir."

„Warum?", fragte Hundertmacher.

„Er wäre niemals eifersüchtig gewesen", antwortete Thomas Baumann. Seine Stimme klang anerkennend. „Immerhin ist er Jurist und muss integer sein." Ob das immer so ist, fragte sich Ina zweifelnd.

„Sie arbeiten in der Firma Ihres Schwiegervaters Paul Eisenberg als Prokurist? Und Sie haben Zugang zu den inneren Strukturen der Firma?", wollte Hundertmacher wissen.

„Wie meinen Sie das? Nun, ich leite seit einiger Zeit die Firma. Ich wickele das ganze Finanzielle ab und sorge für neue Aufträge. Der Alte, mein Schwiegervater, hat sich weitgehend aus der Firma zurückgezogen. Er vertraut mir."

Ina sah, wie die Fragen Thomas nervten. Er antwortete unwirsch, wirkte nervös, seine Finger verkrampften sich. Darauf nahm der Kommissar jedoch keine Rücksicht, im Gegenteil, er bohrte weiter: „Um welche

Branche handelt es sich bei Ihrem Familienunternehmen?"

„Wir sind eine Baugesellschaft, die schon seit mehreren Generationen besteht. Sie heißt Bau de Cologne, demnächst könnte sie auch Baumann de Cologne heißen", gab Thomas bereitwillig und stolz lächelnd zur Auskunft. Ina spürte, dass er jetzt in seinem Revier war. Er hatte sich entspannt zurückgelehnt.

„Mit welchen anderen Firmen arbeiten Sie zusammen?", wollte Hundertmacher wissen.

Nachdem Thomas ihm einige Firmen genannt hatte, fragte der Kommissar weiter: „Auch mit italienischen?"

„Ja, auch", sagte Baumann zögerlich. Ina kam es so vor, als ob Thomas ganz bleich geworden war. Dann wurde seine Stimme aggressiv. „Was soll das? Ich arbeite mit vielen internationalen Firmen zusammen, darunter fällt auch mal eine italienische Gesellschaft. Verdächtigen Sie mich deshalb? Bin ich deshalb ein Mörder? Weil der Ermordete zufällig ein Italiener ist?" Thomas' Laune schien auf einem Tiefpunkt.

„Nein, die Frage ergab sich rein zufällig", antwortete Hundertmacher gelassen.

„Dann lassen Sie gefälligst diese Verdächtigungen gegen einen Unschuldigen." Seine Stimme klang drohend.

Thomas Baumann durfte gehen. Er hatte es sehr eilig.

Hundertmacher vermutete: „Bei der Frage nach Italienern scheine ich auf ein Wespennest gestoßen zu sein. Baumann hat seltsam reagiert. Aber warum?"

Ina fasste ihren Eindruck zusammen: „Der hat etwas auf dem Kerbholz. Garantiert. Zumindest scheint er, seine Frau Irene zu schlagen. Er ist meines Erachtens brutal und aggressiv. Aber ob er etwas mit dem Mord zu tun hat? Ich traue ihm alles zu."

Sarkozy bestätigte: „Ja, ein äußerst unsympathischer Zeitgenosse. Wie die Axt auf dem Holzpflock. Oder wie ein Fallbeil. In seine Ungnade möchte ich nicht fallen."

Hundertmacher nickte. „Wir sollten ihn beobachten."

Während die Kommissare die Gäste befragten, war die Spurensicherung ihrer Arbeit am Tatort nachgegangen und hatte sie mittlerweile beendet.

Sarkozy machte sich zur Suite der Baumanns auf. Dort saßen Irene und der elfjährige Mark, der in seinem Buch las. Thomas war im Badezimmer.

Als Sarkozy eintrat, sprang Mark erwartungsvoll auf. „Wollen Sie mich jetzt mitnehmen?"

„Nein, deine Mutter", antwortete Sarkozy. Enttäuscht ließ sich Mark auf das Sofa fallen. „Aber ich will auch eine Aussage machen." Er klang trotzig.

„Ja, später." Interessiert schaute sich Sarkozy Marks Buch an und fragte: „Was liest du denn da? ‚Zehn kleine Negerlein'. Das habe ich früher auch mal verschlungen. Spannend, aber das ist nicht die Realität. Die sieht etwas anders aus."

Mark war nicht überzeugt. „Aber da gibt' s auch Morde. Ich will mit Ina reden."

„Ja, später." Sarkozy folgte Irene, die schon unterwegs war.

Irene Baumann war jünger als ihre Schwester Linda, aber unscheinbarer. Jetzt wirkte sie übernächtigt, doch auch unwillig. Ihre Flecken im Gesicht traten noch deutlicher als gestern hervor. Ina nickte ihr freundlich zu. Aber Irene schien in keiner guten Verfassung zu sein und erwiderte den Gruß nicht. „Ich kann mir nicht vorstellen, wie ich Ihnen helfen kann. Ich weiß von nichts."

„Glauben Sie, dass Ihr Schwager Robert den Mord begangen hat?", fragte Hundertmacher.

„Robert? Der doch nicht. Und schon gar nicht aus Liebe. Der liebt nur sich selbst! Ich glaube nicht, dass der jemals so etwas wie Eifersucht empfinden konnte. Und jetzt nach fünfundzwanzig Jahren sowieso nicht. Aber andere Leute könnten auch noch ein Motiv haben", deutete Irene an.

Hundertmacher war hellhörig geworden. „Wer könnte noch ein Motiv haben? Bisher haben alle Leute bis auf Ihre Schwestern Linda und Sabrina behauptet, dass sie Signore Caruso vorher nicht kannten. Und Sie?"

„Nein, ich kannte ihn nicht, bestimmt nicht. Ich habe ihn nie gesehen, vielleicht schade. Er war ja ganz attraktiv." Ihr Blick war etwas sehnsüchtig geworden. „Mir kommt das Ganze überhaupt völlig seltsam vor."

„Was meinen Sie damit?"

„Linda ist meine Schwester, zwei Jahre älter als ich. Wir hatten immer einen guten Kontakt zueinander. Ich kenne sie wie mich selbst. So einen wie Giovanni hätte sie niemals geheiratet. Das glaub ich einfach nicht", erwiderte Irene zweifelnd.

„Wie kommen Sie zu dieser Meinung? Giovanni war doch ein ausgesprochen attraktiver Mann, haben Sie gerade selbst gesagt."

„Das schon, aber wer war er? Ein Zauberer! Das wäre für Linda viel zu unseriös. So einen würde sie niemals heiraten. Ich vielleicht, aber nicht sie. Da bin ich mir absolut sicher. Außerdem machte er mir den Eindruck, als wäre er nicht vom richtigen Ufer, wenn Sie wissen, was ich meine."

„Sie meinen, er war homosexuell? Wie kommen Sie darauf?"

„Einfach so ein Gefühl. Wie er sich bewegte, einfach zu perfekt." Sie war fast ins Schwärmen geraten.

Ina fragte: „Warum hat sich Linda nicht vorher von ihrem Mann getrennt?"

„Das weiß ich nicht. Es stimmt, was Linda am Hochzeitsabend gesagt hat: Robert ist immer wieder fremdgegangen, alle wussten es. Linda hat es auch mitbekommen, aber sie hat nicht reagiert. Jedenfalls nicht nach außen hin. Wir haben uns immer gefragt, wie sie das aushält. Man sieht jetzt, wohin das führt", urteilte Irene.

„Was für ein Mensch ist Robert Martens?"

„Er ist ein Blender. Viele Leute könnten versucht sein, ihn zu bewundern. Aber man muss alles skeptischer sehen. Vordergründig ist er ein Strahlemann, dem alles gelingt, der gut aussieht, dem alle Herzen zufliegen. Aber er ist auch rücksichtslos, wenn er ein Ziel verfolgt. Aber sicherlich ist er kein Mörder!" Da schien sich Irene sehr sicher.

„Sie haben eben angedeutet, dass andere ein Motiv haben könnten. Wen meinen Sie?", hakte Hundertmacher nach.

„Ich will nichts Falsches sagen. Aber ich habe den Verdacht, dass nicht Caruso Lindas Liebhaber war. Sie hat einen anderen. Der könnte doch der Mörder sein."

Ina sah sie überrascht an. Konnte Irene da Recht haben? „Kennst du diesen anderen Mann?"

„Nein. Vor ein paar Wochen wollte ich Linda besuchen. Sie war nicht allein, ich habe es gespürt. Sie hat ihn vor mir versteckt. Und sie wollte mich schnell loswerden." Irene schien sich jetzt noch darüber zu ärgern, dass ihre Schwester sie nicht eingeweiht hatte.

„Wie kommen deine Flecken zustande?", fragte Ina und zeigte auf Irenes Gesicht.

Irene sah sie böse an. „Ich habe mich gestoßen. Mein Mann schlägt mich nicht. Falls du damit sagen willst, dass Thomas den Zauberer umgebracht hat, bist du auf dem Holzweg. Thomas kannte ihn nicht. Das müsste ich doch wissen."

Sie wandte sich abrupt ab und sprang auf. Flüchtig verabschiedete sie sich von Sarkozy und Hundertmacher, dann verließ sie eilig das Zimmer.

„Puh, da haben Sie diesmal in ein Wespennest gestochen", wandte sich Sarkozy an seine Kollegin.

„Das sieht so aus", sagte Hundertmacher. „Aber was halten Sie davon, dass Frau Martens einen Liebhaber hat? Ob es stimmt? Könnte er der Mörder von Caruso sein? Weil er dachte, dass ein Nebenbuhler aufgetaucht wäre? Sarkozy, haken Sie nach. Beobachten Sie zuerst Linda Martens, dann Thomas Baumann."

„Ich mache mit", bot sich Ina an, als sie Sarkozys Gesichtsausdruck aus.

13. Kapitel

Ina holte Peter Daniels aus seinem Zimmer ab. Peter, Monas Mann, ernsthaft, schmal, unscheinbar wirkend, schütteres Haar. Es sah gar nicht so aus, als ob er zu der mondänen Mona passte, die von Kopf bis Fuß in Rot gekleidet war. Bei ihr war alles perfekt aufeinander abgestimmt.

Er erzählte: „Meine Frau Mona und ich sind gute Freunde von Linda und Robert. Ich bewundere Robert, er ist so weltmännisch, so erfahren, so attraktiv besonders für Frauen und beruflich erfolgreich. Außerdem hat Robert viel Mut. Schon als Student hat er sich für politische und ökologische Ziele eingesetzt. Er war schon für Greenpeace Anfang der Achtziger aktiv. Robert ist kein Mörder. Linda hätte sich keinen anderen Man gesucht, wenn er das mit anderen Frauen hätte sein lassen können. Ich bin um ein Uhr zusammen mit meiner Frau in mein Zimmer und sofort zu Bett gegangen.“

Sarkozy brachte Daniels in sein Zimmer zurück und sollte Lindas Freundin Sonja bringen.

Ina überlegte, ob Peter der neue Mann in Lindas Leben sein könnte. Sie erinnerte sich daran, dass er merkwürdig auf Carusos Tod und Lindas Ohnmacht reagiert hatte. Aber der unscheinbare Peter? Er war doch der Mann von Lindas bester Freundin Mona. Aber das sagte noch lange nichts. Da blieben Zweifel.

Sonja Fischer sagte aus, dass sie Linda einige Jahre nicht mehr gesehen habe. Sie seien Schulfreundinnen gewesen, hätten sich dann aber aus den Augen verloren, allerdings sei sie damals bei Lindas und Roberts Hochzeit gewesen. Robert habe sie jedoch nicht näher kennengelernt, daher könne sie auch nicht sagen, ob er zu einem Mord fähig wäre. Giovanni habe sie vor der Silberhochzeit noch nie gesehen.

Damit konnte Sonja allerdings den Ermittlungen nicht weiterhelfen.

„Wo wohnen Sie?", wollte Hundertmacher wissen. Sie gab ihre Adresse in Nippes an. „Hm", machte Hundertmacher, als ob er etwas überlegen müsse. „Sind Sie oft abends allein? Und an den Wochenenden?", fragte er dann.

„Tagsüber nicht, da arbeite ich im Büro. Aber abends oft. Ich versuche, mir immer etwas vorzunehmen. Das Alleinsein kann einen schon fertigmachen."

Hundertmacher nickte zustimmend. Dann entließ er Frau Fischer.

„Diese Dame wirkt unauffällig, zu unauffällig. Das ist auch wieder etwas verdächtig, man sollte sie im Auge behalten", sagte Hundertmacher. „Das werde ich selber machen."

Ina und Sarkozy sahen sich vielsagend an.

Auch Mona Daniels, Peters Frau, wurde befragt, ob sie Giovanni gekannt habe.

„Nein", sagte sie entschieden, „den kannte ich nicht. Aber Robert kenne ich gut. Wir haben uns schließlich oft als befreundete Ehepaare zu gemeinsamem Grillen oder Feiern getroffen. Ich traue ihm nicht direkt einen Mord zu, doch in der Ehe mit Linda hat er sich doch allzu viel geleistet. Das habe ich ihm sehr übel genommen, denn in erster Linie bin ich Lindas

Freundin. Der Tod von Giovanni hat mich sehr geschockt. Er war so ein schöner Mann und Italiener dazu. Ich liebe Italien und die Italiener. Auch beruflich habe ich als Modeeinkäuferin viel mit italienischen Firmen wie Armani, Versace und Gucci zu tun. Außerdem habe ich jetzt keine Zeit mehr, da ich noch einen Termin habe." Sie sah gehetzt auf die Uhr und sprang auf.

„Wieder jemand", sagte Ina, als Mona gegangen war, „der etwas gegen Robert Martens hat. Dieser Mann scheint tatsächlich alle Meinungen zu spalten. Dann sollten wir noch den Schwiegervater Paul Eisenberg befragen. Und natürlich Pauls Schwägerin Elisa Reale. Zumindest können die beiden uns Auskünfte über die Familienbeziehungen geben. Das könnte die Situation ein bisschen erhellen."

„Hoffentlich muten wir dem alten Mann nicht zu viel zu", überlegte Hundertmacher. „Mir scheint er in keiner Weise verdächtig zu sein. Warum sollte er ein solches Verbrechen begehen? Und so eine unappetitliche Angelegenheit wie die Enthauptung erst recht nicht."

Sarkozy bestätigte das: „In meinen Augen ist Herr Eisenberg ein ausgesprochener Ästhet. Das war die Tat eines jüngeren, wenn auch vielleicht eines nicht ganz jungen Menschen. Einer, der noch etwas zu verlieren hat. Wie eben Robert Martens."

Hundertmacher stöhnte laut auf. „Ich kann mir die tiefe Schmach, die Martens am gestrigen Abend erlebt hat, gut vorstellen. Aus eigener leidvoller Erfahrung. Da wird einem einfach ein Nebenbuhler vor die Nase gesetzt. Und dann noch in aller Öffentlichkeit."

„Was? Sie haben auch so etwas erlebt?", wollten Ina und Sarkozy mitfühlend wissen.

Doch Hundertmacher antwortete nicht. Darüber konnte er mit seinen Kollegen nicht reden.

Paul Eisenberg und Elisa Reale wurden getrennt voneinander befragt. Eisenberg hatte Giovanni Caruso vor der Feier noch nie gesehen. Er mochte seinen Schwiegersohn Robert und schätzte ihn beruflich und wegen seiner Professionalität. Für die Firma habe er sich unentbehrlich gemacht. Roberts Abwege in seiner Ehe finde er nicht gut. Aber ein Mord sei ihm keinesfalls zuzutrauen.

„Herr Eisenberg, noch eine Frage: Wie haben Sie die letzte Nacht verbracht?"

„Also, ich bin nach der Feier – etwa halb zwei nachts – ins Bett gegangen, das heißt, allerdings nicht allein." Paul wurde verlegen und stockte. „Ich habe mit meiner Schwägerin Elisa die Nacht verbracht. Entschuldigen Sie, dass ich auf dem Fragebogen eine falsche Angabe gemacht habe. Es war mir unangenehm. Wir mögen uns sehr gerne, wir wollen bald heiraten. Heute Morgen bin ich wieder zurück in mein Zimmer. Die anderen sollen noch nichts merken."

Die Kommissare sahen sich etwas überrascht an, sie vergaßen aber nicht, Paul zur baldigen Hochzeit zu gratulieren.

Lächelnd lehnte dieser die Glückwünsche ab. „Bitte nicht! Vorher gratulieren bringt Unglück. Ich bin leider etwas abergläubisch."

„Sarkozy", sagte Hundertmacher und lächelte, als Paul das Zimmer verlassen hatte, „haben Sie gesehen, wie peinlich es dem alten Herrn war, dass wir sein

Liebesgeheimnis entdeckt haben? Mal sehen, was seine Herzensdame dazu sagt."

Ina hatte Elisa Reale abgeholt und führte sie herein. Sie war eine elegante Dame, Ende sechzig, helllila schimmerndes Haar, farblich passend zu ihrem edlen Seidenkostüm. Oder umgekehrt. Ob sie ihre Kleidung zu ihrer Haarfarbe wählte? Oder die Haarfarbe zu ihrem Kleid, überlegte Ina.

Elisa schien kein Problem damit zu haben, dass sie die Nacht nicht alleine verbracht hatte. „Paul hat Ihnen bestimmt erzählt, dass wir ein Alibi haben. Ich schwöre, dass er die ganze Nacht bei mir war. Und wenn er nicht bei mir gewesen wäre, dann wüsste ich trotzdem, dass Paul keinen umgebracht hat. Robert übrigens auch nicht. Da können Sie sich auf meinen Instinkt verlassen. Ich habe früher in der Kanzlei meines italienischen Mannes gearbeitet. Er war Oberstaatsanwalt in Neapel. Wir hatten viel mit Verdächtigen zu tun, vom Schwerstverbrecher bis zum Unschuldigen. Man bekommt ein Gefühl dafür, wer unschuldig ist oder wer etwas Schwerwiegendes auf dem Kerbholz hat."

Hundertmacher war sichtlich hellhörig geworden und fragte interessiert: „Wie sind Sie mit der Familie Eisenberg verwandt? Hatten Sie einen italienischen Ehemann. Sind Sie geschieden? Haben Sie in Neapel gelebt?" Wieder diese indiskreten Fragen, dachte Ina. Und dann so viele auf einmal. Gehörte das zu Hundertmachers spezieller Taktik? Eine Verwirrfragenanhäufung?

„Ich bin die Tante von Linda, Irene und Sabrina, die Schwester ihrer Mutter Silvia. Sie ist leider bereits vor über zehn Jahren gestorben, ganz plötzlich. Sie hatte einen Herzinfarkt erlitten. Paul konnte es nicht verstehen, da seine Frau immer sportlich und gesund war. Glücklicherweise waren ihre drei Töchter schon lange erwachsen. Jede ging ihren eigenen Weg. Dennoch war der Tod von Silvia für alle ein unfassbarer Verlust, auch für mich", erinnerte sich Elisa.

Sehr ernst fuhr sie fort: „Als junge Frau ging ich nach Italien. In Neapel arbeitete ich bei dem engagierten Staatsanwalt Franco Reale, den ich später heiratete. Paul und Silvia hatten intensiven Kontakt zu mir und Franco, ich bin auch die Patin der ältesten Tochter Linda geworden. Dann griff das Schicksal hart zu. Zuerst starb Silvia. Etwas später wurde Franco auf offener Straße mitten in Neapel erschossen. Der Mörder konnte unerkannt entkommen. Ich hatte immer schon etwas Schreckliches befürchtet, da sich mein Mann als Staatsanwalt intensiv mit der Strafverfolgung der Mafia einsetzte. Man hat den Mörder nie gefasst. Ich denke jedoch, dass es die Camorra war. Franco war gerade einem Verbrechen dieser Bande auf die Spur gekommen. Nach seinem Tod ist der Fall unter den Teppich gekehrt worden. Sicher steckten Honoratioren der Stadt Neapel dahinter. Man weiß in dieser Stadt nicht, wer auf welcher Seite steht."

„Apropos Neapel. Giovanni Caruso stammte auch aus Neapel. Haben Sie ihn gekannt?"

„Ihn persönlich nicht. Allerdings hatte ich einiges über ihn gehört. Und von seiner Familie natürlich. Kein Wunder bei diesem Namen. Soviel ich weiß, hatte

Giovanni auch gegen die Camorra gekämpft und deren Machenschaften versucht aufzudecken. Meines Erachtens könnte das durchaus ein gravierendes Motiv für einen Mord sein."

Hundertmacher dachte laut nach: „Wie soll das hier auf der Insel passiert sein? Das war doch eine geschlossene Gesellschaft. Es sei denn, die Camorra hätte jemanden in das Personal eingeschleust. Oder ein Fremder wäre um das Hotel geschlichen und nachts hier eingedrungen. Haben Sie einen Unbekannten gesehen oder beobachten können?"

„Tatsächlich! Wenn Sie mich jetzt so fragen. Da ist mir jemand aufgefallen, der immer wieder um das Haus herumschlich. Ich dachte, er gehörte zum Personal. So ein etwas unscheinbar aussehender Mann, circa fünfzig Jahre alt, Brille, Halbglatze. Er wirkte nicht wie ein Mörder, sondern eher wie ein Verzweifelter."

„Wieso wie ein Verzweifelter?", fragte Sarkozy.

„Nun, er versuchte immer wieder, in den Saal hineinzuschauen, ging aber dann weg. Zehn Minuten später war er wieder da und das Ganze wiederholte sich. Er wirkte getrieben. Sein Gesicht sah so traurig aus."

Die drei Kommissare hatten interessiert zugehört. Das war eine neue Perspektive. Könnte der Mörder doch von außen gekommen sein? Möglicherweise ein Angehöriger der Mafia oder der Camorra oder jemand, der aus persönlichen Gründen Rache nehmen wollte?

Hundertmacher erhob sich. „Vielen Dank, Frau Reale. Sie haben uns sehr geholfen." Er reichte ihr die Hand zum Abschied.

Schon hatte Sarkozy seinen Block genommen und Elisa und Paul von der Liste der Verdächtigen gestri-

chen. Auch für Ina schienen die beiden völlig unver-
dächtig. Ein nettes älteres Paar, dem man sein Glück
gerne gönnt, dachte Ina. Dafür wurde der Unbekannte
auf die Liste genommen, dessen Beschreibung Elisa
Reale gegeben hatte.

14. Kapitel

Auch das Hotelpersonal sollte befragt werden. Eine Kellnerin war gerade in den Vernehmungsraum eingetreten. Doch zwei weitere Paparazzi hatten sich den Weg ins Hotel gebahnt, standen vor dem Zimmer und fragten: „Stimmt es, dass hier jemand enthauptet wurde? Wer ist das Opfer?" Der eine hielt eine Kamera in der Hand und fotografierte fleißig.

„Lassen Sie das. Wie sind Sie hierhergekommen? Die Presse ist doch nicht zugelassen. Es gibt später am Nachmittag eine Pressekonferenz", verwies Hundertmacher sie.

Die beiden Presseleute stupsten sich an und einer antwortete: „Wir haben ein eigenes Boot gechartert."

„Clever, clever. Aber jetzt müssen Sie warten", bestimmte Sarkozy.

Die Kommissare schlossen die Tür des Zimmers vor den Zeitungsleuten, sie gaben keine Antwort auf die gestellten Fragen.

„Wir sind davon ausgegangen, dass keiner ohne die Fähre auf die Insel kommen oder die Insel verlassen kann. Da scheinen wir uns geirrt zu haben. Geschwommen ist er sicher nicht. Dann müsste man Pfützen gefunden haben. Aber ein Motorboot hätte man wahrscheinlich hören müssen", überlegte Hundertmacher. „Der Mörder könnte unbemerkt mit einem Boot gekommen sein, wenn er die Tat vorher geplant hat."

Die Kommissare erkannten mit diesen Überlegungen, dass der Kreis der Verdächtigen sich damit erheblich erweitern würde.

„Und trotzdem glaube ich, dass der Mörder in der Familie zu suchen ist", äußerte sich Ina. Es klang fast beschwörend.

Hundertmacher hob fragend seine Augenbrauen. „Und wie kommen Sie dazu?" Er schien Inas Meinung nicht zu teilen.

„Nichts Konkretes, nur so ein Gefühl", antwortete sie. „Außerdem glaube ich, dass das Verschwinden von Erik Martens vor fünfundzwanzig Jahren mit dem Mord an Caruso zu tun hat."

Jetzt sah er sie an, als ob er an ihrem Verstand zweifelte. „Ich halte viel von Gefühl, an der richtigen Stelle. Aber hier? Dafür ist das Ganze zu ernst, zu folgenschwer."

„Vielleicht hat sie doch recht", gab Sarkozy zu bedenken. „Man kann es auch Intuition nennen. Oder Gespür."

„Hm", war Hundertmachers einziger Kommentar. Ina überlegte, dass sie Sarkozy ihre Besorgnisse mitteilen könnte. Sie glaubte zu fühlen, dass noch weitere Bedrohungen bevorstanden. Sie würde ihn vielleicht später darauf ansprechen, wenn sich die Gelegenheit ergab.

Das Personal hatte niemanden gesehen, der mit dem Boot auf die Insel gekommen wäre. Hätte man ein Motorboot hören müssen? Oder war das Gewitter zu laut gewesen? Ein Ruder- oder Paddelboot wäre möglich gewesen. Wegen der starken Strömung hätte man es stromaufwärts ins Wasser lassen müssen und beim Verlassen der Insel weitab stromabwärts wieder ans Ufer gehen können. Das wäre jedoch schwer zu berechnen. Ob es deswegen unmöglich war? Man musste zumindest die Möglichkeit im Auge behalten.

Als die Empfangsdame Miriam befragt wurde, äußerte sie ihre Verwunderung über die Ereignisse des vergangenen Abends. „Am Abend war großer Aufstand. Ich habe alles genau mitbekommen, weil ich gerade das Dessert für den Jungen serviert habe. Es war ein Eis mit Wunderkerzen. Ich musste mich beeilen, damit die Kerzen noch sprühten. Ich habe gehört, was die Silberbraut ihrem Mann ‚serviert' hat. Selbst ich als Außenstehende musste schlucken. An seiner Stelle wäre ich keine Sekunde geblieben. Er und noch ein paar hätten am liebsten die Insel verlassen. Doch das ging ja nicht. Die Freundin der Braut hat die Leute beruhigt. Dann war es doch noch ganz harmonisch. Alle sahen es als Scherz, als Rätsel, das am nächsten Tag aufgelöst wird. Aber, wenn Sie mich fragen, ein seltsamer Scherz. Ich hatte direkt das Gefühl, dass da etwas nicht stimmt. Das hat sich leider bewahrheitet." Sie atmete tief durch.

„Sie denken an den Toten?", fragte Hundertmacher.

„Mein Gott, wenn ich das gewusst hätte. Ich hätte den Dienst nicht angenommen. Um neun Uhr am Abend wäre ich an der Rezeption fertig gewesen und ich hätte mit der letzten Fähre abfahren können. Für eine Freundin habe ich jedoch noch als Serviererin gearbeitet. Sie wollte mit ihrem Lover eine Nacht verbringen. Ihr Mann sollte denken, sie müsste über Nacht hierbleiben. Jetzt fällt mir ein, dass nach diesen Ereignissen ihre und meine Lüge garantiert auffliegen wird", überlegte Miriam. Sie und eine weitere Kollegin hatten die Tische nach Mitternacht abgeräumt. Als die Gäste nach ein Uhr den Saal verlassen hatten, räumten sie auch die Gläser weg und nahmen die Tischdecken ab. Bis etwa halb zwei. Danach war der Speisesaal abgeschlossen worden.

„Schlimm für Ihre Kollegin. Doch es gibt Schlimmeres", gab Sarkozy zu bedenken.

Die Angestellte nickte betroffen, das sah sie wohl auch ein.

Carusos Assistentinnen waren entsetzt und jammerten: „Der arme Giovanni. Und was soll aus uns werden? Wir haben keinen Job mehr."

Hundertmacher ging nicht darauf ein, sondern fragte: „Wann sind Sie ins Bett gegangen?"

Die Blonde sah die Brünette an und antwortete: „Direkt nach der Vorstellung. Etwa ein Uhr."

„Haben Sie Caruso danach noch einmal gesehen?"

„Nein, er hat ja ein Zimmer im Haupthaus gehabt. Dort ist er auch geblieben."

Hundertmacher konnte sich nicht vorstellen, dass Caruso nichts mit der einen oder anderen der beiden Hübschen hatte. Wenn er normal gewesen wäre, sagte er sich. „Sie hatten keinen näheren Kontakt zu Ihrem Chef?"

Sie sahen ihn vorwurfsvoll an. „Sie glauben doch nicht, dass wir ein intimes Verhältnis zu Giovanni hatten? Wir arbeiteten nur zusammen, mehr nicht. Außerdem …", wollte die Brünette sagen. Doch die Blonde stupste sie an und diese verstummte.

„Was wollten Sie noch sagen?"

„Nichts, gar nichts. Aber wir hätten doch nicht unseren Chef umgebracht. Er war immer nett, niemals launisch und wir haben gut verdient. Das würden wir doch nicht einfach hinwerfen."

Die Kommissare glaubten es ihnen, vor allem weil jetzt auch die Tränen flossen. Die Assistentinnen durften abreisen. „Die Guillotine werden wir einem Museum zukommen lassen", schlug Sarkozy vor. „Oder gibt es Verwandte, die darauf Wert legen? Die sich das Ding vielleicht ins Wohnzimmer stellen wollen?"

Die Befragung des übrigen Personals ergab nichts Erhellendes. Sie hatten alle im Personaltrakt übernachtet.

Die beiden Barkeeper waren am frühen Morgen, noch vor der Entdeckung der Leiche, abgefahren. Sie müssten zu einem anderen Zeitpunkt aufgesucht werden.

15. Kapitel

Etwas später trafen sich Ina und Mark im Foyer. „Ich möchte mich von dir verabschieden", sagte Mark und hielt ihr die Hand hin. „Ich hatte doch Recht. Aber sogar du wolltest mir nicht glauben."

„Ja, das stimmt. Tut mir leid. Ich habe gezweifelt. Ich konnte es mir überhaupt nicht vorstellen. Allerdings hatte ich gestern Abend veranlasst, dass die Tür zum Speisesaal verschlossen werden sollte. Heute Morgen war sie immer noch abgeschlossen. Wie hat der Mörder das geschafft?", überlegte Ina und schüttelte Marks Hand.

„Er muss den Schlüssel an der Rezeption geholt haben, dann hat er ihn wieder zurückgebracht", vermutete Mark. Da hatte er wohl recht. Das war die einzige Möglichkeit. Zwar war der Speisesaal von dem Personal abgeschlossen worden, doch hingen die Schlüssel relativ frei zugänglich hinter der Theke der Rezeption. Warum hatte Ina nicht gestern schon den Schlüssel an sich genommen? Sie machte sich schwere Vorwürfe. Aber vielleicht hätte der Mörder einen anderen Weg, eine andere Methode gefunden, verteidigte sie sich selbst.

„Wer war es? Hast du keine Idee?", fragte Ina. Mark schüttelte den Kopf.

„Wenn du eine Vermutung hast oder dir sonst etwas einfällt, rufe mich jederzeit an. Hier hast du meine Handynummer." Ina überreichte ihm eine Visitenkarte, die er sich in die Hosentasche steckte. Seine Mutter kam mit einem Rollkoffer ins Foyer und rief: „Mark, es geht los. Wir fahren jetzt."

Ihr folgte Thomas Baumann mit einem weiteren Koffer. Hatten die für den einen Tag so viel Gepäck dabei? Die besondere Garderobe von Irene konnte es nicht gewesen sein. Sie hatte irgendein unscheinbares Kleid getragen, vielleicht nicht ganz alltäglich, aber auch nichts Besonderes. Zumindest total unauffällig. Oder war es doch eine lange Hose mit Bluse? Ina, die gute Beobachterin, dachte sie ironisch. Darauf konnte sie nicht stolz sein. Irgendetwas Mintgrünes, sie erinnerte sich schwach. Und Thomas Baumann? Hatte er verschiedene Anzüge dabei gehabt?

Irene war nicht mehr böse, denn sie umarmte Ina. „Liebe Ina, wir haben uns nett unterhalten. Vielleicht können wir uns mal treffen. Hier ist meine Nummer. Gib mir doch auch deine."

Ina gab auch ihr eine Visitenkarte.

„Vielleicht sind wir bald wieder in Letterbach, dann rufe ich dich an. Ich brauche ab und zu ein bisschen Ruhe", sagte Irene.

„Ja, gerne. Ich würde mich freuen. Wir können uns aber auch früher schon treffen", bekundete Ina.

Lieber heute als morgen, dachte sie, denn sie hatte noch nichts über das Familiengeheimnis herausgefunden. Und jetzt war noch etwas viel Schwerwiegenderes hinzugekommen.

Es passte ihr gar nicht, dass sie nun keinen direkten Einblick und Zugriff zu dem Fall haben sollte.

Thomas Baumann hatte ein hellblaukariertes Hemd an. Über seine beigefarbene Hose quoll sein dicker Bauch. Sein Gesicht wirkte mürrisch und abweisend.

Von Ina verabschiedete er sich überhaupt nicht, er würdigte sie nicht eines Blickes. Ina legte auch keinen besonderen Wert darauf. Dieser Mann war ihr mehr als unsympathisch. Nicht nur das. Sie war sich sicher, dass er außer der Misshandlung seiner Ehefrau auch noch anderes auf dem Kerbholz hatte. Auch einen Mord hätte sie ihm sofort zugetraut. Sie spürte eine unangenehme Aura in seiner Nähe. Was war es? Ein Auto, ein Schrei? Dunkel erinnerte sie sich an eine Situation aus ihrer Kindheit. Ina glaubte, sie müsste es festhalten, aber der Eindruck war schon wieder verschwunden.

Nach den Befragungen gab es auch für die Kommissare keinen Grund mehr, im Hotel zu bleiben.

Alle Gäste waren abgereist, Robert Martens in Untersuchungshaft. Ina wäre am liebsten noch einmal in den Pool gegangen, doch das konnte sie nicht machen. Sie war kein Gast mehr. Das Hotel wollte, soweit es ging, zum Alltag zurückfinden. So packte auch Ina ihr Köfferchen und nahm mit den Kollegen die nächste Fähre. An der Anlegestelle verabschiedeten sie sich voneinander. Hundertmacher versprach, sie auf dem Laufenden zu halten. „Und wenn ich selbst nicht dazu komme, dann macht es mein Kollege Sarkozy." Der nickte ernsthaft.

„Falls ich noch was höre, werde ich Sie meinerseits informieren", erklärte Ina.

Wohl oder übel fuhr sie in die Eifel zurück.

16. Kapitel

Am nächsten Morgen bekam Ina um acht Uhr dreißig einen Anruf in ihrem Büro in Dannstein. Heute war sie nicht völlig abgehetzt und zu spät angekommen. Ihre Hunde waren bei ihrem Noch-Ehemann Benno.

„Hallo, ich bin es", meldete sich die junge Stimme.

Ina wusste sofort, wer es war. „Hallo Mark, es ist nett, dass du mich anrufst. Hast du heute keine Schule?"

„Doch, doch, aber ich bin nicht gegangen. Du musst mir helfen. Sie bringen sich um." Marks Stimme klang jämmerlich.

Ina war erschrocken. „Was meinst du? Wer?"

„Meine Eltern. Papa schlägt Mama und sie wehrt sich mit dem Besen. Bitte komme doch. Ganz schnell", bat Mark noch einmal eindringlich.

„Mark, wenn es so schlimm ist, musst du die Polizei in Köln anrufen. Ich kann nicht so schnell bei euch sein. Ruf den Kommissar Hundertmacher an", schlug Ina vor.

„Ach, den Alten. Der kann doch auch nichts machen. Du musst kommen, bitte", wiederholte der Junge.

„Mark, dann mache ich dir einen Vorschlag. Rufe jetzt die Polizei an, den Notruf, wenn es wirklich so schlimm ist. Nachher komme ich zu dir und du kannst mir alles erzählen."

„Danke, danke." Mark schien erleichtert.

Hundertmacher saß im Kommissariat und studierte die bisher zusammengestellte Akte des Mordfalles „Guillotine". In Kürze wollte der Staatsanwalt über die bisherigen Fakten informiert werden.

Jetzt lagen auch die vorläufigen medizinischen Erkenntnisse zum Tode von Giovanni Caruso vor. Es war kein großes Geheimnis, woran er gestorben war: durch Enthauptung. Der Mord musste etwa um drei Uhr nachts geschehen und der Tod sofort eingetreten sein. Es konnte keine Selbsttötung oder kein Unfall gewesen sein, da das Opfer mit einer Krawatte gefesselt war. Mit einem Segelknoten, dem sogenannten Palstek. Es war also Mord! Wen wundert es, dachte Hundertmacher. Warum hatte sich Caruso auf die Guillotine gelegt? War das ein Spiel gewesen?

Zunächst müsste die Wohnung von Giovanni durchsucht werden. Vielleicht würde man dabei herausfinden, wer Giovannis Freund war. Hundertmacher wollte sich selbst dahin aufmachen.

Er griff nach seiner Jacke. In dem Moment klingelte das Telefon. Es war die Telefonzentrale der Polizei. „Am Telefon ist ein Junge, der Sie unbedingt sprechen will, Herr Hundertmacher. Er sagt, dass er wichtige Informationen zu dem Mordfall des Zauberkünstlers Giovanni Caruso hat."

„Dann stellen Sie schnell mal durch!"

„Hallo, ich bin Mark. Ich war auch gestern in dem Hotel, wo der Giovanni – ich meine den Zauberer – umgebracht worden ist. Ich habe eine wichtige Aussage zu machen. Das hätte ich gestern schon gemacht, aber mich haben Sie ja nicht gefragt." Die altkluge Stimme des Jungen klang beleidigt.

„Entschuldige, junger Mann. Aber wir waren gestern etwas überfordert. Was willst du denn sagen?"

„Also, der Giovanni hatte mir ein Kaninchen gezaubert. Das fand ich supernett von ihm. Ich wollte mich bei ihm bedanken. In der Nacht noch. Ich dachte, die Erwachsenen wären noch nicht im Bett und ich bin mit Blacky, also mit meinem Kaninchen, zu seinem Zimmer gegangen. Es war ungefähr zwei Uhr nachts. Giovanni hat aufgemacht. Er war auch gar nicht sauer, dass ich so spät kam. Im Gegenteil, er sagte, dass er sich über meinen Besuch freut. Aber dann hat er gefragt, ob ich ihm was bringen wollte. Ich dachte, er meinte das Kaninchen. Das hast du mir doch geschenkt, habe ich gesagt. Das kannst du behalten, hat er gesagt. Aber dann hatte er keine Zeit mehr, weil er noch was machen müsste. Als ich zurückging, habe ich Onkel Robert gesehen, der war ziemlich betrunken. Er hatte Probleme, seine Tür aufzuschließen. Da habe ich es für ihn gemacht. Also, ich glaube nicht, dass mein Onkel der Mörder ist. Außerdem hatte der noch eine Whiskey-Flasche dabei."

„Woher weißt du, dass es Whiskey war?", fragte Hundertmacher.

„Meine Mama hat auch solche Flaschen. Außerdem kann ich lesen", antwortete Mark beleidigt.

Hundertmacher dankte ihm: „Du hast uns wirklich geholfen mit deiner Aussage. Danke. Am besten kommst du mit deiner Mama noch ins Präsidium, um die Aussage zu unterschreiben."

„Mama ist im Krankenhaus", sagte Mark.

„Wieso denn? Hoffentlich nichts Schlimmes?" Hundertmacher war erschrocken.

„Sie hatte einen Unfall, ich darf nicht mehr darüber sagen", druckste Mark herum. „Werden Sie meinen Onkel jetzt freilassen?"

Hundertmacher schüttelte den Kopf, obwohl Mark das nicht sehen konnte. „Nein, das geht nicht. Der Verdacht bleibt."

„Schade."

„Hatte dein Onkel seine Krawatte an, als du ihm die Tür aufgeschlossen hast?", fragte Hundertmacher.

„Nein, ich glaube nicht. Sicher nicht. Er sah ganz unordentlich aus, er hatte keine Jacke mehr an, nur das Hemd", erinnerte sich Mark. „Auf keinen Fall eine Krawatte."

„Gut, dann müssen wir uns weiter umhören. Danke dir, Mark. Du wirst mal ein guter Polizist", lobte Hundertmacher.

„Kriminalkommissar", verbesserte ihn Mark.

„Ja, du hast Recht."

Marks Aussage war zwar noch keine Entlastung für Robert Martens, brachte Hundertmacher jedoch auf eine Idee. Er schickte zwei junge Kriminalkollegen zu den Barkeepern, um sie zu befragen. Das war ohnehin vorgesehen.

Im Hotel trafen sie John Bush an, der wieder Dienst hatte. Er erinnerte sich: „Ja, Herr Martens war zweimal in der Bar, erst mit den Frauen und seinem Bruder. Später, als alle weg waren, ist er noch einmal allein gekommen. Der war sehr wütend, daran kann ich mich genau erinnern. Er hatte vorher schon eine Menge getrunken, Whiskey. Nachher war er ziemlich voll, konnte kaum noch gerade gehen. Dann hat er sich noch eine zweite Flasche mitgenommen."

„Zwei Flaschen Whiskey? Für ihn allein? Das ist zu viel. Können Sie sich daran erinnern, was Herr Martens anhatte?"

„Am Anfang hatte er noch seinen Anzug an. Die Jacke hat er dann schnell ausgezogen und auf einen Barhocker gelegt. Nachher hat er sie vergessen. Als wir dann später die Tür der Bar abgeschlossen haben, haben wir sie draußen über den Sessel gehängt. Zusammen mit der Krawatte. Die hatte er sich ebenfalls ausgezogen."

„Wann war das?"

„Das war etwa Viertel vor drei. Danach sind wir zum Trakt für die Dienstboten gegangen, da haben wir übernachtet. Herr Martens kann unmöglich zu diesem Zeitpunkt noch so klar gewesen sein, dass er zu einem Mord fähig war. Nach meiner Schätzung hatte er auch ohne die zusätzliche Whiskey-Flasche schon zwei Promille."

Bei der Untersuchung von Robert Martens Hotelzimmer hatte sich ergeben, dass Scherben einer Whiskey-Flasche im Papierkorb lagen. Es roch im ganzen Raum durchdringend nach Alkohol. Aufzeichnungen der Flurkameras gab es nicht, da sie bei Privatveranstaltungen nicht eingeschaltet waren. Um die Intimsphäre der Gäste zu schützen. Hundertmacher bedauerte es.

Er rief den Staatsanwalt an und bat ihn darum, in Anbetracht der entlastenden Aussage eine Freilassung Robert Martens zu befürworten. Auch wenn noch nicht geklärt war, wer die Krawatte genommen hatte, um damit Giovanni an die Guillotine zu binden und ihn dann zu enthaupten. Robert Martens war es wahrscheinlich nicht. Das glaubte Hundertmacher.

Zusammen mit Leuten der Spurensicherung betrat Sarkozy unterdessen Giovannis Wohnung in der Kleinstraße in Poll. Noch am Sonntagnachmittag war die Wohnung versiegelt worden.

Es war eine sehr moderne Maisonette-Wohnung, ganz in Weiß gehalten, und dabei sehr geschmackvoll einge-richtet. Alles war ausgesprochen ordentlich, fast etwas steril. Anscheinend hatte Caruso alleine hier gewohnt. So eine tolle Wohnung würde mir auch gefallen, dachte sich Sarkozy.

In alle Schubladen und Schränke schaute er, überall die gleiche Ordnung. Pullover, Hemden, Unterwäsche, Handtücher, Bettwäsche, alles fein säuberlich überein-andergelegt und fast mit dem Lineal gestapelt. Es sagte eine Menge über Giovanni Caruso aus, aber nichts, was Sarkozy bei den Ermittlungen weiterhelfen könnte. Auch Carusos Handy wurde nicht gefunden.

Doch im Arbeitszimmer wurde er fündig. In dem antiken Schreibtisch fanden sich Briefe und Fotos, die bestätigten, dass Giovanni Liebesbeziehungen zu Männern unterhielt, jedoch nicht zu Frauen. Sarkozy packte alles in eine Tüte, um es als Beweismaterial zu sichern und im Büro sichten zu können. Dann waren da noch Unterlagen, die Giovanni für sein Buch:
„Camorra und Mafia – Italien im Abwärtsstrudel" gesammelt hatte. Das gedruckte Buch lag daneben. Aha, das muss also auch gesichert werden, vielleicht ist doch was an der Vermutung einiger Leute, dass die Mafia etwas mit dem Mord an Giovanni zu tun hat! Dass sollte er doch lesen.

Außerdem wurden Manuskripte gefunden. Anschei-nend ein Buch, das im Entstehen begriffen war. Auf dem Aktenordner, in dem etwa hundertfünfzig Seiten eingeheftet waren, stand: „Deutsche Firmen mit Verbindungen zur Mafia". Interessant, dachte Sarkozy. Vielleicht ergaben sich hier einige Hinweise. Mögliche Mordmotive?

Vollbepackt mit Beweismaterial verließ Sarkozy die Wohnung. Für die Leute der Spurensicherung hingegen war die Arbeit hier noch nicht beendet. Sie mussten alles genau unter die Lupe nehmen.

Am Nachmittag erschien Mark im Präsidium. Vorsichtig klopfte er an der Tür zu Hundertmachers Büro. „Also, da bin ich. Meine Mutter ist immer noch im Kranken-haus. Deshalb bin ich alleine gekommen", erzählte Mark stolz. Er wiederholte seine Beobachtungen, über die er am Telefon berichtet hatte, und unterschrieb anschließend die ausgedruckte Aussage. „Mir fällt noch was ein", ergänzte er. „Den Giovanni habe ich schon mal gesehen, sogar drei- oder viermal, ich meine, vor der Feier. Er war im Auto von meinem Schuldirektor, Herr Tresor. Aber ich hab ihn nur ganz kurz gesehen. Und er sah nicht wie ein Zauberer aus. Deshalb war ich mir anfangs nicht so sicher. Aber jetzt bin ich es."

Hundertmacher schrieb sich alles auf und beauftragte seine Sekretärin, Telefonnummer und Adresse von Herrn Tresor herauszusuchen. Dort schickte er Sarkozy hin, um eine Aussage zu erhalten. Hundertmacher empfand die Außentermine als zu anstrengend. Dafür hatte er seine jüngeren Kollegen. Nur in Ausnahmefällen würde er selbst fahren.

17. Kapitel

Ausnahmsweise schaffte Ina es, am frühen Montagnachmittag von ihrem Job wegzukommen, um Mark in Köln zu besuchen. Es war sicher übertrieben, dass sie hunderte von Kilometer auf sich nahm, um ihrer Neugier nachzukommen. Nein, das war es nicht allein. Sie wollte Mark zur Seite stehen, natürlich auch seiner Mutter. Ina hatte sich schon gedacht, dass deren Flecken von Schlägen herrührten, Irene tat ihr leid. Und sie wollte mehr über Thomas erfahren und seine Verbindung zu dem verschwundenen Erik.

Ina fuhr zu den Baumanns in die Herringerstraße. Das Haus der Familie Baumann war groß und weiß angestrichen, ein solider Bau aus den Sechzigern. Alles sah recht edel aus. Arm waren diese Leute nicht, aber wohl auch nicht glücklich, dachte sich Ina. Sie klingelte. Mark öffnete die Tür. Er schien etwas geistesabwesend, dennoch freute er sich. „Ach Ina, bin ich froh, dass du da bist."

„Was ist mit deiner Mama?"

„Ich habe, wie du gesagt hast, die Polizei angerufen. Die war schnell da und die Polizisten haben gleich den Krankenwagen bestellt. Der hat Mama mitgenommen, sie ist noch im Krankenhaus. Aber sie hat angerufen, sie kommt gleich wieder zurück."

„Wo ist deine Schwester?"

„Sie ist nach der Schule direkt in die Klinik gefahren. Sie will Mama abholen."

„Das ist gut. Und dein Papa?"

„Der ist seit heute Morgen weg. Als er die Polizei gesehen hat, ist er gleich verschwunden."

„Ist das mit deiner Mama schon mal passiert?"

„Nicht, wenn wir dabei waren. Aber Papa hat immer mit Mama geschimpft, sie haben sich gestritten, sehr laut. Ich hasse ihn." Mark war den Tränen nah.

Ina nahm ihn in den Arm. „Mark, hast du Hunger? Ich könnte dir etwas zu essen machen oder holen, wenn du möchtest."

„Ja, ich habe den ganzen Tag noch nichts gegessen. Nur Cola getrunken. Es war keiner da, der es mir verboten hätte", sagte er. Seine Stimme klang traurig.

„Bist du nicht mehr in die Schule gegangen? Wer hat dich entschuldigt?"

„Das habe ich gemacht. Ich habe einfach meine Stimme verstellt. Die haben nichts gemerkt. Zum Schluss haben die gesagt: Dann gute Besserung für Ihren Sohn, Herr Baumann." Mark lachte und sein Gesicht strahlte vor Stolz.

„Du Halunke." Ina lächelte ihn an. „So dann lass uns mal nach Lebensmitteln suchen."

Im Kühlschrank suchten Ina und Mark etwas, was sich schnell zubereiten ließ. Eine fertige Mahlzeit fanden sie nicht, jedoch Salat und Kräuter. Nicht mehr ganz frisch, aber noch gut zu gebrauchen.

„Mark, wir haben zwar keine Auswahl. Aber wenn doch, was hättest du gern?", fragte Ina. „Viel lässt sich hier nicht machen. Was hätte denn deine Mama euch vorgesetzt?"

„Wahrscheinlich hätte sie Lucille zum Einkaufen in den Supermarkt geschickt. Ich möchte nichts mit Tieren. Du weißt, kein Kaninchen oder so etwas."

„Gut, dann schauen wir mal in der Speisekammer nach", schlug Ina vor.

Dort fanden sich Nudeln und einige Konserven wie passierte und geschälte Tomaten. Mark setzte Wasser auf, sie schnippelten Zwiebeln und zerdrückten ein bisschen Knoblauch und bereiteten eine üppige Tomatensoße zu. Dann richteten sie einen Salat mit den Kräutern an.

Als Mark den Tisch für vier Personen in der großen Wohnküche gedeckt hatte, kamen Lucille und ihre Mutter nach Hause. Irene hatte einen dicken Verband um den Kopf, der linke Arm hing in einer Schlaufe. Ihr Gesicht hatte deutlich sichtbare blaue Flecken, die Lippen waren geschwollen und aufgeschlagen.

Misstrauisch sah sie Ina an. Ihre Stimme klang unwirsch, als sie sagte: „Was machst du denn hier?"

„Mama, ich habe sie angerufen. Sie hat mit mir gekocht. Auch für euch", erklärte Mark.

Als Irene den gedeckten Tisch sah, entspannte sie sich. „Aber da fehlt ein Gedeck. Wenn Ina auch hier isst. Papa kommt gleich", überlegte Irene.

„Ich kann auch gehen. Jetzt seid ihr da und Mark ist nicht mehr allein." Ina stand auf und wollte nach ihrer Jacke greifen.

„Nein, du bleibst. Es soll keiner sagen, dass er hier vertrieben wird. Außerdem muss ich noch kurz mit dir sprechen", bestimmte Irene.

Lucille und Mark fingen an, das Essen zu verteilen. Irene zog Ina in den Flur und flüsterte ihr zu: „Du brauchst wirklich nicht extra nach Köln zu kommen. Es ist alles in Ordnung. Nichts ist passiert. Kein Grund, sich Sorgen zu machen."

Ina sah sie zweifelnd an. „Dein Gesicht und dein Arm sprechen eine andere Sprache. Wirst du regelmäßig von deinem Mann verprügelt? Lass dir das nicht gefallen!"

Irene schaute sie böse an. „Keiner wird verprügelt. Ich habe es doch schon mal gesagt. Es war nur ein Unfall."

Ina wusste, dass es nicht stimmte, sie wusste aber auch, dass viele misshandelte Ehefrauen nichts zugeben wollten. Aus missverstandener Solidarität, aus Angst, aus Masochismus?

Etwas später erschien Thomas Baumann, keineswegs schuldbewusst, sondern eher großspurig.

„Hallo, wie geht es euch?", polterte er zur Tür herein.

Als er Ina sah, stutzte er kurz, setzte sich dann aber an den Esstisch. „Und was verschafft uns die Ehre der Polizei?", fragte er in einem ironischen Ton.

Lucille, die ungewohnt still am Tisch gesessen hatte, erhob sich wortlos und verließ den Raum.

„Was hat sie?", fragte Thomas ärgerlich. „Nichts", versicherte Irene schnell. „Sie muss noch ein Referat machen."

„Dann könnte sie ihren Vater aber trotzdem begrüßen. Das gehört zum Anstand", murrte er. „Das hättest du den Kindern auch beibringen können."

Thomas sah seine Frau vorwurfsvoll an.

„Zur Erziehung gehören Vater und Mutter", gab sie bissig zurück.

Schnaubend nahm er sich einen gehäuften Schöpflöffel von dem Essen. „Was ist denn das für ein Fraß, nicht mal Fleisch", knurrte er vor sich hin.

Mark, der ihn erwartungsvoll angesehen hatte, knickte ein. „Ich habe das Essen gekocht. Ina hat mir geholfen."

„Hast du gut gemacht, aber ich mag das Vegetarische nicht. Das weißt du doch", wandte er sich beschwichtigend an seinen Sohn. Marks Gesicht hellte sich wieder ein wenig auf. „Beim nächsten Mal", versprach Mark.

„Setzen Sie sich doch", sagte Thomas zu Ina. „Und du auch", wandte er sich an seine Frau.

Sie setzten sich an den Tisch, Ina war es unbehaglich zumute.

„Es ist nicht, wie es aussieht. Wir sind eine nette Familie, wir lieben uns alle sehr", versicherte er sehr eindringlich. „Ich schlage meine Frau nicht, auch wenn Sie das glauben. Sie hat leider die Angewohnheit, jede Treppe herunterzufallen. Stimmt doch, Irene?"

Da diese nicht widersprach, sagte auch Ina nichts dazu.

„Wir haben alles besprochen. Ich muss jetzt gehen. Sonst muss ich mich morgen bei meiner Arbeitsstelle krankmelden." Dabei sah Ina Mark an, der ihr lächelnd zuzwinkerte.

Ina verabschiedete sich. Irene und besonders Thomas schienen darüber erleichtert. Mark begleitete sie bis zur Haustür. „Danke, Ina", sagte er und sah sie groß an. „Wir bekommen heraus, wer der Mörder ist. Ich weiß nur, dass Onkel Robert es nicht ist. Außerdem war Giovanni schwul, Tante Linda hat uns also belogen."

„Wer hat dir das gesagt?"

„Mama."

„Aha. Wenn das stimmt, könnte das heißen, dass keiner aus der Familie ein Mordmotiv hatte", folgerte Ina. „Zumindest nicht wegen Eifersucht. Halt mich auf dem Laufenden." Sie ging ein paar Schritte vom Haus weg, wandte sich dann um und winkte Mark zu.

„Wir finden ihn", rief er ihr nach. Es war, als ob er ihr Mut machen wollte. Dabei ist er doch derjenige, dem man beistehen muss, dachte Ina. Dann fiel ihr noch etwas ein und sie fragte nach: „Mark, weißt du, was ein Palstek ist?"

„Na, klar. Das ist ein Segelknoten."

„Wer von der Familie segelt denn?"

„Eigentlich alle. Früher waren wir immer mit dem Boot von Onkel Robert in Mallorca. Seit zwei Jahren haben wir auch so ein Boot. Papa hat es in England gekauft und ist damit an der ganzen französischen und spanischen Küste vorbei nach Mallorca gesegelt."

Nachdenklich fuhr Ina nach Hassfeld zurück. Diese Familie hatte das Bedürfnis, eine heile Welt darzustellen, obwohl es die überhaupt nicht gab, schon gar nicht bei ihr. Auch das Segeln und der Segelknoten gaben Ina zu denken. Sie hatte ein ungutes Gefühl.

18. Kapitel

Ständig musste Sarkozy unterwegs sein. Sogar Samstag und Sonntag. Darüber seufzte er. Kein Privatleben. Wie soll ich da eine nette Partnerin kennenlernen? Wenigstens zu der schönen Laura Martens hätte Hundertmacher mich schicken können. Ihm wurde es ganz warm ums Herz, wenn er an sie dachte. Doch er sollte den Schulleiter Tresor aufsuchen, mit dem Giovanni von Mark mehrfach gesehen worden war.

Sarkozy traf ihn am frühen Abend in seinem Haus in Sülz an, nachdem er ihn vorher telefonisch kontaktiert hatte. Tresor war Anfang fünfzig, groß und schlank, fast etwas zu dünn, sein dunkles Haar war teilweise etwas schütter und mit grauen Strähnen durchsetzt. Er wirkte sehr bleich, die Augen jedoch sahen gerötet aus.

„Guten Tag, Herr Tresor. Sie wissen, dass Giovanni Caruso ermordet wurde? ", begann Sarkozy, als er von Tresor ins Wohnzimmer geführt worden war.

„Ja, ich habe es in der Zeitung gelesen." Dabei zeigte er auf ein stadtbekanntes Skandalblättchen, das eine riesige Schlagzeile bot: „Wie in der Französischen Revolution: Mord durch Fallbeil!" Zu sehen waren auch Fotos der drei Kommissare, aber auch eines abgetrennten Kopfes. Erleichtert stellte Sarkozy fest, dass es wohl eine Archivaufnahme und nicht Carusos Kopf zeigte. Soweit waren die Zeitungsleute nicht gegangen, vielleicht auch nicht gekommen.

„Wir ermitteln in dem Mordfall. Wir wissen, dass Sie mit Herrn Caruso öfter gesehen worden sind. Wie war ihr Verhältnis zu ihm?", fragte Sarkozy.

Tresors Blick wirkte gehetzt. „Wir sind, das heißt, wir waren gut befreundet."

„Hatten Sie eine intime Beziehung zu Giovanni Caruso? Wir wissen mittlerweile, dass er homosexuell war."

„Ja, ich hatte eine intime Beziehung zu Giovanni. Aber das war vorbei." Johannes Tresors Stimme klang brüchig und vor allem bedauernd.

„Von wann bis wann diese Beziehung dauerte." Sarkozy sah, dass Tresor das Gespräch nicht behagte. Doch er ließ nicht locker.

„Also, von Sommer vor zwei Jahren bis vor genau drei Wochen." Tresor schluckte.

„Etwa zwei Jahre also. Eine lange Zeit. Warum ist die Beziehung zu Ende gegangen?", bohrte der Kommissar weiter.

Sarkozy glaubte, Tränen in Tresors Augen zu sehen. „Ja, eine lange Zeit, aber nicht lang genug. Ich habe ihn geliebt. Ich hätte mit ihm mein ganzes Leben verbringen wollen." Jetzt waren wirklich Tränen in Tresors Augen. Er wischte sie schnell weg.

„Entschuldigen Sie. Es ist alles so fürchterlich."

Sarkozy nickte. „Ich verstehe, dass Sie trauern. Dass es zu Ende gegangen ist, lag also nicht an Ihnen?"

„Nein, an mir nicht. Er wollte etwas anderes. Da hat er plötzlich diesen jungen Typen kennengelernt und schon war es passiert. Der gute alte Johannes Tresor war abgeschrieben. Alle Gemeinsamkeiten waren plötzlich nichts mehr wert." Tresor klang verbittert.

Sarkozy redete eindringlich auf ihn ein: „Dann wird er ermordet. Auf schreckliche Weise. Da muss jemand einen triftigen Grund gehabt haben."

Tresor war entsetzt. „Sie wollen doch damit nicht sagen, dass ich Giovanni ermordet habe? Aber nein! Ich habe ihn geliebt und ich hatte die Hoffnung noch nicht aufgegeben, dass er wieder zu mir zurückkommen würde."

Sarkozy zweifelte. „Und als er doch nicht kam und Ihnen auch deutlich gesagt hat, dass er das niemals machen würde, haben Sie Rache geübt."

Tresor ereiferte sich wütend: „Ich hätte Giovanni niemals hassen können. Wenn ich jemanden umgebracht hätte, dann seinen Neuen, den blöden Wichser! Entschuldigen Sie, ich musste das mal sagen."

„Manche Menschen töten andere, nicht weil sie hassen, sondern weil sie zu viel lieben. Wie viel Väter haben aus diesen Motiven heraus ihre Kinder getötet."

Diesmal zweifelte Tresor. „Das war dann das Gefühl, sich an dem Partner zu rächen, ihm die Kinder nicht zu lassen. Das ist egoistisch, bestimmt keine Liebe. Dazu, das können Sie mir glauben, wäre ich nicht fähig. Ich habe Giovanni wirklich geliebt, ich habe es schon mal gesagt. Ich hätte ihm nie etwas Böses getan!"

„Wissen Sie denn, wie der neue Freund von Giovanni heißt?"

„Das weiß ich nur zu gut. Er ist nur so ein Strichjunge, Marcel Morscheif: Er wohnt in der Altstadt, am Heumarkt. Wie oft habe ich schon vor seiner Wohnung gestanden und darauf gewartet, dass Giovanni wieder herauskommt. Wie oft hatte ich mir überlegt, seinen neuen Freund umzubringen. Glauben Sie mir, ich war verzweifelt", gestand Tresor.

„Hatte Giovanni vielleicht Feinde? Wissen Sie etwas darüber?"

„Feinde? Neider sicher. Er war schön, er war erfolgreich, als Künstler und als Autor. Vielleicht hatte es mit dem zu tun, was er geschrieben hat. Er wollte etwas enthüllen, sagte er zu mir. Die Bombe würde einschlagen, so drückte er sich aus. Genaueres wollte er mir nicht verraten. Und er würde sicher viel Geld bekommen, sehr viel Geld."

„Was haben Sie am Samstagabend und Samstagnacht gemacht?"

Tresor sah schuldbewusst aus und gestand: „Ich gebe zu, dass ich auf der Insel Frauenstein war. Ich hatte gehört, dass Giovanni dort auftreten sollte. Ich wollte mir ansehen, was da vor sich ging."

„Wie sind Sie dorthin gekommen? Nicht mit der Fähre?"

„Nein, ich habe mich herüber rudern lassen. Später bin ich wieder abgeholt worden."

„Wann?"

„So etwa ein Uhr in der Nacht."

„In der Nacht war doch ein starkes Gewitter. Sind Sie nicht nass geworden?"

„Nein, der Regen kam erst, als ich schon zu Hause war. Etwa zwei Uhr."

„Wer hat Sie gefahren?"

Tresor gab dem Kommissar einen Namen und eine Telefonnummer. Dort müsste später nachgefragt werden. Tresors Alibi!

Sarkozy sah, dass er nicht weiterkam. Tresor war wirklich am Boden zerstört. Er sagte: „Zum ersten Mal in meinem Berufsleben war ich heute nicht in der Schule und ich werde auch morgen nicht gehen können. Vielleicht nie mehr. Wie kann ich jetzt noch weiterleben?"

Er blieb wie verloren auf seinem Sessel sitzen. Die Anwesenheit des Kommissars schien er nicht mehr wahrzunehmen. Daher ließ Sarkozy ihn mit seinen Gefühlen allein.

19. Kapitel

Dienstagmorgen machte Ina ihren Dienst in ihrer Polizeidienststelle, hauptsächlich Aktenkram, nichts wirklich Wichtiges. Ab Mittag hatte sie sich für den Rest der Woche Urlaub genommen, eventuell mit der Option, ihn zu verlängern.

Später fuhr sie zu ihren Eltern nach Letterbach. Diese wohnten in einer Einliegerwohnung bei Inas ältestem Bruder Jens und seiner dritten Frau Wilhelmine, genannt Mine.

Wieder hatte sie ein seltsames Gefühl, hier ging eine ungute Atmosphäre aus. Da war etwas, bedrohlich, gefährlich. Aber was? Waren auch ihre Eltern in Gefahr? Es war nicht unbedingt nur in der Gegenwart. Schon viel früher hatte Ina das gespürt. Manchmal hatte sie blitzlichtartige Eindrücke, Überfälle nannte sie es für sich. Dem konnte sie sich nicht entziehen. Es musste etwas aus der Kindheit sein. Ein Fahrrad, ein Auto, Schreien, Gefahr, Angst.

Ihr Vater war nicht zu Hause. Ina atmete auf. Manches konnte sie besser mit ihrer Mutter allein besprechen. Natürlich hatte diese auch gehört und gelesen, was an dem Wochenende auf der Insel passiert war. Aber Ina musste ihr alles noch einmal ausführlich erzählen.

„Dafür sagst du mir aber auch, was mit Erik Martens war. Was weißt du? Es war doch in Letterbach."

„Ja. Die jungen Leute waren damals hier in den Wochenendhäusern. Wer das genau war, wussten wir nicht. Auf jeden Fall alle Martens-Brüder. Und die Eisenberg-Töchter, denke ich."

„Was haben die gemacht?", wollte Ina wissen.

„Viel Krach. Die Musikanlage war im ganzen Dorf zu hören. Ich nehme an, die hatten auch Drogen genommen und eine Menge Alkohol getrunken", vermutete Mutter.

„Woher weißt du das?", zweifelte Ina.

„Du weißt, dass Jens anfangs auch dabei war. Da hatte er noch was mit Sabrina. Noch am selben Wochenende war das dann vorbei."

„Wie kam das?"

„Da musst du ihn schon selbst fragen. Besser doch nicht. Mir hat er es nie erzählt. Aber danach wurde er ganz anders. Nie mehr war er so fröhlich, nur noch bedrückt. Dann hat er ja die Tabletten genommen und einen Selbstmordversuch gemacht." Mutter war ganz ernst geworden. „Wir hätten ihn fast verloren, damals. Ich bin froh, dass du ihn rechtzeitig gefunden hast."

Ina ließ ihre Mutter sprechen, denn diese schien sich damit ihre Sorgen von der Seele zu reden. „Mit Sabrina hat er kein Glück gehabt. Mit seinen späteren Frauen aber auch nicht. Zuerst Lea, die er direkt danach hatte, von der er die Tochter hat. Lea hat ihn ein paar Jahre später verlassen, dann seine zweite Frau Cora, die ihn nur Geld gekostet hat, jetzt seine dritte, Mine. Man hat den Eindruck bei ihm, dass er nicht allein sein kann. Sabrina war seine große Liebe, die wollte ihn nicht mehr. Er hat es nie verkraftet", bedauerte Mutter.

„Sie hat nach ihm gefragt", versicherte Ina.

„Sag es ihm nicht, das tut ihm nicht gut. Die würden doch sowieso nicht zusammenpassen", glaubte Mutter.

„Außerdem ist er verheiratet. Das könnte er so schnell nicht abwerfen", war sich Ina sicher.

„Das würde sich Mine nicht gefallen lassen. Dagegen würde sie einiges unternehmen."

„Und wie klappt es mit Mine? Ist er mit ihr nicht glücklich?", wollte Ina wissen.

„Das glaube ich nicht. Mine ist oft weg. Manchmal tagelang. Keiner weiß wohin."

„Und was sagt sie in den Fällen?"

„Sie sagt, dass sie zu ihrer Familie fährt. Die wohnt vor allem in Köln."

„In Köln? Kennt ihr die Eltern und Geschwister?"

„Nein. Wie du weißt, haben Jens und Mine in Las Vegas geheiratet. Sie waren ganz allein da. Die wollten keine Feier", stellte Mutter klar.

„Ich weiß. Das kam mir schon ziemlich seltsam vor."

„Es war ihre Idee, sie mag es manchmal ein bisschen übertrieben. Als ob sie es sich selbst beweisen will."

„Ja, so kommt es mir auch vor. Außerdem habe ich den Eindruck, dass sie mich nicht leiden kann. Sie grüßt mich nicht, sieht mich kaum an. Warum?", fragte Ina.

„Das verstehe ich auch nicht. Zu uns ist sie nett. Eine liebe Schwiegertochter." Mutter nickte anerkennend.

„Ja, wenigstens das. Ich muss ja nicht mit ihr leben. Und zu Jens ist sie auch nett?"

„Er hat sich jedenfalls noch nicht beschwert", meinte Mama. „Aber warum interessiert dich das mit Erik?"

„Ich glaube, ich weiß, beziehungsweise ich ahne, was damals mit ihm passiert ist. Seltsamerweise hängt es anscheinend auch mit dem Mord an Caruso zusammen", gab Ina etwas zu offen von sich. Aber es konnte sonst niemand hören, beruhigte sie sich selbst.

Und Mutter würde sicher niemandem etwas darüber erzählen.

„Wirklich? Man sollte es nicht für möglich halten. Das mit Erik ist doch schon vor fünfundzwanzig Jahren gewesen", wunderte sich Mutter.

„Auf jeden Fall hat die Familie Eisenberg damit zu tun. Deshalb muss ich alle Frauen der Familie befragen, vor allem Cathrina."

„Dann bin ich gespannt. Es wäre wirklich gut, wenn endlich die Wahrheit über Eriks Schicksal ans Tageslicht käme", hoffte Mutter. „Und der Mord an dem Zauberer? Soll das damit zusammenhängen?"

„Ich habe das ungute Gefühl, dass Thomas Baumann, Irenes Mann, etwas damit zu tun hat. Er war befreundet mit Erik und war jetzt auch bei der Silberhochzeit dabei. Kennst du Thomas Baumann?"

„Eigentlich nicht, aber ich habe ihn öfter gesehen. Früher bei den Martens, später war er mit seiner Familie oft in Letterbach. Wie kommst du gerade auf den?"

„Er ist so ein furchtbar unsympathischer Mensch. Ich traue ihm alles zu."

Mutter widersprach: „Aber deswegen ist er noch lange kein Mörder."

„Ich denke, es geht um eine Familiengeschichte", folgerte Ina. „Da werde ich weiterforschen. Von Irene kann ich einiges erfahren, bei ihr gehe ich sozusagen ein und aus." Jetzt kam es ihr vor, dass die Lösung der Rätsel nicht so weit sein konnte.

Als sie aus der Wohnung der Eltern kam, begegnete sie ihrer Schwägerin, dunkelblondes Haar. Diesmal schien Mine ganz anders als sonst.

Sie lächelte Ina freundlich zu und fragte: „Kommst du gut voran?"

Ina war überrascht. „Was meinst du? Womit?"

„Mit deinem Fall natürlich. Oder mit deinen Fällen in der Familie Martens?"

Ina wollte fragen, woher sie denn davon wisse, unterließ es aber. Hatte sie gelauscht?

„Ich denke, es geht", äußerte sich Ina diplomatisch.

Mine machte ein neugieriges Gesicht. Sicher hätte sie gerne Näheres gewusst, überlegte Ina. Aber das werde ich niemandem erzählen. Ihr auf keinen Fall. Auch Mine löste bei Ina ein seltsames Gefühl aus. Mine war jetzt auf eine Art nett, die fast übertrieben erschien. Dahinter steckt etwas, dachte Ina. Doch dann ermahnte sie sich: *Du siehst Gespenster.*

„Ich wäre froh, wenn wir mehr Kontakt hätten", versicherte Mine. „Wir sind schließlich jetzt verwandt."

„Ja, gerne", versicherte Ina. „Gut, dann lade ich dich für Samstagabend ein. Hast du Zeit? Du kannst auch jemanden mitbringen", schlug ihre Schwägerin vor.

„Ich denke, dass ich kommen kann. Allein. Falls nicht, sage ich mindestens einen Tag vorher Bescheid."

Ina wunderte sich. Bisher hatte Mine gar nicht den Wunsch gehabt, sich mit ihr zu treffen. Ihre Schwägerin war sie nun schon seit mindestens einem Jahr.

Endlich konnte Ina wieder in ihre Wohnung nach Hassfeld fahren. Ihre Hunde waren noch bei Benno. Per Telefon versuchte sie, mit Pablo Kontakt aufzunehmen. Sie ließ es ein paarmal bei ihm klingeln, doch weder er noch seine Mutter gingen an den Apparat. Wo waren die nur ständig? So viel gab es auf der Insel doch nicht zu tun. Sie schrieb Pablo eine WhatsApp-Nachricht.

20. Kapitel

Erneut war Ina in der Herringerstraße in Köln. Es war Mittwochmorgen, zehn Uhr. Ina klingelte. Und dann wieder. Diesmal öffnete nicht Mark, sondern eine verschlafene Irene. Sie war noch im Nachthemd und trug rosafarbene Pantöffelchen mit Plüschverzierungen. Mitten im Sommer, dachte Ina. Irenes Haare standen wie graue Antennen wirr vom Kopf ab.

„Ina, was machst du denn so früh am Morgen hier", fragte sie erstaunt. „Komm doch rein. Ich wollte gerade aufstehen und Kaffee trinken. Kannst mir ja Gesellschaft leisten."

Etwas später saßen sie auf der Terrasse am Frühstückstisch, tranken Kaffee, aßen Croissants und schauten auf den Teich mit den Goldfischen und dem Springbrunnen. Jetzt hatte Ina etwas mehr Zeit, sich Irene genauer anzusehen. Immer noch waren blaue Flecken im Gesicht zu erkennen, auch die aufgeplatzte Lippe war nicht geheilt.

„Entschuldige, dass ich mich noch nicht zurechtgemacht habe", sagte Irene verlegen.

„Ich muss mich entschuldigen, ich habe dich einfach aus dem Bett geklingelt."

„Nicht schlimm. Was gibt es denn?"

„Ich möchte ein paar Fragen an dich stellen, vor allem wegen der Geschichte mit Erik."

Irene wunderte sich. „Wieso Erik? Glaubst du, dass das etwas mit dem Mord an Giovanni Caruso zu tun hat?"

„Es gibt Leute bei der Polizei, die da einen Zusammenhang sehen", erklärte Ina. Das war nicht gelogen, sie selbst war das.

„Ach so. Und weil das in der Eifel passiert ist, hat man dich beauftragt, nachzuforschen", folgerte Irene.

Ina war erleichtert. Sie musste nicht einmal aktiv lügen, sondern nur Irenes Schlussfolgerungen bestätigen. „Genauso ist es. Ich muss mich wegen Erik umhören und dabei soll dann möglicherweise auch etwas über den jetzigen Mord herauskommen." Oje, das hatte sie unglücklich ausgedrückt.

Prompt kam Irenes Frage: „Die Polizei glaubt also, dass Erik auch ermordet wurde?"

„Es wäre nicht auszuschließen. Beides betrifft die Familie Martens. Und beides ist mysteriös", gab Ina zu bedenken.

Irene war nachdenklich geworden. „Hm. Ich habe mich schon immer gewundert, warum Erik so spurlos verschwinden konnte. Ich habe Cathrina immer bedauert. Die waren doch noch so verliebt."

„Wer war denn damals alles in dem Ferienhaus? Was habt ihr gemacht?", fragte Ina.

„Nur junge Leute. Wir waren damals verrückt, ausgeflippt. Wir wollten feiern, Krach machen, Alkohol trinken, vielleicht auch ein paar Joints rauchen. Es war auch so was wie Roberts Junggesellenabschied. Wir waren wie entfesselt, wollten die Siebziger wieder aufleben lassen: Jeder mit jedem! Von Freitag auf Samstag waren noch ein paar Typen da, ich kenne nicht einmal mehr ihre Namen."

„Jeder mit jedem?", fragte Ina staunend.

„Sex, freie Liebe, nenne es, wie du willst." Irenes Augen glänzten und sie lachte in der Erinnerung.

„Das wollten wirklich alle?"

„Nein, ganz so dann doch nicht. Cathrina und Erik haben sich nicht blicken lassen. Den ganzen Samstag. Die waren in seinem Zimmer, hatten wohl genug mit sich selbst zu tun. Aber ich hatte mit den anderen was, mit Robert, mit Richard nicht, mit zwei oder drei anderen und mit Thomas. Den habe ich damals näher kennengelernt. Der hat sich danach ziemlich an mich herangemacht und mich nicht mehr losgelassen."

„Thomas war also auch dabei? Wieso?"

„Er war ein Freund von Erik."

„Erik hat ihn also mitgebracht?"

„So kann man es sagen."

„Ist er nicht mit den Brüdern zu der Höhle gegangen?"

„Nein, da war er nicht dabei. Er ist Sonntagmorgen weggefahren, er musste etwas erledigen. Nachmittags ist wiedergekommen, um mich abzuholen. Wir sind dann zu ihm und haben unsere Orgie fortgesetzt, ohne die anderen."

Ina war beeindruckt. Dieses Mauerblümchen Irene hatte es faustdick hinter den Ohren. Äußerer Schein trügt, wie man sieht, dachte sich Ina. Hatte sie vielleicht sogar etwas mit dem Verschwinden von Erik oder mit dem Mord an Giovanni zu tun?

„Kannst du mir etwas über Thomas erzählen? Über seine Kindheit und Jugend?"

„Wieso Thomas? Ich glaube, da hast du dich in einen falschen Gedanken hineingesteigert. Er hat nichts mit dem Mord zu tun", beteuerte Irene.

„Wer hat nichts mit dem Mord zu tun? Hab ich was verpasst?" Unbemerkt war Thomas eingetreten. Er lächelte, aber seine Augen blickten kalt. Ina fühlte ein Erschauern. Hatte er gehört, dass sie nach ihm gefragt hatte?

„Nichts, niemand. Wir haben nichts Wichtiges besprochen", antwortete Irene hastig.

„Dann soll Frau Helle auch gehen", befahl Thomas. „Und zwar sofort."

Seine Stimme klang herrisch.

„Ich gehe, wenn Irene das will. Ich habe sie besucht", beharrte Ina.

Irene schaute ganz unglücklich. „Ina, bitte geh jetzt. Es geht nicht anders."

„Irene, lass dich nicht herumkommandieren. Das hast du nicht nötig", beschwor Ina sie.

„Wenn Sie jetzt nicht gehen, werde ich andere Methoden aufziehen", drohte Thomas. „Und wagen Sie nicht noch einmal, Ihre Nase in etwas hineinzustecken, was Sie nichts angeht." Um seiner Drohung Nachdruck zu verleihen, riss er ein Schwert von der Wand, das als Dekoration dort hing, und hielt es hoch. Ina war nicht im Dienst und hatte deshalb auch keine Dienstwaffe dabei. Sie bereute es, die Pistole nicht mitgenommen zu haben.

„Verschwinden Sie! Hauen Sie ab." Thomas holte wütend aus.

Irene schaute entsetzt und wollte seinen Arm festhalten. „Aber Thomas …"

„Halt den Mund", schrie er zornig und versetzte seiner Frau einen Stoß. Irene wurde auf den Tisch geschleudert.

„Herr Baumann, wenn ich noch einmal sehe oder es mir zu Ohren kommt, dass Sie Ihre Frau misshandeln, werde ich Sie einsperren lassen", drohte Ina ihrerseits. Am liebsten hätte sie Thomas mit einem Krategriff auf den Boden geworfen und ihm den Arm verdreht. Innerlich schäumte sie vor Wut. Doch sie bemühte sich, ruhig zu bleiben. Sie legte einen Zettel auf den Garderobenschrank. „Irene, hier ist die Adresse meiner Freundin, bei der ich in Köln wohne. Du kannst jederzeit dorthin kommen. Meine Handynummer hast du ja."

Thomas fegte den Zettel mit seiner Hand herunter und drohte mit dem Schwert. Schnell, aber mit einem schlechten Gefühl verließ Ina das Haus. Die Tür wurde von innen heftig zugeschlagen. Den konnte sie nicht nach damals befragen. Mit dem war nicht zu reden. Außerdem war es lebensgefährlich.

Das war ja ein richtiger Hassausbruch. Was hatte sie ihm getan? Warum regte er sich so auf? Lag es an seinem Charakter? Cholerisch, menschenfeindlich … Bei der Vernehmung war er doch noch nicht so ausgerastet. Er hatte etwas zu verbergen, kein Zweifel. Nichts Gutes jedenfalls. Ina hatte böse Ahnungen.

21. Kapitel

Vom Haus der Baumanns in Lindenthal zu Richards Wohnung war es nicht weit. Wahrscheinlich war er bei der Arbeit. Aber wenigstens schauen, sagte sich Ina. Nur langsam erholte sie sich von dem Zusammentreffen mit Thomas. In Erinnerung daran musste sie tief durchatmen.

Ina stand vor dem mehrstöckigen Wohnhaus, in dem Richard wohnte. Sie klingelte. Eine müde Stimme meldete sich aus der Lautsprecheranlage: „Wer ist denn da?" War Richard doch zu Hause?

„Ina Helle."

„Oho. Dann kommen Sie doch in den fünften Stock." Das war nicht Richards Stimme, das musste Robert sein. Ausgerechnet der. Ihm begegnete sie aus anderen Gründen nicht gerne. Allein das Zusammentreffen mit ihm empfand sie fast als sexuelle Belästigung. Stell dich nicht so zimperlich an, sagte sie sich selbst.

Über den Aufzug wunderte sie sich, er fuhr nur zum vierten Stock. Da war Endstation. Doch es gab noch eine Treppe. Von oben hörte sie eine Stimme: „Hallo, hier ist es."

Sie stieg hoch. Vor der Tür stand Robert Martens in einem blauen Morgenmantel aus Seide. Die Haare flüchtig gekämmt, noch nicht rasiert, Bartstoppeln waren zu erkennen. Dennoch wirkte er nicht unattraktiv, im Gegenteil, sagte sich Ina. Von seiner Müdigkeit war nichts mehr zu spüren. „Guten Morgen, schöne Frau", empfing er sie. „Kommen Sie doch herein. Was verschafft mir das Vergnügen?" Ina wand sich innerlich.

Sie folgte ihm in die Wohnung. Diese nahm die ganze Etage ein, bestand wohl aus drei großen Zimmern. Er führte Ina in den Salon, von dem aus Türen auf die riesige Dachterrasse hinausführten. Draußen fanden sich mediterrane Pflanzen in Blumenkästen und Palmen in überdimensionierten Kübeln. Eine Sitzgruppe lud zum Verweilen ein, zwei Liegestühle zum Faulenzen.

„Schön", bewunderte Ina die Terrasse.

„Deswegen hat mein Bruder diese Wohnung gekauft", sagte Robert. „Wollen wir nach draußen gehen? Ein Kaffee und was zu essen?"

„Machen Sie sich keine Umstände, ich habe schon gefrühstückt. Bei Ihrer Schwägerin Irene", informierte ihn Ina.

„Ich muss Kaffee trinken. Nehmen Sie doch auch einen. Dann können wir uns besser unterhalten", schlug er vor.

Sie ließ sich überreden. Etwas später standen ein Kaffee und Saft vor ihr.

„Bei Irene waren Sie?", knüpfte er an. „Die Ärmste. Haben Sie gesehen, wie sie aussieht? Voller Flecken. Zerschlagen, das arme Tier."

Ina sah erstaunt auf. Alle wissen davon, dass sie verprügelt wird. Warum unternimmt keiner etwas?

„Weswegen sind Sie hier? Weswegen waren Sie bei Irene?", fragte er nach.

„Ich möchte Ihnen einige Fragen stellen. Vor allem zu Erik", erklärte sie.

„Sie sind doch nicht von der hiesigen Polizei", überlegte Robert.

„Sie haben Recht. Sie müssen nicht antworten, wenn Sie nicht wollen." Ina war klar, dass er sich als Jurist mit solchen Sachverhalten auskannte. Sie konnte nur auf seinen Charme hoffen.

„Wenn ich Ihnen helfen kann, tu ich das gern. Wer kann schon bei so einer schönen, jungen Frau ‚nein' sagen." Es funktionierte. Ina atmete auf.

„Sehr charmant, Herr Martens. Doch sagen Sie mir, wie der Tag war, damals als Erik verschwunden ist", bat Ina.

Jetzt wunderte sich Robert. „Aber das ist doch schon so lange her."

„Ja, aber bis heute nicht geklärt. Haben Sie kein Interesse daran, zu wissen, was aus Ihrem Bruder geworden ist?", fragte sie.

„Sie glauben gar nicht, was wir alles unternommen haben. Wir haben Gott und den Teufel in Bewegung gesetzt. Nichts war zu machen. Keine Chance. Wir haben nicht die geringste Spur von Erik gefunden." Robert zuckte resigniert die Schultern. Er wirkte traurig. Ganz anders als sonst.

„Versuchen Sie, sich zu erinnern. Wie lief das Ganze ab?"

Robert machte ein nachdenkliches Gesicht. Dann erzählte er: „Es ist ja schon Ewigkeiten her. Trotzdem kann ich mich noch gut erinnern. Nach einer durchfeierten Nacht – wir hatten bestimmt noch eine Menge Alkohol im Blut, auch noch anderes – sind wir Brüder am Sonntag-morgen zum Eiterbachtal gelaufen. Wir wollten zu den Höhlen, hatten Seile dabei und Augenmasken. Wir waren besessen von einer Idee: Wir wollten, ohne etwas sehen zu können, in die Höhle heruntersteigen. Erik sollte beginnen. Alle verbanden sich die Augen, dann ließ er sich herab. Nach zehn Minuten sollten die anderen folgen. Doch wir fanden ihn nicht mehr. Zuerst dachten wir, dass er sich so gut versteckt hätte. Aber dann brach Panik bei uns aus."

„Es hätte sein können, dass er gar nicht in die Höhle gestiegen ist", überlegte Ina.

„Daran haben wir natürlich auch gedacht. Aber dann hätte er sich doch später gemeldet. Warum sollte er absolut spurlos verschwinden?", gab Robert zu bedenken.

„Hätte es sein können, dass er sich absetzen wollte?", fragte Ina.

„Diese Frage stand auch damals im Raum, aber wir haben sie verneint. Er war jung verheiratet. Er und Cathrina waren bis über beide Ohren ineinander verliebt. Ausgeschlossen, dass er freiwillig gegangen ist. Wie auch? Alles Geld, alle Papiere waren noch im Ferienhaus. Es muss ihm etwas passiert sein. Und wir sind schuld." Robert senkte den Kopf.

„Hatte er denn Feinde? Weiß man etwas darüber?" Ina ließ nicht locker.

Er schüttelte den Kopf. „Feinde? Davon ist uns nichts bekannt. Alle mochten ihn, er war sehr beliebt."

„Wie lange haben Sie nach ihm gesucht, bevor Sie wieder zum Ferienhaus zurückgegangen sind?"

„Mindestens eine Stunde. Dann sind wir zurück, weil wir die Hoffnung hatten, dass er schon zu Hause wäre und sich ins Fäustchen lacht. Wir hatten ihm schon Rache geschworen. Doch leider …", bedauerte Robert.

„Wirklich sehr seltsam. Man muss also davon ausgehen, dass er wirklich tot ist. Nach so langer Zeit. Aber die Umstände?"

„Sehen Sie, jetzt sind Sie auch ratlos. Aber was hat das mit heute zu tun? Oder sind Sie sensationslüstern?" Robert zwinkerte ihr schelmisch zu.

„Ich denke, ich bin einfach neugierig. Außerdem könnte ich mir vorstellen, dass Eriks Verschwinden mit der Ermordung Giovanni Carusos zu tun hat", erklärte Ina.

Robert sah sie zweifelnd an. „Nach so vielen Jahren? Das kann ich nicht glauben."

„Ich habe so ein seltsames Gefühl bei der Sache. Beide Male ist die Familie Martens darin verwickelt. Da muss es einen Zusammenhang geben." Ina war davon überzeugt.

„Na dann wünsche ich Ihnen viel Glück beim Ermitteln und viel Intuition. Es wäre schön, wenn wir etwas über unseren Bruder erfahren könnten. Wenn Sie noch Fragen oder etwas herausgefunden haben, können Sie gerne wieder kommen. Außerdem müssen wir noch einen zusammen trinken. Denken Sie daran", mahnte Robert scherzhaft.

Ina hatte ihren Kaffee ausgetrunken und erhob sich. „Wann kommt denn Ihr Bruder zurück? Eigentlich wollte ich ihn sprechen. Vielleicht kann er mir noch etwas dazu sagen."

„Ach, Sie Ärmste. Dann mussten Sie mit mir vorliebnehmen." Robert lächelte anzüglich. „Ich wohne hier, weil ich unter den besonderen Umständen nicht mit meiner Frau unter einem Dach sein kann", erklärte er. Das hatte sich Ina schon gedacht. „Richard wird so ungefähr um sechs wieder hier sein. Aber rufen Sie doch vorher an", schlug er vor.

„Danke für den Kaffee", sagte Ina. „Und danke für die Auskünfte." Sie erhob sich.

„Ich muss mich bei Ihnen bedanken. Sie sind der erste Lichtblick seit dieser furchtbaren Nacht." Robert hatte zu seinem bekannten Charme zurückgefunden, er wirkte fast etwas zu lebhaft. Zum Abschied küsste er ihre Hand und wollte sie länger festhalten. Ina zog sie weg. Das mochte sie gar nicht.

Sie war nachdenklich geworden. Was sollte sie jetzt machen? Wahrscheinlich würde Richard genau das erzählen, was Robert schon gesagt hatte. Also konnte sie sich das sparen. Wer könnte Weiteres wissen? Wo sollte sie ansetzen, um mehr zu erfahren?

Cathrina als Eriks Ehefrau! Ina wollte sie am liebsten in ihrer Praxis besuchen. Doch das wäre heute, Mittwochnachmittag, wohl nicht mehr möglich. Also morgen früh.

Sie fuhr in die Wohnung ihrer Freundin Anna. Diese war für einige Monate geschäftlich in Amerika. Ina hatte einen Schlüssel und durfte die Wohnung nutzen. Das war ein Segen, um in Köln zu ermitteln. Manchmal hatte sie hier übernachtet, um mit Anna in die Oper zu gehen. Kulturangebote dieser Art gab es in der Eifel leider nicht. Ina bedauerte es immer wieder.

22. Kapitel

Am nächsten Morgen stand Ina in Cathrinas Praxis für Kinderpsychotherapie. Vormittags schien es relativ ruhig zu sein. Die eigentlichen Problemfälle werden wohl jetzt die Schule besuchen und ihre Lehrer mit ihren Mätzchen beschäftigen, dachte Ina. Und treiben diese häufig genug in die Verzweiflung. Sie würde diesen Beruf nicht gerne ausüben, auf keinen Fall wollte sie Lehrerin sein. Das wäre ihr zu anstrengend.

Cathrina verabschiedete gerade eine Mutter mit einem hyperaktiven Vorschulkind, als Ina eintrat.

„Hallo Ina. Was gibt es denn?", fragte Cathrina und bot ihr einen Platz an.

„Entschuldigung, dass ich Sie bei der Arbeit störe. Können Sie mir etwas darüber erzählen, mit wem Erik kurz vor seinem Verschwinden näher zu tun hatte?"

„Ich weiß nicht, warum Sie das wissen wollen. Welche Bedeutung hat das heute noch?" Cathrina schaute resigniert.

Wieder erklärte Ina, dass sie einen Zusammenhang zwischen beiden Fällen sehe. Cathrina war skeptisch, gab dann aber doch bereitwillig Auskunft.

„Erik hatte keine Feinde, nein, bestimmt nicht. Im Gegenteil: Wir haben viel gefeiert, sind viel ausgegangen. Erik war ein Sunnyboy, immer nett, immer hilfsbereit", schwärmte sie. „Seine nächsten Freunde damals waren seine Brüder, dann Markus, der mit der Spanierin Cristina verheiratet war und Thomas natürlich. Der hat dann Irene kennengelernt und sie später auch geheiratet."

„Was ist aus Markus und Cristina geworden?"

„Mit denen hatte ich nach Eriks Verschwinden keinen regelmäßigen Kontakt mehr. Später habe ich Cristina mal zufällig getroffen, sie war von Markus geschieden und wollte nach Madrid gehen, um dort einen spanischen Professor zu heiraten. Markus habe ich nie wieder gesehen. Er hat sich nur noch einmal telefonisch bei mir gemeldet, um zu sagen, wie leid ihm das mit Erik täte. Das waren unsere besten Freunde. Damals. Danach nicht mehr."

„Es gab niemand, der eifersüchtig auf Erik war? Neidisch vielleicht?"

Cathrina schaute ungläubig. „Welchen Grund hätte es dafür gegeben?"

„Weil er eine so wunderschöne Frau geheiratet hat." Dabei zeigte Ina auf Bilder an der Wand. Sie stellten wohl Cathrina als ganz junge Frau und einen lachenden Erik auf einer Yacht dar.

„Ja, das sind wir. Bei einem Segeltörn. Die Familie Martens hatte ein Segelboot. Thomas war oft dabei, er hat uns fotografiert. Damals waren wir glücklich", erinnerte sich Cathrina.

„Gab es niemanden, der Sie bewundert hat und der Sie hätte ebenfalls heiraten wollen? Aber Erik hatte das große Glück", gab Ina zu bedenken.

„Doch, doch. Da gab es einige." Cathrina lächelte.

„Wer am meisten?"

„Das weiß ich nicht genau. Vielleicht Richard."

„Richard? Ich habe den Eindruck, dass er Sie immer noch sehr mag."

„Ja, Richard. Er wusste damals und er weiß heute, dass er niemals für mich in Frage käme. Das habe ich ihm oft genug zu verstehen gegeben."

„Der Arme. Er muss so richtig frustriert gewesen sein und ist es auch jetzt noch", bedauerte Ina.

„Sie glauben doch nicht, dass er seinen eigenen Bruder hat verschwinden lassen. Mit dem Mord an Caruso hat er doch erst recht nichts zu tun", zweifelte Cathrina.

Das ließ Ina unkommentiert stehen.

„Thomas wollte nichts von Ihnen? War er nicht in Sie verliebt?", fragte sie.

„Ich glaube nicht. Wir lernten ihn am Anfang des Studiums in der Mensa der Uni Köln kennen. Seitdem war er immer da. Er ließ sich von uns durchfüttern. Meistens hat er auf unsere Kosten gelebt. Von sich aus ist er niemals auf die Idee gekommen, mal was für sich, erst recht nicht für uns zu bezahlen. Er kam mir vor wie ‚der talentierte Mister Ripley'. Sie kennen doch das Buch? Mittlerweile gibt es auch einen Film mit dem Titel."

Ina nickte. Ja, Tom Ripley war doch derjenige, der sich in das Leben seines reichen Freundes hineindrängt und später alles für sich beansprucht. Und er tötet ihn. Ob Thomas auch dazu fähig gewesen war? Brutal genug war er ja, wie Ina schon mitbekommen hatte.

„Wir nannten ihn deshalb auch Tom. Dann lernte er an diesem Wochenende in Letterbach Irene kennen", fuhr Cathrina fort. „Wie eine Klette hängte er sich jetzt an sie. Er wusste, dass ihr Vater ein reicher Bauunternehmer ist. Sie ist ihn nicht mehr losgeworden. Aber er war keine gute Wahl. Von mir wollte er nichts, ich hatte nichts zu bieten. Meine Eltern sind nicht reich, eher das Gegenteil."

„Genauso hätte ich Thomas eingeschätzt. Die arme Irene, auf so einen hereinzufallen", bedauerte Ina. „Wie war damals das Verhältnis zwischen Erik und Richard?"

„Erik hat Richard sehr bewundert, auch weil er bei ihrem Vater als der Intelligenteste der Brüder galt. Der Vater selbst war Astrophysiker. Erik dagegen war der Künstler, der Kreative, er komponierte, er malte, er schrieb. Richard fühlte sich immer für seinen jüngeren Bruder verantwortlich."

„Wirklich sehr vielseitig", staunte Ina. „Was schrieb er denn?"

„Er schrieb unter anderem Tagesberichte. So nannte er sie. Sie waren ausführlicher als ein Tagebucheintrag. Und literarisch durchaus anspruchsvoll", erinnerte sich Cathrina.

Ina war hellhörig geworden. „Gibt es die Berichte immer noch? Sie könnten vielleicht Aufschluss darüber geben, mit welchen Schwierigkeiten er kämpfte."

„Ich habe nach Eriks Verschwinden danach gesucht, sie waren aber nicht zu finden. Ich konnte es mir damals nicht erklären. Schließlich habe ich mich damit abgefunden. Aber niemals damit, dass Erik nicht mehr auftauchte. Bis heute habe ich die Hoffnung nicht aufgegeben." Ihre Augen zeigten eine tiefe Traurigkeit.

Cathrina tat Ina leid. Dass Erik jemals zurückkommen würde, war doch völlig ausgeschlossen. Sicher lag er irgendwo unter einer meterhohen Erdschicht vergraben oder versenkt in einem See. Vielleicht im Letterbacher

Weiher? Diesen Gedanken verbannte Ina jedoch wieder. Das wäre zu leichtsinnig von dem Mörder. Dafür war der Weiher nicht tief genug. Erwachsene konnten selbst an der tiefsten Stelle stehen. So glaubte sie zumindest. Ihre Mutter hatte erzählt, dass Ina als anderthalbjähriges Kind hineingefallen sei. Obwohl Mama nicht schwimmen konnte, war sie ins Wasser gesprungen und hatte Ina herausziehen können. Allerdings war der Boden des Weihers mit einer dicken Schlammschicht bedeckt, ein Toter hätte darin versteckt werden können. Aber das glaubt Ina nicht, immerhin floss der Letterbach durch das Gewässer. Es war eine starke Strömung vorhanden, die hätte die Leiche bis an den Schacht, den Ausfluss des kleinen Sees, treiben können. Erik hätte längst gefunden werden müssen.

„Könnte es sein, dass Erik seine Tagesberichte an einer anderen Stelle gespeichert hat? Damals gab es doch auch schon Computer. Vielleicht existiert noch eine Sicherungsdiskette", überlegte Ina.

„Ich kann mir das nicht vorstellen. Aber ich werde nachsehen. Wenn ich etwas finde, sage ich Ihnen Bescheid. Aber jetzt muss ich weiterarbeiten." Cathrina schaute auf die Uhr. „Die nächste Patientin kommt."

Kaum hatte sie ausgesprochen, da ging schon die Tür auf. Eine Mutter mit einem etwa fünfjährigen Kind trat ein, ein kleines Mädchen, das ständig von dem einen auf das andere Bein sprang und dabei Grimassen schnitt. Fasziniert sah Ina der Kleinen zu. Doch dann bemerkte das Mädchen, dass es beobachtet wurde, und zeigte Ina den Mittelfinger. Ina war erschrocken, streckte aber reflexartig ihre Zunge heraus. Die Kleine stutzte und fing an, fürchterlich zu schreien. „Mama, die Frau hat mich beleidigt. Sie hat mir …"

„Beruhige dich, Madita, keiner will dir etwas", redete die Mutter auf ihre Tochter ein.

„Doch, doch, sie hat mir die Zunge herausgestreckt." Madita kreischt weiter und hielt sich die Ohren zu. Ina gab Cathrina die Hand, bedankte sich und beeilte sich, wegzukommen. Was sollte aus einem solchen Kind werden? Hoffentlich könnte Cathrina noch etwas zurechtbiegen.

Hundertmacher hatte Sarkozy und Ina in das Präsidium bestellt. Er hatte nun die endgültigen Obduktionsergebnisse, die er den beiden vorstellte: „An Carusos Oberarm gibt es eine Einstichwunde von einem spitzen, dünnen Gegenstand, wahrscheinlich von einer Spritze. Es war ihm wohl eine Substanz gespritzt worden, die ihn bewegungsunfähig gemacht hatte. Das erklärt, dass er sich auf der Guillotine fesseln und dann enthaupten ließ. Wichtig wäre zu klären, ob Caruso homosexuell war. Laura Martens und Irene Baumann haben es bereits vermutet."

Ina zweifelte: „Caruso war nicht Lindas Liebhaber, sie hat einen anderen Mann. Einen, den sie nicht präsentieren will. Warum? Weil er allen zu bekannt ist? Weil er zudem verheiratet ist? So könnte es sein."

„Wir müssen bei ihr vorbeifahren und sie befragen", schlug Sarkozy vor.

„Machen Sie beide das", bestimmte Hundertmacher.

23. Kapitel

Linda war im Stress. Peter hatte ihr zugesagt, abends um sieben zu ihr zu kommen. Sie musste ihm einiges erklären. Seit der Silberhochzeit hatten sie sich nicht mehr gesehen. Bereits kurz vor 18 Uhr klingelte es. Wer könnte das sein? Peter? Hat der denn keine Ahnung, dass man zwar nicht zu spät zu einer Verabredung kommen kann, aber auch nicht zu früh? Ich hab noch so viel zu tun, seufzte sie.

Den Tisch hab ich zwar schon gedeckt, Champagnergläser, Rotweingläser, das beschwingt aussehende Geschirr, lachsfarbene Rosenköpfe auf dem blütenweißen Tischtuch. Das Essen brutzelte bereits im Backofen, das würde noch eine Weile dauern. Und die Kerzen, die vielen Kerzen im Salon, damit hatte sie gerade erst begonnen. Es klingelte noch einmal. So unverschämt kann Peter doch nicht sein. Sich so aufzudrängen! Linda war nicht in romantischer Stimmung. Noch nicht.

Vor der Haustür stand nicht Peter, sondern Ina Helle mit ihrem Kollegen Sarkozy. Linda war reichlich überrascht, fast erschrocken. Was will die Polizei denn schon wieder?

„Kann ich Ihnen irgendwie helfen?" Ihre Stimme klang unfreundlich.

„Entschuldigen Sie Frau Martens, wir haben schon den ganzen Tag versucht, Sie zu erreichen. Dummerweise hatten wir Ihre Handynummer nicht, die könnten Sie uns übrigens mal geben. Es sind nur ein paar Fragen, nichts Schlimmes."

„Ja, ja, dann kommen Sie doch kurz rein, ich habe nur nicht viel Zeit. Ich habe gleich noch etwas vor", erklärte Linda beflissen.

„Hm, das duftet aber gut bei Ihnen", lobte Ina „Sie kochen wohl gerade. Da bekommt man ja schon richtig Hunger." Sie dachte daran, dass sie den ganzen Tag fast nichts gegessen hatte und dass zu Hause nur die kalte Küche ihrer Freundin Anna auf sie wartete.

„Ich kann Sie leider nicht zum Essen einladen, es ist noch nicht fertig", entschuldigte sich Linda, die Inas hungrigen Blick bemerkt hatte. „Aber kurz können Sie Platz nehmen."

Verständnisvoll nickte Ina. Sie schaute sich im Salon um und ließ sich auf dem breiten Sofa nieder. Sarkozy sagte: „Wir wollen Sie nicht lange belästigen. Aber Sie haben uns nicht die Wahrheit gesagt. Sie und Giovanni waren kein Paar. Wir haben mittlerweile die Erkenntnis, dass er homosexuell war."

Wie ertappt sah Linda Sarkozy an. „Na ja, Giovanni war nur ein bezahlter Schauspieler. Ich wollte ganz einfach meinem Mann Robert einen dicken Denkzettel verpassen. Das hatte auch geklappt, Giovanni war ohnehin als Zauberer verpflichtet: Zwei Fliegen mit einer Klappe, dachte ich. Das war alles."

Ina nickte. Das wäre also bestätigt. „Und kannten Sie Giovanni Caruso vor diesem Engagement?", wollte Sarkozy wissen.

„Nein, Irene hatte ein Prospekt im Briefkasten gefunden", gestand Linda.

„Sie wissen, Frau Martens, dass Sie nach dem Mord an Giovanni eine falsche Aussage gemacht haben. Das ist strafbar. Sie müssen uns die Wahrheit sagen. Wir verlieren zu viel Zeit, wenn wir falsche Spuren gelegt bekommen." Sarkozys Stimme war voller Vorwurf. Auch sein Blick. Er stand auf.

„Entschuldigung, das soll nie wieder passieren. Ich war nur so froh, dass Robert in Verdacht kam. Das geschieht ihm recht, dachte ich mir. Aber jetzt habe ich ein schlechtes Gewissen wegen Giovanni."

Schuldbewusst sah Linda von Sarkozy zu Linda, dann warf sie einen Blick auf die Uhr. Mein Gott, Peter kommt gleich, dem brauchen die Kommissare nicht zu begegnen. Außerdem muss ich mich noch umziehen.

Die beiden verabschiedeten sich. Sarkozy versicherte Linda, dass er diesmal alle Augen zudrücken wolle.

Beide Kommissare hatten Lindas Blick auf die Uhr bemerkt und waren neugierig geworden, wen sie wohl erwartete. „Ich glaube nicht, dass es der freigelassene Robert ist", äußerte Sarkozy, als sie wieder im Auto saßen.

„Der hat vorläufig gar nicht die Absicht, zurückzukommen. Er wohnt doch bei seinem Bruder Richard. Außerdem würde Linda dieses Theater nicht für den Ehemann machen, dem sie vor ein paar Tagen noch so einen schrecklichen Streich gespielt hat, den sie ernsthaft loswerden wollte. Also sie hat schon einen Neuen", bestätigte Ina.

Aus Neugier, beruflicher und privater Natur, blieben Ina und Sarkozy in dem Wagen an der Straßenecke sitzen und warteten, bis etwas später Lindas Besucher auftauchte und zielsicher auf die Haustür zuging. „Sehen Sie, wer da zu Linda Martens kommt. Herr Daniels", wunderte sich Sarkozy.

„Peter Daniels!", bestätigte Ina. „Das habe ich mir schon gedacht. Aber richtig geglaubt, hatte ich es noch nicht."

Pünktlich um sieben klingelte Peter bei Linda. Jetzt war sie mit allem fertig, was eine romantische Stimmung zauberte, das Essen war zubereitet, der Champagner kaltgestellt.

Linda hatte ein dunkelblaues Chiffonkleid angelegt, das mit Perlchen bestickt war und ihr Dekolletee besonders vorteilhaft zur Geltung brachte. Ihre halblangen blonden Haare hatte sie locker hochgesteckt. Sie spürte, dass Peter vor Überraschung zunächst nichts sagen konnte. Sie küsste ihn leicht auf die Wange und flüsterte ihm ins Ohr: „Komm herein, Peter! Du willst doch nicht, dass uns jemand sieht."

Linda zog ihn über die Schwelle und schloss die Haustür.

Obwohl sich Peter schon etwas gefangen hatte, stotterte er: „Ent..., Ent..., Entschuldigung, Lin..., Linda, ich wollte dir Blumen mitbringen. Aber ich hatte so viel im Büro zu tun. Die Blumen kommen noch. Versprochen!"

Linda schmiegte sich an ihn. „Ach Peter, mach dir keine Gedanken. Blumen sind schön. Aber du bist mir wichtiger! Ich bin froh, dass du es geschafft hast."

Sie zog ihn in den Salon, der mittlerweile durch Myriaden von Kerzen in romantisches Licht getaucht war.

„O, wie wunderbar." Peter wollte sie in den Arm nehmen und küssen.

In diesem Moment klingelte es wieder. Wer ist das denn? Wer stört uns? Linda schickte Peter ins Badezimmer, wo er sich verstecken sollte.

Vor der Tür stand wieder Ina. Allein. Diesmal war Linda wirklich ärgerlich und sie ließ sie nicht eintreten. „Was wollen Sie denn noch? Sie waren doch eben erst hier."

Ina versuchte, über Lindas Schultern hinweg einen Blick in den Salon zu erhaschen, konnte aber keine andere Person sehen. Dafür sah sie die exorbitante Beleuchtung. Sie hat ihn versteckt! Herr Daniels will also von uns hier nicht gesehen werden. Verdächtig, verdächtig!

„Sagen Sie schon, was Sie wollen?", herrschte Linda sie an.

„Waren Sie damals auch in Letterbach dabei? Als Erik verschwand."

Linda schaute sie an, als ob sie Ina ermorden wollte.

„Kommen Sie deswegen ein anderes Mal. Jetzt kann ich mich nicht damit auseinandersetzen", sagte sie dann sehr beherrscht. „Jetzt hätte ich gerne meine Ruhe. Und nein, ich war nicht dabei."

Als Ina weg war, atmete Linda tief durch. Das hatte ihr gar nicht gepasst.

Endlich konnte sie sich dem Angenehmen widmen. Aber nein! Diesmal klingelte das Telefon. Oje, es war Mona. Ausgerechnet die! „Hallo, ich bin es. Sollen wir heute Abend nicht gemeinsam etwas unternehmen? Peter ist weg. Ich glaube, er hat eine Geliebte."

„Eine Geliebte? Wie kommst du darauf?", fragte Linda betroffen.

„Er kommt spät nach Hause, hat immer etwas zu tun, weicht mir aus", antwortete Mona. „Und er bleibt weg, wie heute Abend."

„Und wenn es so wäre, wäre es schlimm für dich?"

„Ich glaube nicht. Wir haben sowieso nichts Gemeinsames. Aber ich möchte nicht belogen werden. Wie ist es, hast du Zeit heute Abend?", kam Mona auf ihre Frage zurück.

„Ein anderes Mal gern, aber heute Abend geht nicht. Ich habe schon etwas vor", wimmelte sie ihre Freundin ab.

„Vielleicht ein neuer Mann? Erzähl mir mehr!"

„Vielleicht erzähl ich es dir, vielleicht nicht. Aber jetzt habe ich keine Zeit", wich Linda aus.

„Versprich mir, dass wir uns treffen, wenn ich zurückkomme", bat Mona.

„Wieso? Fährst du weg?", fragte Linda zerstreut.

„Du hast es schon vergessen. Gib zu, du hast einen Mann im Kopf, nicht deine beste Freundin. Ich fliege morgen Vormittag nach Mailand, für zwei Tage. Um eine neue Modekollektion zu kaufen. Ich habe es dir doch erzählt", wunderte sich Mona.

„Ach so", erinnerte sich Linda. „Na, dann guten Flug."

Dann legte sie auf.

„Wer war das, Liebste?" Peter war leise aus dem Badzimmer gekommen, von hinten an Linda herangetreten und hatte seinen Arm um sie gelegt, sodass sie zusammenzuckte.

„Niemand, der jetzt für uns wichtig wäre", antwortete sie und zog ihn eng an sich.

„Ich muss dich fragen, warum du mir das mit Caruso nicht früher gesagt hast. Am liebsten hätte ich ihn umgebracht." Peters Stimme klang vorwurfsvoll.

Linda fragte betroffen: „Bist du der Mörder?"

„Was du mir zutraust", antwortete er ausweichend. Aber fast auch ein bisschen stolz. „Warum dieses Theater? Warum, Linda?"

Sie küsste ihn. Dann sagte sie: „Ich wollte es Robert heimzahlen. Und ihm gleichzeitig zu verstehen geben, dass ich ihn verlassen werde. Ich konnte dich doch nicht gut als Grund nennen. Oder?"

Er sah sie an. „Du hast Recht. Das wäre nicht gegangen. Aber du hättest es mir sagen müssen. Vorher."

Da sie ihn wieder küsste, wurde sein Vorwurf schwächer, ganz schwach genau wie Peter selbst.

Linda schenkte sich und Peter Champagner in langstieligen Gläsern aus. Sie prosteten sich zu und nahmen tiefe Schlucke. Wie auf Knopfdruck erklang Maurice Ravels Bolero. Im Takt der Musik wiegte Linda sich mit Peter durch den Salon. Peter ließ sich vom Rhythmus und vor allem von ihr mitreißen. Als sie sich küssten, war kein Halten mehr. Hastig zogen sie sich gegenseitig aus, ließen sich nackt fallen und wälzten sich in wildem Spiel auf dem dicken Teppich.

Als sie wieder zu Atem gekommen waren, eng aneinander gedrängt, beteuerte Peter mit zärtlichen Küssen seine Liebe. „Ich liebe dich, Linda, so sehr, dass es wehtut. Ich war noch nie so glücklich. Und es war wundervoll mit dir." Liebevoll legte sie ihm ihren Zeigefinger auf den Mund. „Lügner, schweige lieber, bevor du einen Meineid begehst. Mona ist so eine tolle

Frau. Ich könnte mir vorstellen, dass sie auch eine gute Liebhaberin ist."

Entschieden schüttelte Peter den Kopf. „Schon lange nicht mehr. Vielleicht mal am Anfang unserer Ehe, aber sie ließ mich nicht mehr an sich heran. Sie war so kalt. Seit langem. Ich hatte den Eindruck, dass sie mich ablehnt, dass sie mich sogar verachtet. Deswegen war das soeben mit uns wie ein Wunder. Ich kann es nur wiederholen: Ich bin so glücklich. Und ich liebe dich!" Er küsste sie wieder. „Wie war es für dich?", wollte er begierig wissen.

„Es war großartig. Mona ist doch verrückt, dass sie dich nicht mehr will." Linda war sich sicher, dass sie nicht einmal lügen musste. Wann hatte sie zuletzt einen so leidenschaftlichen Sex gehabt? Mit Robert schon lange nicht mehr. Dann schweiften ihre Gedanken ab.

Warum waren die Kommissare zu ihr gekommen, überlegte sie. Und warum fragte Frau Helle nach dem Wochenende vor fünfundzwanzig Jahren. Doch sie konnte nicht weiter darüber nachdenken, denn Peter begann sie zärtlich zu streicheln. Überall, am ganzen Körper. Sie erwiderte seine Liebkosungen, bis beide wieder die Leidenschaft packte. Schließlich waren sie erschöpft, aber auch hungrig. Daher widmeten sie sich dem Essen, das Linda vorbereitet hatte. Es war ein überbackenes Perlhuhn mit Granatapfel, das noch im Backofen stand, mittlerweile lauwarm. Baguette und ein Burgunder rundeten das Mahl ab. Anerkennend leckte sich Peter die Lippen. „Das ist einfach köstlich. Genial. Woher wusstest du, dass es mein Lieblingsgericht ist? Ich hab' s lange nicht mehr gegessen."

„O, ich habe mir überlegt, was dir schmecken könnte." Mona hatte es ihr irgendwann erzählt.

Peter war begeistert. „Du bist einfach phänomenal! Am liebsten bliebe ich bei dir. Für immer. Aber leider muss ich spätestens nach Mitternacht wieder weg."

Linda beschlich ein ambivalentes Gefühl. Einerseits hatte sie Mona gegenüber ein schlechtes Gewissen, andererseits hatte sie den Rausch mit Peter genossen. Als Peter Lindas Gesicht sah, glaubte er, Enttäuschung zu erkennen, und er korrigierte sich: „Sagen wir spätestens um drei Uhr nachts. Mona soll doch nichts merken. Das kann ich mir momentan nicht erlauben. Vielleicht finde ich eine gute andere Möglichkeit."

Wie diese andere Möglichkeit aussehen sollte, wurde nicht weiter erörtert.

Linda hatte die Vorhänge und Rollläden zur Poolterrasse nicht geschlossen. Wenn jemand draußen stehen würde, hätte er alles beobachten können, ging es ihr durch den Kopf. Der Gedanke daran machte ihr nichts aus, im Gegenteil, er beflügelte sie. So wäre ihre Liebesbeziehung zu Peter wenigstens ein bisschen öffentlich. Es störte sie, dass er sich nicht zu ihr bekennen konnte. Obwohl sie auch Angst vor Monas Reaktion hatte.

Einmal an diesem Abend war der Bewegungsmelder angegangen und helles Licht erstrahlte im Garten. Aber es war niemand zu sehen. Wahrscheinlich war es nur ein Tier. Später schaltete Linda den Bewegungsmelder aus und schloss die Tür.

Der heimliche Zuschauer hinter einem dichten Rosenlorbeer hatte mit Erstaunen alles mit angesehen. Das wilde Liebesspiel der beiden auf dem Teppich. Anfangs hatten sie die Terrassentür noch geöffnet und man konnte das seichte Gepläkel und Sonstiges hören. *Das war fast zu viel. Ich müsste mir die Augen und Ohren zuhalten. Oh Mann, das war der kühlen Linda und dem langweiligen Peter nicht zuzutrauen gewesen. Es ist nicht alles, wie es nach außen aussieht.*

Um drei Uhr nachts verließ Peter als beglückter Mann Lindas und Roberts Haus. Er war gar nicht mehr böse, dass Linda das seltsame Spiel mit Caruso inszeniert hatte.

Der Beobachter fragte sich: *Soll ich jetzt zugreifen? Nein, morgen ist auch noch ein Tag. Außerdem stand die ganze Zeit auch der Polizeiwagen um die Ecke. Glaubt ja nicht, dass ich euch nicht gesehen hätte. Natürlich die Ina, die kommt mir immer wieder in die Quere. Die soll auch noch ihr blaues Wunder erleben.*

24. Kapitel

Schon am Freitagabend fuhr Ina nach Hassfeld. Endlich war sie mal wieder in ihrer Wohnung. Sie machte sich einen Salat mit Thunfisch, Tomaten und Kidneybohnen. Dann setzte sie sich mit einem Rotwein auf den Balkon. Von hier aus konnte sie auf eine kleine Wiese und auf den angrenzenden Wald blicken. Dazwischen führte ein Weg, den sie mit ihren Hunden täglich ging. Wenn sie da waren. Aber sie waren immer noch bei Benno. Das war diesmal ziemlich ausgiebig. Was hatte er wohl mit ihnen gemacht? War er täglich mit ihnen spazieren gegangen? Oder hatte er sie nur den Nachbarkindern überlassen, die viel Spaß mit Mio und Chica hatten.

Ina grübelte immer noch über die Martens- Kriminalfälle. So nannte sie es für sich. Zunächst hatte sie geglaubt, dass die Familie Eisenberg einbezogen war, aber dann war ihr klar geworden, dass nur die Martens betroffen waren. Erik Martens war vor fünfundzwanzig Jahren verschwunden, Robert Martens feierte jetzt seine Silberhochzeit und sein angeblicher Nebenbuhler wurde auf der Feier ermordet. Konnte das Zufall sein? Ina glaubte nicht daran. Könnte Robert doch für beide Fälle verantwortlich sein? Man hatte ihn wieder freigelassen. Dass er seinen Bruder getötet hatte? Das traute Ina ihm nicht zu. Lebte Erik vielleicht doch noch? Unwahrscheinlich, wie es von allen beschrieben wurde. Wieder hatte Ina ein seltsames Gefühl. Sie konnte es nicht greifen. Aber es war eindeutig. Erik? Erik! Hatte sie ihn früher gesehen, ihn kennengelernt? Als er verschwand, war sie fünf Jahre alt gewesen. Für sie waren damals alle Erwachsenen uralt. Und dennoch. Sie glaubte, sich an ihn zu erinnern. Ich hätte mir die Fotos bei Cathrina genauer ansehen sollen, sagte sie sich. Wieder kamen blitzlichtartige Erinnerungen: ein Fahrrad, ein Auto, Schreien. Sie war sich jetzt ziemlich sicher, dass ihr Erik damals begegnet war. Aber in welchem Zusammenhang? Er hatte sie bestimmt nicht beachtet, das kleine Kind aus dem Dorf.

Es wurde dunkel und sie holte die Windlichter mit auf den Balkon. Ein angenehm milder Abend. Dann klingelte das Telefon. Benno. „Hallo, endlich bist du da", sagte er ungehalten. „Man kann dich auch gar nicht erreichen."

„Ich habe ein Handy", setzte sie entgegen. „Ich wünsche dir auch einen schönen Abend", fügte sie ironisch hinzu.

Er ging nicht darauf ein. „Ich muss dir die Hunde bringen. Und zwar sofort", bestimmte er.

„Du hast es aber eilig. Es hört sich so an, als ob du schon vor der Tür stehst."

„Tu ich auch." Schon klingelte es.

Puh. Der hatte doch noch was vor. Es gab Ina einen leichten Stich, aber nur einen ganz leichten.

Dann hörte sie die Hunde in den ersten Stock hochpoltern, Benno kam etwas atemlos hinterher. Freudig sprangen die Hunde an ihr hoch, Mio machte ihre freudigen, aber typischen heulenden Geräusche. Außerdem verzog sie ihre Schnauze wie zu einem Grinsen. Dabei zeigte sie die Zähne. Aber nicht, um sie zu fletschen, sonders wie ein Mensch, der freundlich lacht und seine Freude ausdrückt. Selten machten Hunde das so, wusste sie. Sie begrüßte die beiden ebenfalls überschwänglich. Benno stand leicht verlegen daneben.

„Hallo", sagte sie nur leichthin.

„Ja, dann lass ich sie mal hier. Ich muss auch gleich weg." Schon sprang er die Treppe herunter. Ina fühlte sich überrumpelt.

Sie hörte noch seinen Wagen aufheulen, dann war Stille. Zumindest draußen, in der Wohnung selbst tobten die Hunde. Wie kleine Kinder.

Nach einem ausgiebigen Spaziergang am Samstag fuhr Ina ohne ihre Hunde am Nachmittag nach Letterbach. Für Mine hatte sie ein Topfblümchen dabei, denn sie wusste, dass sie ihr mit einem Sekt oder Wein keine Freude machen konnte. Seltsam genug, dachte sie. Von Hassfeld waren es nur wenige Kilometer, doch es kam ihr wie eine andere Welt vor. Für Inas Empfinden war Letterbach ein einsam gelegenes Dorf, öde und mit unguten Gefühlen. Nur ungern setzte sie sich dieser Atmosphäre aus.

Das Treffen mit Mine und Jens war anfänglich etwas reserviert. Doch beide hatten sich Mühe gegeben. Der Grill stand auf der Terrasse, das marinierte Fleisch lag darauf, bunte Salate und Folienkartoffel mit Sourcreme rundeten das Mahl ab. Dennoch kam keine richtig fröhliche Stimmung auf. Als dann die Eltern dazu kamen, lockerte sich alles etwas auf. Jetzt konnte auch Jens aus sich herausgehen. Vielleicht denkt er daran, dass ich Sabrina getroffen habe. Er hätte an meiner Stelle sein können. Wahrscheinlich hatte er wirklich Angst davor, ihr zu begegnen.

„Kompliment an euch, es schmeckt alles sehr gut", lobte Ina.

„Und wie geht es mit deinen Ermittlungen?", fragte Mine. Sie betrachtete ihre fein manikürten Fingernägel, die auffällig glitzerten.

Alle schauten Ina an. „Ja, wie ist es?", wollte auch Vater wissen.

„Ich kann leider nicht darüber sprechen", wich Ina aus.

Mine ließ nicht locker. „Hat denn der Mord an dem italienischen Zauberer etwas mit dem Verschwinden von Erik Martens zu tun?"

„Wir haben noch keinen Zusammenhang gefunden", antwortete Ina.

„Sobald du etwas weißt, sagst du es uns doch", forderte ihre Schwägerin sie übertrieben freundlich auf. So kam es Ina jedenfalls vor. Sie ist in Wirklichkeit nicht so nett, sagte sich Ina. Aber heute Abend war sie ausgesprochen entgegenkommend.

„Ja, ich werde euch alles erzählen", versprach sie und wollte sich verabschieden.

„Mama und Papa, ich bringe euch noch runter in eure Wohnung", bot sie sich an. „Vielleicht will Jens mitgehen", forderte sie ihren Bruder auf. Er warf einen fragenden Blick auf seine Frau.

„Geht nur, ich räume noch ein bisschen auf", beschwichtigte diese.

Als sie in der Wohnung ihrer Eltern waren, fragte Ina ihren Bruder: „Jens, Sabrina hat mich nach dir gefragt und sie fand es schade, dass du nicht gekommen bist."
Jens war ganz blass geworden und sah sehr unglücklich aus.

„Ich konnte es nicht, ich konnte ihr nicht begegnen. Es ging nicht", druckste er herum.

„Liebst du sie noch?"

„Und wenn. Sie wollte mich doch nicht mehr", bedauerte er.

„Wie war das Wochenende, als Erik Martens verschwunden ist?", bohrte Ina weiter.

„Es war schrecklich. An dem Wochenende hat Sabrina mit mir Schluss gemacht."

„Warum?"

„Da waren eine Menge junger Leute bei den Eisenbergs und Martens hier in Letterbach. Die haben alle Drogen genommen und viel Alkohol getrunken. Ich wollte da nicht mitmachen. Dann habe ich gesehen, wie Sabrina es mit einem anderen trieb. Ich wollte ihr Vorwürfe machen und sie da wegreißen. Doch sie hat mich rausgeschmissen und mich beschimpft. Ich sei ein Spießer und sie wolle mich nie mehr im Leben sehen." Jens schien deswegen immer noch am Boden zerstört.

Ina nahm ihn in den Arm und tröstete ihn: „Ich glaube nicht, dass sie es so gemeint hat. Ihr wart noch so jung. Aber du hast dich schnell nach einer anderen umgesehen."

Er schüttelte bedauernd den Kopf. „Ich wollte mich an Sabrina rächen. Ich dachte, dann ging es mir besser. Ich bin froh, dass ich meine Tochter Tessa habe. Aber alles andere war nicht gut. Bis heute nicht."

25. Kapitel

Am Sonntag hatten Irene und Thomas die ganze Familie zum Mittagessen zu sich eingeladen. Es sollte eine besondere Geste für die ganze Familie werden. Sie hatten die Absicht, die negativen Erinnerungen an die Ereignisse der Silberhochzeit, den Mord an Giovanni Caruso und andere Probleme vergessen zu lassen.

Thomas lag vor allem daran, die anderen aufzumuntern und sich als liebevoller Vater und Ehemann zu präsentieren.

Aber nur Paul, Elisa und Sabrina waren zum Essen gekommen, die anderen hatten abgesagt. Linda und Laura wollten sich später mit ihnen treffen. Linda hatte noch das Problem, dass sie ihren Liebhaber Peter nicht erreichen konnte. Donnerstagnacht hatte sie ihn zuletzt gesehen. Bisher hatte er sich wenigstens einmal am Tag mit einer liebevollen SMS gemeldet. Aber jetzt gar nichts. Auch Mona meldete sich nicht. Sie war noch in Mailand. Außerdem hätte Linda sie schlecht nach ihrem Mann befragen können.

Lucille und Mark hatten ihre Tante Sabrina bisher selten gesehen, umso größer war ihr Interesse.

„Sabrina, warum bist du eigentlich nie zu uns gekommen?", wollte Mark wissen.

„Weil ich meistens in Hamburg wohne. Außerdem bin ich beruflich so sehr beschäftigt, dass ich kaum Zeit habe", erklärte sie.

„Welchen Beruf hast du denn?", fragte Mark.

„Ich bin Schriftstellerin und Journalistin. Dafür bin ich viel unterwegs."

„Und worüber schreibst du?" Diesmal fragte Lucille.

„Im Moment schreibe ich ein Buch über Wirtschaftsverbrechen." Sabrina ließ ihren Blick über die Anwesenden gleiten, der an Thomas hängen blieb. Dieser war ebenfalls aufmerksam geworden und hörte zu.

„Was ist denn ein Wirtschaftsverbrechen? Wer wird denn da ermordet?" Mark war sehr neugierig.

Lucille lachte und sagte: „Nicht bei allen Verbrechen wird jemand ermordet. Manchmal geht es auch darum, dass man andere Leute betrügt, ihnen so viel Geld wie möglich abnimmt und so weiter."

„Dann ist ein Wirtschaftsverbrechen, wenn einer den anderen Leuten Geld klaut. Das ist aber langweilig." Marks Interesse hatte nachgelassen.

Sabrina war gar nicht dieser Meinung. „Nicht nur ein bisschen Geld. Es geht meist um viele Millionen. Das ist sehr interessant. Vor allem wenn man die Firmen kennt, die Wirtschaftsverbrechen begehen."

Jetzt war auch Paul hellhörig geworden. „Was meinst du, Sabrina? Welche Firma? Aber du hattest doch gesagt, dass du über Firmen wie unsere schreibst, kleine erfolgreiche Firmen, die sich aus dem Nichts hochgearbeitet haben."

„Vater, das eine schließt das andere nicht aus. Ich bin einem Riesending auf der Spur. Ich werde alles genau aufschreiben." Sie sah Thomas auffordernd an.

Thomas schüttelte den Kopf. „Ich hoffe, dass du dich nicht in etwas verrennst. Oft ist alles anders, als es aussieht. Denk daran." Seine Stimme klang drohend. „Und manchmal kann zu viel Neugier auch gefährlich werden", fügte er leise hinzu.

Sabrina sah ihn durchdringend an. „Willst du mir etwa drohen? Das wird dir auch nichts nützen."

Thomas sprang wütend auf. „Was willst du damit sagen?"

Paul spürte, dass sich beide ereiferten, und wollte schlichten. „Sabrina, Thomas, regt euch nicht auf. Sie darf nichts verraten und damit sollten wir uns zufriedengeben. Umso gespannter können wir dann auf das Buch sein." Er lächelte seine Tochter an.

Sie nickte bestätigend. „Ja, das könnt ihr! Bis es gedruckt werden kann, wird allerdings noch ein wenig Zeit vergehen."

Thomas merkte wohl, dass er sich fast hätte hinreißen lassen. Er setzte sich wieder auf seinen Platz, warf Sabrina aber feindselige Blicke zu.

Es war eine unangenehme Stille entstanden. Krampfhaft versuchte Irene, einen neuen Gesprächsstoff zu finden. Nur keine Differenzen, kein Krach sollten entstehen! Doch sie war so angespannt, dass ihr nichts einfiel.

Glücklicherweise ergriff Paul das Wort: „Ich habe euch allen eine wichtige Mitteilung zu machen: Nach zehnjähriger Witwerschaft habe ich wieder eine Liebe gefunden. Vielleicht könnt ihr euch denken, wer meine Liebste ist: Elisa ist es. Wir haben beschlossen, bald zu heiraten."

Elisa strahlte und war gerührt: „Ich bin glücklich, dass wir in unserem Alter noch einmal die Liebe finden konnten. Ich bin froh, deine Frau zu werden, Paul."

Irene stürzte sich in Elisas und Pauls Arme. „Lieber Vater, liebe Elisa, das ist ja eine wunderbare Überraschung. Ich freue mich über euer Glück."

Auch Thomas musste dazu etwas sagen: „Liebe Elisa, lieber Schwiegervater! Die Liebe im Alter hat wohl auch ihre Reize. Ich wünsche euch alles Gute. Wer gegen diese Ehe etwas vorzubringen hat, der möge das jetzt sagen oder für immer schweigen."

Thomas lächelte über seinen Scherz. Sabrina verzog den Mund.

Mark überlegte laut: „Wenn mein Opa Tante Elisa heiratet, dann ist Tante Elisa jetzt meine Oma."

Alle lachten. Lucille umarmte beide. „Herzlichen Glückwunsch, Oma und Opa. Das ist toll. Ihr seid wirklich ein flottes Paar."

„Den Glückwünschen schließe ich mich an", sagte Sabrina.

„Danke, danke, liebe Familie, lasst uns doch ins Bistro in der Belvederestraße gehen. Ich habe dort einen Umtrunk organisiert", schlug Paul vor.

„Gut, dann machen wir einen Spaziergang durch die Belvederestrasse, wo Böll gelebt hat. Da gibt es auch den Kirchenplatz. Es ist sehr romantisch dort", schlug Lucille vor.

Mark war begeistert. „Ja, und ich kann euch führen! Den Spaziergang haben wir vor Kurzem mit der Schule gemacht."

Sabrina konnte nicht mitgehen, da sie noch einen Termin in Düsseldorf hatte. Den wollte sie unbedingt einhalten.

Irene klagte über Kopfschmerzen und wollte sich hinlegen. Thomas gab vor, noch ins Firmenbüro fahren zu müssen, um einige Dinge zu regeln.

So gingen also Lucille, Mark, Elisa und Paul gemeinsam los.

„Dann zeige ich euch Alt Müngersdorf und seinen Kulturpfad", schlug Mark vor.

„Ja, wenn es nicht länger als dreißig Minuten dauert, denn wir müssen ja gleich im Bistro sein", gab Paul zu bedenken.

„Keine Sorge, Opa. Das schaffen wir. Schaut mal diese Ziegelmauer mit der Kastanie und der Platane, sie stehen unter Naturschutz, gleich zwei Naturdenkmäler in unserer Gasse", erzählte Mark stolz.

Sie bogen in die Belvederestrasse ein. „Hier hat Heinrich Böll vor über fünfzig Jahren gewohnt." Mark zeigte auf die Hausnummer 35. „Dahinter befindet sich eine Gartenlaube, da hat er seine Bücher geschrieben."

„Ach, interessant, das wussten wir noch nicht", bekundeten die anderen. Sie kamen an einer alten Backsteinmauer vorbei.

„In diesen Mauern war früher mal ein Gehöft. Jetzt ist hier der Kindergarten Petershof. In dem war ich auch", sagte Mark.

Nun ging es einen Hügel hinauf zum Bahnhof Belvedere. Hier hatte man einen schönen Blick über das tiefer gelegene Köln.

„Opa, wo ist das älteste Bahnhofsgebäude Deutschlands?", fragte Mark seinen Großvater Paul.

„Da du mich an dieser Stelle fragst, sage ich dieser hier, aber fünfzehn Minuten vorher hätte ich das noch nicht gewusst."

Guter Laune schlenderten die vier nun zum Dorfplatz. Gegenüber war die Kirche Sankt Vitalis, eine Backsteinbasilika.

„Eins gehört jedoch unbedingt dazu, ich muss euch noch meine Grundschule zeigen. Sie liegt direkt hinter der Kirche." Dabei glänzten Marks Augen.

„Ja, dann zeig uns doch mal deine frühere Schule", grinste Opa Paul. So bewährte Mark sich weiter als Fremdenführer. Die Schule aus Backstein erinnert in ihrer Wuchtigkeit an einen Burgenbau.

Elisa war von Marks Enthusiasmus für seine Schule begeistert und sie sagte: „Dies ist wohl ein Flecken, wo sich Kinder geborgen fühlen, auch wenn der Ortsteil nicht weit vom Zentrum entfernt ist. Ein Kleinod und das in Köln."

„Du hast uns den Kulturpfad gut gezeigt", lobte Paul sein Enkelkind. Er fügte stolz hinzu: „Das ist mein Enkel. Aus dem Jungen kann noch viel werden. So wie er den Vortrag gehalten hat." Die anderen nickten und klopften Mark anerkennend auf die Schultern.

Am ehemaligen Dorfplatz befand sich auch das Bistro. Hier warteten bereits Linda und Laura. Sie waren sehr erfreut über Pauls und Elisas Verlobung.

„Endlich etwas Positives nach den schrecklichen Ereignissen", kommentierte Laura.

Alle aßen Eis und bestellten Getränke, Mark trank Limonade, die Erwachsenen stießen mit Sekt an.

Dann klingelte Lindas Handy. „Hallo Linda, ich bin es, Mona. Weißt du, wo Peter ist?", fragte sie aufgeregt.

„Wieso? Peter?" Linda war entgeistert.

„Es scheint, dass er seit Freitag nicht mehr im Haus gewesen ist. Es sieht alles so unberührt aus." Monas Stimme nahm einen verzweifelten Ton an. „Ich glaube, jetzt ist es endgültig aus. Er hat ein andere und ist bei ihr. Weil er dachte, dass ich weg bin. Der Schuft. Ich hasse ihn. Sobald er wiederkommt, werde ich die Scheidung einreichen."

„Beruhige dich, er hätte doch Bescheid gesagt, wenigstens irgendetwas." Es fiel Linda nicht leicht, so ruhig zu klingen. Jetzt machte sie sich noch mehr Sorgen um ihren Liebhaber.

26. Kapitel

Am frühen Abend rief Sabrina Paul an: „Vater, ich wollte dir noch einmal gratulieren. Ich freue mich für dich und Elisa, ich gönne es euch."

„Danke. Es ist mir viel Wert, dass du das sagst. Gibt es sonst noch etwas?", fragte Paul. Er spürte Sabrinas Zögern.

„Ja", antwortete sie. „Ich möchte dich um einen Gefallen bitten: Kannst du mit mir in die Firma gehen. Ich brauche mehr Informationen über kleinere deutsche Firmen, die schon mehrere Generationen erfolgreich bestehen. Wie deine."

Paul fühlte sich sichtlich geschmeichelt. „Du hast recht. Das ist unsere Firma. Du weißt aber auch, dass ich nicht mehr täglich in der Firma bin und dass Thomas die Leitung übernommen hat."

„Ja, Vater. Das weiß ich. Mir läge viel daran, dass ich mit dir dahin gehe. Thomas will ich nicht fragen."

„Gut, Sabrina. Ich hab noch alle Schlüssel. Ich rufe dich an, wenn es klappt. Das müsste am besten dann sein, wenn Thomas und die meisten Arbeiter auf einer Baustelle sind. Ich werde mich erkundigen. Thomas will ich in der Firma auch nicht begegnen", gab Paul zu bedenken.

Schon am nächsten Morgen rief er bei ihr an: „Hast du heute um 15 Uhr Zeit? Thomas ist dann auf einer neuen Baustelle und auch die meisten anderen sind weg."

„Ja, gerne", bekundete Sabrina erfreut. So schnell hatte sie das nicht erwartet. Sie hoffte, etwas Bestimmtes zu finden.

Sie fuhr mit ihrem Wagen zur Landgrafenstraße, stellte ihn dort ab und stieg in Pauls wartenden Oldtimer um. Während der Autofahrt von Köln nach Frechen schwiegen sie. Fast waren sie etwas bedrückt, so empfand Paul es zumindest. Er musste an Silvia denken, seine vor zehn Jahren verstorbene Frau, die Mutter seiner Töchter. Es war nicht unbedingt eine gute Ehe gewesen. Er hatte nur die Firma im Kopf. Sie kümmerte sich um die beiden Töchter Linda und Irene und fühlte sich nicht ausgefüllt. Als die Kinder fünf und drei Jahre alt waren, trennte sie sich von ihm und zog zu ihrer Schwester Elisa nach Neapel. Es nahm Paul immer noch stark mit, dass sie dort nach drei Monaten eine heftige Affäre mit einem attraktiven italienischen Künstler eingegangen war. Damals hatte Paul gemerkt, wie wichtig ihm seine Familie war. Deshalb bemühte er sich intensiv um Silvia und bat sie auf Knien, zu ihm zurückzukommen. Ein weiterer Schock war, dass Silvia von dem anderen schwanger war. Doch auch das akzeptierte er. Sabrina wurde einige Monate später geboren. Paul und Silvia wollten Sabrina nicht spüren lassen, dass sie nur die Halbschwester der beiden älteren Mädchen war. Bis heute hatte keiner mit ihr darüber gesprochen. Sollte er ihr die Wahrheit sagen, fragte er sich. Aber vielleicht ahnte sie sie schon. Als er sah, dass sich Sabrinas Gesichtszüge verdunkelten, blieb er stumm.

Sabrina war ein schwieriges Kind gewesen. Sie schlug um sich, kratzte und war zu jedermann aggressiv. Paul hatte sich zurückgehalten, nicht eingegriffen, aber er hatte auch nicht versucht, sie zu beruhigen und den

Grund für ihre Emotionen aufzuspüren. Denn er hatte das Gefühl, dass sie nicht sein Kind war.

Trotzdem hatte er sich bemüht, Sabrina mit Wohlwollen, Aufmerksamkeit und Fürsorge zu behandeln. Allerdings musste er sich selbst eingestehen, dass er seinen leiblichen Kindern, Linda und Irene, seine Liebe stärker zeigen konnte.

Sabrina hatte er auch geliebt. Ja, das hatte er. Aber anders. Auf eine sachlichere Art, distanziert. Fast schien es ihm, dass sie ihm jetzt näher als früher in ihrer Kindheit war.

Er erzählte ihr voller Stolz von der Firma, von deren Größe und dass er sie zu einem Imperium ausgebaut habe. Er gab Auskunft über die Entstehung der Firma, wie klein sein Großvater einmal begonnen hatte. „Leider hatte ich – wie du weißt – vor ein paar Jahren einen Herzinfarkt. Meine Ärzte bestanden darauf, dass ich kürzer trete. Gezwungenermaßen übergab ich die Firma an Thomas."

Sabrina seufzte leise. Die Geschichten ihres Vaters kannte sie nur zu gut.

„Ja, Papa, das weiß ich. Du hattest es schwer." War das Ironie?

In Frechen angekommen betraten sie das Firmengrundstück. Linksseitig waren Kräne, Laster, Bauaufzüge und noch andere Maschinen zu sehen und rechts befand sich das Baumaterial wie Platten, Kies und Sand. Dahinter erstrahlte die gläserne Kuppel des Verwaltungsgebäudes. Thomas hatte sie vor zwei Jahren bauen lassen. Es sah jetzt sehr repräsentativ aus. Portier Clemens wachte tagsüber über das Bürogebäude, aber auch über das Gelände. Paul und Clemens begrüßten sich herzlich. Sie kannten sich schon jahrelang. Der Pförtner nickte auch Sabrina beflissen zu.

„Wie gut, dass du mitgehst." Paul lächelte und nahm ihre Hand.

Das Chefbüro lag auf der siebten Etage. Paul und Sabrina mussten mehrere Sperren durchlaufen, bis sie in Pauls ehemaliges Büro gelangten, das jetzt hauptsächlich von Thomas genutzt wurde. Glücklicherweise war dieser tatsächlich auf eine Baustelle gefahren. Paul zeigte Sabrina bereitwillig die Unterlagen.

Der Schranksafe war abgesperrt. Es war ein großer Metallschrank mit dicken Wänden und einem Spezialschloss. Den hatte Paul früher selbst angeschafft. Er nahm einen Schlüssel aus seiner Jackentasche. „Dass ich den noch habe, weiß Thomas nicht. Mal sehen, was er alles darin aufbewahrt."

Er öffnete den Safe und Sabrina entnahm Akten, las intensiv die Jahresbilanzen, die Steuererklärungen, blätterte Papiere über Geschäftsbeziehungen mit ausländischen Firmen durch und fotografierte einiges mit ihrem Handy. Sie interessierte sich besonders für die Geschäfte mit Italien und bat Paul, ihr davon zu erzählen.

„Komisch, dass du danach fragst. Thomas hat freie Hand und die Firma expandiert im Hochbau. Wir bauen jetzt auch Projekte in anderen europäischen Ländern, wobei dann die Baustoffe aus Kostengründen meist aus dem lokalen Bereich stammen. Besonders viele Geschäfte gibt es mit italienischen Firmen, deren Produkte Thomas auch nach Deutschland eingeführt hat. ‚Unschlagbar günstig' ist sein Motto. Bei dem

Handel mit Italien habe ich die Übersicht verloren. Da verlass ich mich auf ihn."

Sabrina stellte alle Akten wieder ins Regal zurück. Dann wandte sie ihr Gesicht zur Decke, wo sie eine Kamera entdeckt hatte, streckte die Zunge heraus, zeigte auf den Brief und steckte ihn in ihre Tasche.

„Was machst du da?", fragte Paul entgeistert.

„Nichts, Vater. Ich glaube …". Sie konnte den Satz nicht beenden, denn Paul hatte Papiere herausgeholt, die er eingehend musterte. Das Gespräch mit Sabrina schien er in diesem Moment zu vergessen.

„Vater, ich glaube, jemand müsste Thomas und seine Geschäfte überwachen. Das könnte ich doch machen", schlug sie vor.

„Was meinst du, meine Liebe?", äußerte sich Paul abwesend.

„Ich könnte doch in die Firma einsteigen", wiederholte Sabrina etwas zaghafter.

„Aber du doch nicht, Kind. Das ist doch nichts für dich. Das ist viel zu anstrengend, viel zu grob. Außerdem hast du doch etwas ganz anderes gelernt und du schreibst doch an dem Buch."

„Ich habe Betriebswirtschaft studiert. Ich kann das. Ganz bestimmt", beteuerte sie, jetzt schon leicht verzweifelt.

„Na ja, Sabrina, wenn Laura mit ihrem Studium fertig ist, könntet Ihr vielleicht zusammen in der Firma arbeiten", überlegte Paul. „Irene kann ich nicht fragen, die kann das schon gar nicht."

„Wie gut, dass du das sagst, sonst hätte ich gedacht, du hättest speziell etwas gegen mich."

Paul war bestürzt. „Warum sollte ich etwas gegen dich haben?"

„Das weißt du genau! Warum warst du zu mir nicht so wie zu Linda und Irene?"

Paul war entsetzt. „Aber ich habe dich doch immer geliebt."

„Aber anders als die beiden. Du kannst zugeben, dass ich nicht dein leibliches Kind bin. Ich weiß es schon lange. Früher habe ich mich als das hässliche Entlein der Familie gefühlt, die einzige mit dunklen Haaren, dunklen Augen und dunklem Teint. Meine Schwestern hellblond, mit blauen Augen und mit heller und feiner Haut."

Paul fühlte sich unangenehm berührt. „Aber du bist doch eine wunderschöne Frau. Alle Männer müssen verrückt nach dir sein. Du hast doch sicher zehn Männer an jedem Finger."

Sabrina sah ihn traurig an und sagte: „Das ist ein anderes Thema! Bitte lenke nicht ab. Ich war für dich nie dein Kind." Ihre Stimme klang verzweifelt.

„Ich habe mich doch bemüht, dir meine ganze Liebe zu geben. Seit wann weißt du, dass ich nicht dein richtiger Vater bin?", fragte Paul mit zittriger Stimme.

„Eigentlich schon immer, du hast es mich spüren lassen." Auch Sabrinas Stimme zitterte. „Und ich habe euch einmal belauscht, als ihr euch gestritten habt, du und Mama."

Paul schaute fassungslos.

„Du hast dich bemüht, mein Vater zu sein, aber du warst es nie. Wer ist mein leiblicher Vater?", wollte sie wissen. „Bitte sag es mir, wenn du das weißt."

„Ach, irgend so ein Italiener. Zumindest ist es passiert, als deine Mutter bei Tante Elisa in Neapel war. Sie kam schwanger wieder zurück." Sabrina merkte, dass es Paul schwerfiel, darüber zu reden.

„Ein Italiener! Ich hab's geahnt. Aber du weißt nichts Genaues, Paul?"

„Nein, Sabrina", bestätigte Paul. „Frag Tante Elisa. Sie könnte es wissen."

Vor der Firma stand Pauls alter Jaguar, den er absolut nicht gegen ein neues Auto eintauschen wollte. Sabrina musste anerkennen, dass Paul in seinem Alter noch ein umsichtiger Fahrer war. Sie fühlte sich ganz sicher bei ihm. Vielleicht wird es doch noch gut, dachte sie.

Sabrina nahm den Brief aus ihrer Tasche. „Schau mal, Papa, was ich in dem abgeschlossenen Schrank gefunden habe." Sie zeigte ihn ihrem Vater. Es war wohl kein normaler Geschäftsbrief. Paul warf einen Blick darauf. In fetten Buchstaben stand auf dem Umschlag: „,Für Thomas Baumann persönlich' und dann ,Dringend' und ,Heute noch'. Thomas hatte das Kuvert wohl wieder verschlossen. Sabrina riss den Briefumschlag auf. Ein DIN-A5-Blatt fiel heraus.

Paul entrüstete sich: „Aber Sabrina, hast du einfach ...? Du kannst doch nicht..."

Sie unterbrach ihn und las laut vor: „Die erste Rate reicht nicht! Bringe beim nächsten Treffen 50.000 € mit. Ansonsten …"

Paul war entsetzt: „Mein Gott! Das ist ja Erpressung!"

Sabrina triumphierte: „Thomas scheint wirklich krumme Geschäfte zu machen!"

Paul nahm den Brief an sich und gab zu bedenken: „Ich muss erst Thomas dazu befragen."

Über das Autotelefon rief er bei Irene an, Thomas war nicht Zuhause.

„Irene, richte deinem Mann Folgendes aus: Er soll morgen früh unbedingt, noch bevor er in die Firma fährt, bei mir vorbeikommen."

Etwas später kamen sie vor Pauls Haus in Lindenthal an. „Komm doch noch mit rein", bat er seine Tochter. „Dann bin ich nicht so allein. Es würde mich freuen."

Er tat ihr leid. „Ich muss noch ein Kapitel für meine Lektorin fertigmachen", bedauerte sie. „Aber kurze Zeit bleibe ich."

Ein Leuchten huschte über sein Gesicht. Er schien es zu genießen, dass sie bei ihm war.

In Pauls Wohnung aßen sie eine Kleinigkeit, die die Haushälterin für Paul vorbereitet hatte. „Es ist schön, dass wir so harmonisch zusammensitzen können." Sein Gesicht drückte echte Freude aus. „Weißt du was? Lass uns doch Elisa abholen. Dann kannst du sie direkt nach deinem richtigen Vater fragen", schlug Paul vor. Seine Stimme klang brüchig.

„Du bist mein richtiger Vater", beschwichtigte sie ihn und legte ihm die Hand tröstend auf die Schulter.

Er schaute sie dankbar an. „Ich weiß, mein liebes Kind. Aber an deiner Stelle wollte ich auch alles genau wissen. Ich verstehe dich."

Sie war beruhigt. „Ja, eine prima Idee, Elisa abzuholen. Dann lass uns direkt fahren", sagte sie. Wieder ließ Paul es sich nicht nehmen, seinen Jaguar selbst zu fahren. Hat er Bedenken, dass ich seinen Wagen vor die Wand setze, überlegte Sabrina. Wieder kam bei ihr das Gefühl hoch, zurückgestellt zu sein. Nein, beruhigte sie sich selbst, das ist es nicht. *Er will in seinem Alter noch die Bestätigung haben, mobil zu sein. Vielleicht will er mir gerade das beweisen.*

Sie stiegen ein und Paul fuhr los. Als sie auf den Lindenthalgürtel eingebogen waren, beschleunigte er. Doch dann war ein heftiger Knall zu hören, noch einer und das Auto schleuderte. Paul war so erschrocken, dass er sich an die linke Brustseite fasste und das Steuer losließ. Den Fuß hatte er noch auf dem Gaspedal, so dass der Wagen fast auf die andere Spur schoss. Doch Sabrina riss das Steuer herum und schrie ihrem Vater zu: „Papa, den Fuß vom Gas."

Da er noch unter Schock stand, konnte er der Aufforderung nicht folgen. Kurz entschlossen drehte Sabrina den Autoschlüssel herum, so dass der Motor abrupt ausging. Fast hätte das einen Auffahrunfall verursacht. Der nachfolgende Fahrer ließ sein Fenster herunter und schimpfte: „Alter Knacker, wenn du nicht mehr fahren kannst, lass es besser bleiben. Das ist ja gemeingefährlich."

Paul war blass geworden und reagierte nicht auf die lautstarke Beschimpfung. Normalerweise hätte er sich so etwas nicht gefallen lassen. Er hätte noch aus dem Auto heraus seinen Rechtsanwalt eingeschaltet. Aber nicht jetzt. Er saß in sich zusammengesunken auf seinem Sitz. „Was geht hier vor Sabrina? Es ist mir, als würde ein Dämon uns verfolgen."

Sabrina legte tröstend ihre Hand auf seinen Arm.

Dankbar schaute er Sabrina an. „Mein Kind", sagte Paul zu Sabrina gewandt, „ich hatte gerade keine Angst um mein Leben, aber um dich. Auch wenn ich mich noch des Lebens erfreue, ich bin ein alter Mann. Dein

Leben ist mir wichtiger. Vergessen wir alles Negative, was früher zwischen uns war!" Sabrina nickte nur.

Obwohl Sabrina ebenfalls zutiefst erschrocken war, hatte sie die Warnblinkanlage eingeschaltet. Sie stieg aus, um zu sehen, was die Ursache des Knalls gewesen war.

„Wir müssen ein Taxi rufen", sagte sie dann zu Paul. „Der Reifen hinten rechts ist platt." Sie hatte bereits ihr Handy genommen. „Papa, du fährst zu Elisa und holst sie ab. Ich warte in der Zwischenzeit auf den Abschleppdienst. Anschließend gehe ich zu Fuß zu dir nach Hause. Ist ja nicht weit."

Paul war dankbar, dass sie alles regelte.

Mit dem Taxi fuhr er zu Elisa, um sie abzuholen. Mit ihrem Auto machten sie sich auf den Rückweg, Sabrina stand schon vor der Haustür. Erleichtert fielen sie sich um den Hals.

„Morgen ist dein Auto wieder in Ordnung", sagte Sabrina zu Paul. Sie waren froh, dass alles so glimpflich abgelaufen und nichts Ernsthaftes passiert war.

Noch lange saßen sie zusammen. Elisa versuchte, sich an vergangene Zeiten in Italien zu erinnern. Sabrina war besessen davon, etwas über ihre italienische Verwandtschaft und vor allem ihren echten Vater zu erfahren. Der Termin mit ihrer Lektorin war ihr jetzt nicht so wichtig.

„Es ist ein Caruso. Wenn ich das richtig zusammen bekomme, müsstest du mit Giovanni verwandt sein. Sogar sehr nahe. Ich habe ein bisschen recherchiert. Dein Vater heißt Mario Caruso, Giovannis Vater auch." Sie lächelte gequält.

„Also war Giovanni mein Bruder", folgerte Sabrina. „Schade, dass ich das nicht früher wusste." Ihr Blick war ganz traurig geworden.

Elisa nahm sie in den Arm. „Es tut mir so leid."

„Ich muss jetzt gehen. Ich fand es wunderbar mit euch. Euch eine gute Nacht", verabschiedete sich Sabrina. Sie war immer noch gerührt. „Ich bin ein bisschen weiter in meiner Lebensgeschichte. Danke, Elisa und Papa." Sie umarmte beide.

Elisa und Paul waren müde und gingen ins Bett. Aber sie waren glücklich. Er hatte sich fast vollständig von seinem Schock erholt.

Am Montagnachmittag hatte Hundertmacher im Präsidium Besuch von Mona Daniels erhalten. Sie war völlig aufgelöst. „Mein Mann ist verschwunden. Spurlos. Seit Freitagmorgen habe ich ihn nicht mehr gesehen. Und in seiner Kanzlei ist er heute auch nicht gewesen."

„Hm. Also Sie vermissen Ihren Mann Peter Daniels? Könnte es nicht sein, dass er sich eine Auszeit genommen hat?", fragte Hundertmacher.

„Auszeit?" Mona sah ihn an, als ob er nicht von dieser Welt sei. „Er hätte mit mir doch reden können. Aber er ist definitiv seit Freitagmittag verschwunden."

Sie erzählte dem alten Kommissar, dass Peters Sekretärin für ihn dreiunddreißig rote Rosen besorgen sollte. Damit sei er freudestrahlend weggegangen. Um genau 12.45. „Seitdem ist er nicht mehr gesehen worden. Er hat auch nicht gesagt, wohin er gehen und wem er sich treffen wollte."

„Für Sie könnten die Blumen nicht gewesen sein?", fragte Hundertmacher nach.

„Nein, bestimmt nicht. Ich bin Freitagvormittag nach Mailand geflogen und erst Sonntagnachmittag zurückgekommen."

„Aha." Hundertmacher hatte sich alles notiert. „Wie ist Ihre Ehe?"

„Ich weiß, dass unsere Ehe nicht gut ist, schon lange nicht mehr. Aber wir waren füreinander da. Wie gute Freunde. Ich hatte mir schon gedacht, dass er eine Geliebte hat. Ich hätte es ihm nicht übel genommen."

„Haben Sie eine Ahnung, wer diese Geliebte ist?"

Hundertmacher verriet nicht, dass Sarkozy und Ina Helle Monas Ehemann auf dem Weg zu seinem romantischen Stelldichein mit Linda Martens gesehen hatten.

„Nein, ich werde mich später mit meiner besten Freundin Linda treffen. Wir werden alles besprechen und überlegen. Vielleicht weiß sie ja, wer Peters Geliebte ist. Herr Hundertmacher ich habe das schreckliche Gefühl, dass Peters Verschwinden etwas mit dem Mord an Caruso zu tun hat", befürchtete Mona. „Deshalb bin ich zu Ihnen gekommen."

„Hm", machte Hundertmacher nur. Er wusste etwas mehr als Mona Daniels. Und er hatte wie sie das Gefühl, dass Peter nicht freiwillig verschwunden war. Warum hatte er sich so viele Blumen besorgen lassen? Wem wollte er sie bringen? Linda Martens? Oder war Peter nur in eine Falle getappt? Wer konnte dahinter stecken? Vielleicht Thomas Baumann? Den hatte Frau Helle auch beim Mord an Caruso im Verdacht.

„Frau Daniels, es könnte sein, dass ihr Ehemann durch seinen Beruf als Steuerberater über eine Person oder eine Firma etwas herausbekommen hat, was für deren Geschmack zu viel war. Können Sie jemanden nennen, für den er arbeitet?"

„Da müsste ich in seinen Unterlagen nachschauen. Ansonsten fällt mir nur Thomas ein, das heißt die Firma Bau de Cologne. Aber das wissen Sie ja schon."

Hundertmacher nickte. Das hatte er sich schon gedacht. Vielleicht hatte Frau Helle doch recht?

„Glauben Sie, dass Thomas hinter alledem steckt? Dass er Caruso ermordet, die Mordanschläge verübt und jetzt Peter entführt hat?", fragte Mona ängstlich nach.

„Also, ich glaube gar nichts. Wir müssen immer Beweise haben. Sie wissen: Solange die Schuld nicht bewiesen ist und so weiter und so weiter", wiegelte Hundertmacher ab.

„Aber Sie müssen doch etwas unternehmen. Sie müssen meinen Mann finden. Er befindet sich vielleicht in Lebensgefahr oder er ist tot." Sie verbarg ihr Gesicht hinter ihren Händen.

Hundertmacher überlegte, ob Mona selbst etwas damit zu tun haben könnte. Deshalb fragte er: „Was bekommen Sie, wenn Ihr Mann stirbt?"

Sie sah ihn entsetzt an. „Aber Sie wollen doch nicht behaupten, dass ich meinen Mann getötet habe?"

„Es ist nur eine Routinefrage", beschwichtigte er.

„Ich kann Ihnen nur sagen, dass Sie Ihre und meine Zeit verschwenden. Suchen Sie Peter, bevor es zu spät ist", bat sie eindringlich.

Hundertmacher lenkte ab. „Sie stellen mit der Sekretärin Ihres Mannes eine Liste zusammen, für wen er arbeitete. Auf jeden Fall für: ‚Bau de Cologne'. Wie gut kennen Sie Thomas Baumann? Was halten Sie von ihm?"

„Peter hat ihn auf eine professionelle Art und Weise betrachtet. Mir persönlich ist er unsympathisch. Häusliche Gewalt und so. Linda hat uns genug darüber erzählt. Ihre arme Schwester. Wir haben uns immer gefragt, warum sie sich das gefallen lässt. Und sie auch oft darauf angesprochen. Aber sie wollte es nicht zugeben. Ich hätte an ihrer Stelle den Blödmann längst abgeknallt oder überfahren lassen oder ihm Gift in seinen Kaffee gemischt oder …" Mona hatte sich in Rage geredet.

Hundertmacher unterbrach sie: „Die häusliche Gewalt ist eine Sache, aber Mord und Mordversuche sind eine ganz andere Hausnummer."

Doch Monas Phantasie war angeregt. „Thomas Baumann hat Caruso getötet, weil er zu viel wusste, über seine dunklen Geschäfte. Und bei Peter ist es ähnlich. Auch er hat etwas in den Unterlagen entdeckt, was nicht stimmen konnte. Das hat er Thomas gesagt. Der fühlte sich bedroht und dann hat er Peter entführt. Oh, ich will mir gar nicht ausdenken, wozu Thomas alles fähig ist. Mein armer Mann, armer Peter."

Hundertmacher merkte, dass Thomas Baumann bereits als potentieller Mörder abgestempelt war und Mona Daniels fest an seine Schuld glaubte.

„Eine Bitte: Überlassen Sie uns die Ermittlungen. Das sind nur Spekulationen, wir haben derzeit keine Beweise. Es ist auch nicht sicher, dass Ihrem Mann überhaupt etwas passiert ist. Sie haben Ihre Aufgabe, wir unsere." Er erhob sich und reichte Mona die Hand.

Mona fuhr anschließend zu ihrem Treffen mit Linda. Dieser war nicht ganz geheuer, dass Mona ausgerechnet mit ihr über eine eventuelle Geliebte Peters spekulieren wollte. Linda selbst war ausgesprochen beunruhigt. Peter meldete sich nicht. Das war so ungewöhnlich für ihn. Es musste etwas passiert sein. Aber was?

Es klingelte. Mona stand vor der Tür. Bei ihrem Anblick meldete sich bei Linda ein richtig schlechtes Gewissen. Die sonst so elegante und fast arrogant wirkende Freundin sah zerzaust und übernächtigt aus. Mona fiel Linda um den Hals.

„Linda, ich glaube nicht mehr, dass Peter bei einer Geliebten ist. Er ist tot."

Linda erschrak zutiefst. „Aber wie kommst du darauf?"

„So wie Caruso. Er wusste zu viel. Selbst der alte Kommissar glaubt das."

Linda war bleich geworden, sie hatte das Gefühl, als ob ihr der Boden unter den Füßen weggezogen würde. Sie hatte ihre Freundin in den Salon geführt, sie setzten sich auf das Kanapee. Dahin, wo ich vor wenigen Tagen noch mit Peter gesessen habe, ging es ihr durch den Kopf, und noch einiges mehr. Ein Gefühl der Wehmut stieg in ihr hoch.

„Stell dir vor, Peter hat am Freitag dreiunddreißig rote Rosen von seiner Sekretärin kaufen lassen und dann ist er verschwunden. Seitdem hat ihn keiner mehr gesehen, bis auf den Mörder natürlich. Wo wollte er mit den Blumen hin? Der Mörder muss ihn abgefangen haben."

„Dreiunddreißig rote Rosen? Das kommt mir seltsam vor. Wie romantisch. Aber sprich nicht von dem

‚Mörder'. Wir wissen doch nichts", überlegte Linda. Sie fragte sich insgeheim, ob Peter zu ihr wollte. Mit den Rosen. Aber warum war er nicht gekommen? Eine andere Frau? Nein, das konnte sie nicht glauben. Nicht von Peter. Peter musste wirklich weggelockt worden sein. Zu einem Ort, wo man ihn nicht finden konnte. Wo er getötet worden war? Lag seine Leiche womöglich mittlerweile irgendwo verscharrt im Wald? Sie trauerte mit Mona, die schon das Schlimmste befürchtete.

„Hast du keine Ahnung, wer die Geliebte ist?", fragte Mona. „Vielleicht wüssten wir dann, welchen Weg er gegangen ist. Hat sich Peter mit Robert vielleicht mal mit ihm über seine neue Errungenschaft unterhalten?" Das klang sarkastisch.

„Das glaube ich nicht. Er weiß sicher nichts. Aber du musst Robert schon selbst fragen", schlug Linda vor.

„Entschuldige, Linda, ich verlange zu viel von dir. Ich bestürme dich hier mit meinen Problemen, dabei hast du doch selbst genug."

Linda nahm ihre Freundin in den Arm. „Mona, deine Probleme sind auch meine." Wie sehr das stimmte! Wie sollte sie ihr jemals beibringen, dass sie selbst Peters Geliebte war.

Mona war voller Unruhe. Sie wollte nicht zu lange von zu Hause wegbleiben. Wenn Peter gefunden würde – tot oder lebendig –, würde man sie aufsuchen. Deshalb machte sie sich bald auf den Weg. Sie versprach ihrer Freundin, sie zu informieren, wenn sie etwas Neues erfahren würde. „Übrigens", sagte sie, „dein Schwager Thomas könnte etwas damit zu tun haben."

„Thomas?", fragte Linda betroffen. Und sie hatte das Gefühl, dass das nicht so abwegig erschien.

Von der Polizei konnte Thomas den ganzen Montag nicht mehr erreicht werden. Er sollte nicht nur nach Peters Verschwinden befragt werden. Man hatte ihn wegen verschiedener Dinge in Verdacht.

27. Kapitel

Am Dienstagmorgen öffnete um 7.30 Uhr Haushaltshilfe Mary dem nervösen Thomas die Tür zu Pauls Haus.

„Mein Schwiegervater wollte mich dringend sprechen?", fragte er zögerlich.

Aus dem Arbeitszimmer rief Paul: „Thomas, hier bin ich. Komm her."

„Was gibt' s so Dringendes? Ich habe noch viel zu tun. Also mach es kurz", murrte Thomas, als er in das Zimmer trat.

Paul hielt ihm den Erpresserbrief entgegen. „Kannst du mir das erklären?"

Zitternd nahm Thomas den Brief in die Hand und betrachtete ihn. „Das ist absoluter Schwachsinn, ein übler Scherz!"

Skeptisch fragte Paul nach: „Du schwörst, dass da nichts dran ist?"

„Ja, natürlich", bluffte Thomas, dem der Schweiß auf die Stirn getreten war.

„Hast du eine Idee, wer dir das geschrieben hat?", wollte Paul wissen.

„Keine Ahnung! Wenn man ein erfolgreicher Geschäftsmann ist, hat man immer viele Feinde. Vernichte den Brief! Jetzt muss ich in den Betrieb, danach muss ich auf Baustellen. Da bin ich bis morgen eingespannt. Kannst mich also nicht mehr erreichen. Also dann bis morgen", verabschiedete sich Thomas und hatte es eilig, wegzukommen.

„Hm. Das Ganze hat mich nicht überzeugt", zweifelte Paul. Der Brief blieb auf dem Schreibtisch liegen.

Während der Fahrt überlegte Thomas, wie Paul in den Besitz des Erpresserbriefes gekommen sein könnte. Gab es einen zweiten? Er musste im Büro nachsehen. Er öffnete seinen Safe. Entsetzt stellte er fest, dass der Brief nicht mehr dort war. Wer hatte ihn gestohlen? Wer konnte seinen Safe öffnen? Dann ging Thomas ein Licht auf. Nur Paul könnte den Schlüssel noch haben. Warum habe ich mir keinen neuen richtigen Safe zugelegt, fragte sich Thomas. Stattdessen habe ich rundum alles mit Überwachungskameras versehen. Sofort kontrollierte er die Aufzeichnungen der Kameras. Verdammt. Tatsächlich hatten Paul und Sabrina bei ihm herumgestöbert. Und wohl so einiges gefunden. Selbst seinen Safe hatten sie durchsucht. Wer gibt denen das Recht? Thomas war wütend, nicht nur das. Er hätte explodieren können. Und Sabrina hatte den Brief eingesteckt, er sah es vor sich. Dann sah er noch, wie Sabrina sich zur Kamera wandte und ihm die Zunge herausstreckte. Das Luder. Er war stinkwütend. Wie sollte er sich verhalten? Aber jetzt musste er weg. Er hatte noch Termine. Thomas nahm sich vor, öfter mal seine Überwachungskameras zu überprüfen. Und einen richtigen Safe anzuschaffen.

Noch am selben Morgen nahm Sarkozy seinen Weg zu der Firma „Bau de Cologne" in Frechen über die

Dürener Straße. Kurz vor dem Gürtel bog er rechts in die Landgrafenstraße ab, wo Paul Eisenberg wohnte.

Elisa öffnete. „Paul, der nette Kommissar ist da. Der junge Herr, der so heißt wie ein französischer Politiker", rief sie ins Haus hinein und ließ Sarkozy eintreten.

„Was gibt es denn?", fragte Paul, der mit einem Bademantel bekleidet war und gerade in die Sauna im Keller gehen wollte. „Wir haben unsere Aussagen doch schon gemacht."

„Es tut mir leid, Sie stören zu müssen. Ich muss Ihre Firma durchsuchen und wir möchten nicht, dass Ihr Schwiegersohn Thomas Baumann davon erfährt. Deswegen suche ich Sie auf."

„Warum denn das?", seufzte Paul und setzte sich. „Unsere Firma wurde immer korrekt geführt. Wir haben uns niemals etwas zuschulden kommen lassen."

„Wir haben den dringenden Verdacht, dass Ihr Schwiegersohn korrupte Geschäfte mit einer italienischen Firma getätigt hat. Zudem vermuten wir, dass dies im Zusammenhang steht mit dem Mord an Giovanni Caruso."

„Wie kommen Sie darauf?" Paul Eisenberg sah erschrocken aus.

„Wir haben die Wohnung des Mordopfers Giovanni Caruso untersucht. Dabei sind Unterlagen gefunden worden, die Herrn Baumann und die Firma Bau de Cologne belasten. Es spricht alles dafür, dass Caruso Thomas Baumann erpresst hat. Er hat ihm gedroht, alles in seinem Buch zu veröffentlichen, an dem Caruso arbeitete. Über Verwicklungen deutscher Firmen mit illegalen Geschäften italienischer Firmen. Es gab mehrere Hinweise auf Bau de Cologne. Ganz massive. Herr Baumann hätte damit auch genug Motive gehabt, Caruso zu töten."

Paul Eisenberg war blass geworden und zitterte.

„Mein Gott, ich habe meinem Schwiegersohn vertraut. Er hat sich mit so viel Energie und Euphorie um alles gekümmert. Wie konnte ich die Zeichen nicht erkennen? Ich hätte nicht gedacht, dass er zu solchen Mitteln greift." Er stöhnte.

Es war nicht klar, ob er die Geschäftspraktiken oder den Mord meinte. Vielleicht beides, dachte Sarkozy.

„Wann können wir mit der Durchsuchung der Firma anfangen?", fragte er.

„Von mir aus sofort. Mein Schwiegersohn Thomas ist heute auswärts und kommt erst morgen wieder zurück. Ich selbst bin aus gesundheitlichen Gründen nicht in der Lage, Sie zu begleiten. Deshalb gebe ich meinem Schwiegersohn Robert den Auftrag, Ihnen freien Zugang zum Fabrikgelände und zu den Büroräumen zu gewähren. Ich werde ihn sofort informieren."

„Wie gut, dass Sie uns so entgegenkommen. Ansonsten hätten wir Ihnen den Durchsuchungsbefehl vorlegen müssen", bemerkte Sarkozy.

„Selbstverständlich, Herr Kommissar. Aber eine Bitte: Ich erwarte von Ihnen jedoch äußerstes Stillschweigen über alles", wünschte er.

„Das kann ich Ihnen nur zum Teil zusagen. Wir werden nichts weitergeben, es sei denn, es ist kriminell. Die Wirtschaftskommissare sind ohnehin schon eingeschaltet und werden anwesend sein", erklärte Sarkozy. „Allerdings was Ihren Schwiegersohn Thomas Baumann betrifft, ihm werden wir nichts mitteilen."

Paul nickte und rief umgehend Robert an: „Hallo, hier ist Paul. Kannst du bitte direkt zur Firma fahren. Die Kommissare brauchen Einsicht in alle Unterlagen. Es gibt Verdachtsmomente gegen Thomas."

Robert versprach, sofort loszufahren. Er fragte: „Vater, kann ich dir sonst noch helfen? Kann ich irgendetwas für dich tun?"

„Nein, nein. Lass nur, Robert. Jetzt brauche ich Ruhe. Elisa ist bei mir", sagte Paul und legte auf.

Dann wandte er sich an den Kommissar. „Übrigens, diesen Brief hat mein Schwiegersohn Thomas erhalten. Vielleicht ist was dran. Er bestreitet es jedoch."

Sarkozy studierte den Brief, zog sich Handschuhe an und steckte ihn sorgfältig ein. Dann bedankte er sich bei Eisenberg und verabschiedete sich mit der Bemerkung, dass eventuell noch weitere Erkundigungen nötig seien. Er sah, wie erschöpft der alte Herr war. Als er gehen wollte, erhielt Paul einen Anruf. Sarkozy bemerkte, dass der alte Herr während des Gesprächs ganz bleich wurde. Zitternd legte dieser auf.

Besorgt fragte der Kommissar: „Herr Eisenberg, ist etwas passiert? Kann ich Ihnen helfen?"

„Meine Tochter Sabrina und ich hatten gestern fast einen Autounfall. Während der Fahrt gab es einen Knall, der Reifen war platt. Den Wagen haben wir in die Werkstatt abschleppen lassen. Gerade haben sie angerufen und gesagt, dass ein weiteres Loch in der Karosserie auf der Beifahrerseite zu finden ist. Wahrscheinlich durch einen Schuss mit einem Gewehr verursacht. Was bedeutet das, Herr Sarkozy?"

„Wir werden den Wagen sofort von der KTU untersuchen lassen", entschied der Kommissar und leitete dazu alles in die Wege.

Ein Team von Wirtschaftskriminalisten sichtete in der Firma „Bau de Cologne" Aktenordner, kopierte wichtige Geschäftskorrespondenzen und stellte alles ordnungs-gemäß an Ort und Stelle zurück, sodass Thomas nichts von der Durchsuchung merken würde. Drei Tage würden sich die Experten Zeit nehmen, die Unterlagen auszuwerten.

28. Kapitel

Die Untersuchung von Pauls Wagen ergab, dass zwei Schüsse auf das Auto abgegeben worden waren. Die erste Kugel war in die Metallverstrebung auf der Beifahrerseite in Kopfhöhe eingetreten. In dem dicken Metall von Pauls Oldtimer war die Kugel steckengeblieben. Sie stammte von einem alten Jagdgewehr. Die zweite hatte den Reifen getroffen.

Vor allem Sabrina hatte Glück gehabt, denn ihr Kopf war nur um wenige Zentimeter verfehlt worden. Sarkozy hatte auch Ina über das Ereignis und die Ergebnisse der Untersuchung informiert. Das war also ein Mordanschlag gewesen. Wer hatte es auf Paul und Sabrina abgesehen? Warum? Ina überlegte fieberhaft. Sie hatte Thomas in Verdacht. Er schien Sabrina feindselig gegenüberzustehen, aus welchem Grund auch immer. Weil sie etwas über ihn wusste? Wahrscheinlich war es bei Caruso genau so gewesen. Er wusste zu viel und hatte Thomas erpresst. Jetzt war auch Peter Daniels verschwunden, auch er hätte etwas über Thomas herausgefunden haben können. Sollten sowohl Sabrina als auch Peter sterben?

Sarkozy fragte Paul: „Haben Sie etwas dagegen, wenn wir Sie unter Personenschutz stellen? Wir haben die Befürchtung, dass jemand nach Ihrem Leben trachtet."

Paul überlegte: „Ich glaube nicht, dass es jemand auf mich abgesehen hat. Warum auch? Ich bin ein alter Mann. Wenn ich sterbe, wird sich kaum etwas ändern. Mein Erbe ist seit Jahren geregelt. Meine drei Töchter erben zu gleichen Teilen. In der Firma habe ich kaum noch etwas zu sagen. Daher denke ich eher, dass Sabrina das Opfer sein sollte. Bitte sehen Sie zu, dass sie geschützt wird."

„Wir werden auf jeden Fall Ihre Tochter Sabrina besonders intensiv bewachen. Aber da wir nichts über den Täter und seine Motive wissen, müssen wir auch Sie unter Schutz stellen."

Paul hielt es nach wie vor nicht für nötig, doch dann stimmte er zu.

Bei Sabrina gab es größere Probleme. „Damit bin ich überhaupt nicht einverstanden. Das ist doch lächerlich."

„Jemand hat versucht, Sie zu erschießen. Wir vermuten, dass der Anschlag Ihnen und nicht Ihrem Vater galt. Haben Sie keinen Verdacht, wer Sie töten will."

Sabrina war blass geworden. „Töten? Nein, warum denn?"

„Wenn wir das wüssten."

„Ich könnte mir höchstens vorstellen, dass Thomas Baumann Wut auf mich hat. Ich habe ihm einen Erpresserbrief gestohlen und ihm die Zunge herausgestreckt."

Sarkozy war erstaunt. „Die Zunge herausgestreckt? Was sagen Sie da?"

Sabrina erzählte ihm von dem Besuch in Thomas' Büro, dass sie den Brief an sich genommen in Richtung der Kamera gehalten und gleichzeitig die Zunge heraus-gestreckt hatte.

Sarkozy schüttelte den Kopf über dieses kindische Verhalten. Aber er konnte sich auch vorstellen, dass sich Thomas Baumann dadurch provoziert fühlte. Aber des-wegen töten? „Thomas werden wir auch überwachen", sagte er dann. „Aber im Moment wissen wir nicht, wo er sich aufhält. Seien Sie so gut, die Personenüberwachung zuzulassen. Dann müssen wir uns alle weniger Gedanken machen."

„Einverstanden, aber erst morgen", bat sie. „Dann kann ich mich heute noch als freier Mensch fühlen."

Etwas später teilte Sarkozy Ina diese Entscheidung mit. „Sie können sich nicht darauf einlassen. Sie ist in Gefahr. Ganz bestimmt ist es so. Ich habe eine ungute Ahnung", versicherte Ina. „Dann werde ich ihr selbst folgen, ohne dass sie es merkt."

Sarkozy schüttelte den Kopf über diese Hartnäckigkeit. Aber es war ihm ganz recht, denn auch er hatte alles andere als ein gutes Gefühl.

„Dann informieren Sie mich bitte darüber, wo Sabrina und Sie sich jeweils aufhalten", bat er. Ina versprach es und vergewisserte sich, dass der Akku ihres Handys noch voll genug war.

Weder Sabrina noch ein möglicher Verfolger, vielleicht der Mörder, dürften von Inas Anwesenheit etwas mitbekommen. Daher musste Ina sich verkleiden. In der Karnevalskiste ihrer Freundin Anna fand sie eine blonde Perücke, nicht ganz teuer, aber auch nicht zu billig. Man würde sie nicht sofort als künstlich erkennen. Dort entnahm sie auch einen Rock. Bestickt mit vielen Blümchen. Folkloristisch, ganz anders als ihr bisheriger Stil. Sie kam sich seltsam darin vor. Sie konnte sich gar nicht vorstellen, dass man so etwas überhaupt anziehen könnte. An Karneval ja, aber sonst nicht. Als sie sich vor dem Spiegel hin und her bewegte und sich herumdrehte, kannte sie sich selbst nicht wieder. Wer war die junge Frau mit dem eigenartigen Geschmack? Hoffentlich würde sie in den Augen der anderen nicht so kurios herüberkommen und gerade dadurch auffallen. War sie unsichtbar mit diesem Aussehen? Für den möglichen Verfolger? Mit dem Motorradhelm würde sie wahrscheinlich sowieso keiner erkennen.

Ina wartete vor Sabrinas Haus in der Südstadt. Ein Mehrfamilienhaus. Sabrinas Wohnung lag im vierten Stock. Ina hatte sie gut im Blick. Es war schon spät, allmählich wurde es dunkel. Würde Sabrina heute Abend noch weggehen? Ina könnte doch schlecht die ganze Nacht hier auf der Vespa hocken. Der Motorroller gehörte ihrer Freundin Anna, den sie benutzen durfte. So einen hatte sie auch während ihrer Studienzeit in Köln gehabt. Ina fühlte sich in frühere Jahre versetzt.

Doch dann ging die Haustür und Sabrina trat heraus. Zielsicher ging sie zu einem Parkplatz in der Nähe und setzte sich in einen Kleinwagen. Ina musste sich auf die Verfolgung machen.

Sabrina fuhr am Rhein entlang Richtung Dom. Kurz vor dem Maritim bog sie auf die Deutzer Brücke. Bis dahin konnte Ina gut folgen. Doch Sabrina lenkte ihren Wagen am Deutzer Bahnhof und an der Messe vorbei auf die Verlängerung der Zoobrücke. Hier dürfte Ina mit ihrem kleinen Roller nicht fahren. Aber sie konnte auch nicht riskieren, Sabrina aus den Augen zu verlieren. *Hoffentlich erwischt mich jetzt die Polizei nicht, wünschte sie sich. Spätestens auf der A 4 werde ich sie verlieren, dachte sie sich.* Doch sie gerieten in einen Stau. Im Kalker Stadttunnel waren Bauarbeiten und die Straße nur noch einspurig. Sabrina kam mit ihrem Wagen kaum voran. Ina hätte spielend an ihr vorbeifahren können. Aber das riskierte sie nicht. So blieb sie hinter ihr. Vielleicht würde sie ansonsten doch von ihr erkannt. Wenn sie Richtung Dellbrück fährt, dann will sie sicher zu Linda, dachte Ina.

Seit der Silberhochzeit hatten die Schwestern wieder mehr Kontakt. Vielleicht wollte sie zu Linda, um diese über das Verschwinden des Liebhabers hinwegzutrösten. Kurz hinter der Abzweigung zur A 3 konnte Sabrina beschleunigen und sie war weg. Ina wollte nur möglichst schnell die Autobahn verlassen, ohne erwischt zu werden. Sie atmete auf, als sie in Refrath auf die Bundesstraße fahren konnte. Keiner hatte auch nur die geringste Kenntnis von ihrem Roller genommen. Ohne aufgehalten zu werden, fuhr sie durch Refrath zu Lindas Villa nach Thielenbruch.

Das Tor zu dem Villengrundstück war offen, daher konnte sie bis vor das Haus vorfahren. Vor der Villa stand Sabrinas Wagen. Also richtig gedacht, verbuchte sie stolz für sich. Sie hielt an und stieg von ihrem Roller ab. An Sarkozy gab sie eine SMS durch: „Sabrina ist bei Linda in Dellbrück."

Sie stand vor der Haustür und überlegte, ob sie klingeln sollte. Was werde ich sagen, wenn geöffnet wird, fragte sich Ina. Vielleicht sollte sie nach Peter fragen. Sie musste sich vergewissern, dass Sabrina gut angekommen war. Was sie erstaunte, war die Dunkelheit ringsum. Im Haus kein Licht, auch draußen keine Lampe. Nur leichter Sternenschein.

Sie klingelte, doch niemand öffnete. Das machte sie stutzig. Ist Linda nicht da? Und Sabrina? Sie musste doch vor einigen Minuten erst angekommen sein.

Vielleicht hörten die Schwestern nichts, weil sie auf der Rückseite des Gebäudes waren? Trotzdem seltsam. Also Vorsicht.

Ina schlich um das Haus herum. Sie wunderte sich darüber, dass kein Licht anging. Gab es keinen Bewegungsmelder? Weil ihr die Dunkelheit bedrohlich erschien, versuchte sie, ihre Dienstwaffe aus ihrer Handtasche zu angeln, die sie diesmal eingesteckt hatte. Leider etwas zu tief zwischen den vielen Kleinigkeiten verborgen. Vor ihr lag eine erhöhte Terrasse. Sie ging vorsichtig an den Rand und schaute in den Garten. Den vor ihr liegenden Pool konnte sie nicht sehen, lediglich ahnen, da nur Sternenlicht alles beleuchtete. Keine Spur von Linda und Sabrina. Sie rief: „Frau Martens, Frau Eisenberg, wo sind Sie?"

Keine Antwort. Der Garten lag in Dunkelheit. Nichts war zu sehen. Jetzt hatte Ina ihre Pistole endlich gefunden und sie hervorgezogen. Doch bevor sie in Deckung gehen konnte, spürte sie einen heftigen Schlag auf den Kopf und ihr wurde schwarz vor Augen.

29. Kapitel

Am selben Abend suchte Sarkozy Giovannis letzten Freund Marcel Morscheif in der Altstadt auf. Der hatte es allerdings sehr eilig. „Sorry, ich muss dringend in die Bar. Meinen Job machen. Wollen Sie mitgehen?"

Damit lief er Richtung „Alter Markt" in eine bekannte Schwulenkneipe, Sarkozy blieb nichts anderes übrig, ihm in Eilschritten zu folgen.

„Sie können mich jetzt fragen, was Sie wissen wollen", brachte Marcel hervor. „Ich muss mich noch umziehen. Kommen Sie mit in die Garderobe. Dann sage ich Ihnen, was ich weiß. Es geht sicher um Giovanni. Armer, armer Schatz. Ja, ich war mit ihm zusammen. Wir haben uns geliebt. An dem Abend, als er starb, war ich übrigens auch hier. Ich musste – wie heute Abend – tanzen."

Hinter einer spanischen Wand zog er sich aus, trat kurz ganz nackt hervor, um sich seine Arbeitskleidung von einem Kleiderständer zu nehmen: einen schwarzen Ledertanga. Peinlich berührt, doch anerkennend registrierte Sarkozy den athletischen und perfekten Männerkörper. Um so auszusehen, muss ich noch ein bisschen trainieren, dachte sich Sarkozy. *Ob das die Frauen beeindruckt?*

Kurze Zeit später stand Marcel in dem Tanga vor ihm. Gelassen zog er sich einen Bademantel über und setzte sich vor einen Spiegel, um sich zu schminken.

„Dann haben Sie auf jeden Fall ein Alibi bei Giovannis Ermordung?", fragte Sarkozy.

„Ja, das wird Ihnen hier jeder bestätigen. Bis zwei Uhr nachts tanze ich mit kurzen Unterbrechungen als Gogo-Boy an der Stange. Danach beschäftige ich mich noch mit besonders interessierter Kundschaft. Wir sitzen dann im Séparée und tauschen Zärtlichkeiten aus. Das ist mein Job. Von etwas muss ich ja leben!" Das klang wie eine Entschuldigung.

„War Giovanni nicht eifersüchtig? Auf Ihren Job und die anderen Männer?", wunderte sich Sarkozy.

„Doch, doch! Er wollte mich hiervon erlösen – so sagte er –, mich quasi heiraten und mit nach Italien nehmen", erklärte Marcel. „Obwohl mir der Job irgendwie Spaß macht. Man lernt viele interessante Leute kennen."

Sarkozy begann an Marcels Liebe zu Giovanni zu zweifeln und voller Trauer kam er ihm nicht vor.

„Kennen Sie Johannes Tresor?"

„Ach, der Professor. So nennen wir ihn. Der war früher oft hier. Bis er Giovanni kennenlernte. Dann interessierte er sich nicht mehr für uns. Aber eines Tages hat er Giovanni mitgebracht. Da haben Giovanni und ich uns kennengelernt. Zwischen mir und Giovanni war es Liebe auf den ersten Blick. Coup de foudre. Wenn Sie verstehen", erklärte Marcel. Verträumt sah Marcel Sarkozy an. „Das war schön. Von da an war alles anders. Giovanni war ein wunderbarer Mensch, Künstler und phantasievoll. Und so liebevoll."

„Und Johannes Tresor. Was ist aus ihm geworden?"

„Ich nehme an, dass er immer noch an seiner Schule ist. Giovanni glaubte übrigens, dass er von ihm verfolgt würde. Ich habe ihn gefragt, ob er sich bedroht fühlt. Doch das hat er verneint. Er schien sich sogar darüber zu freuen, dass sein Ex noch Interesse an ihm hatte. Er hatte Mitleid mit ihm, Tresor hat wohl sehr unter der Trennung gelitten." Er setzte eine mitleidige Miene auf.

„Könnten Sie sich vorstellen, dass Herr Tresor etwas mit Giovannis Ermordung zu tun hat?"

„Der? Nein, auf keinen Fall. Der hätte eher mich als seinen geliebten Giovanni umgebracht."

Sarkozy überlegte, ob Tresor doch in Giovannis Nähe gewesen war, als dieser ermordet wurde? Hatte er vielleicht etwas beobachtet? Nein, Tresors Alibi war bestätigt. Um ein Uhr nachts war er wieder von der Insel abgeholt worden.

Er fuhr zu Tresors Haus, um ihn sofort zu befragen. Doch auf sein Klingeln öffnete niemand, das Haus blieb dunkel. In dem Moment kam die Nachbarin mit ihrem Hund um die Ecke. „Wenn Sie Herrn Tresor suchen, der ist im Krankenhaus."

„Ach wieso? Heute Mittag habe ich noch mit ihm gesprochen", wunderte sich Sarkozy.

„Ich weiß nur, dass heute Nachmittag ein Ambulanzwagen kam und ihn abgeholt hat", antwortete die Nachbarin.

Eine Nachfrage im Krankenhaus ergab, dass Tresor sich mit Tabletten das Leben nehmen wollte und jetzt auf der Intensivstation lag.

Dann sah Sarkozy auf sein Handy und bemerkte die SMS von Ina.

30. Kapitel

Richard hatte, als er gerade nach Hause fuhr, ebenfalls eine SMS empfangen: „Dringend zu Linda kommen. Lebensgefahr! Pool. Grüße aus dem Jenseits von Giovanni Caruso."

Entsetzt starrte Richard auf die seltsame Mitteilung. Dann machte er sich auf dem schnellsten Weg nach Thielenbruch auf. Unterwegs versuchte er, seine Schwägerin Linda telefonisch zu erreichen. Doch niemand ging an den Apparat.

Voller Unruhe rief er bei sich selbst zu Hause an, um Robert zu erreichen. Der meldete sich ebenfalls nicht.

Zunächst sah auch Richard nur Dunkelheit, als er mit quietschenden Reifen auf Lindas Grundstück bog. Dort stand ein alter Roller und Sabrinas Kleinwagen. Wo war Linda? Wo war Sabrina? Hatte sie Linda schon gefunden? Ohne Umwege machte er sich zum Pool auf. So dunkel? Warum? Kein Bewegungsmelder? Er wunderte sich. Dann sah er, dass auf dem Wasser ein großer Gegenstand schwamm. So groß wie ein Mensch. Es war ein Mensch. Linda? Wie angekündigt? Er stürzte sich mit voller Bekleidung ins Wasser und zog die Person heraus. Es war Sabrina. Er spürte keine Atmung bei ihr, die Situation schien sehr bedrohlich. Sofort begann er mit Wiederbelebungsversuchen. Als sie wieder zu atmen begann, rief er den Notarzt und die Polizei. Von Linda weit und breit keine Spur.

Nur wenige Minuten später war Hilfe an Ort und Stelle. Der Ambulanzwagen transportierte Sabrina in die Klinik. Dort wurde sie vorsichtshalber auf die

Intensivstation gebracht und an eine Menge Schläuche angeschlossen. Nach eingehenden Untersuchungen stellte sich heraus, dass sie lediglich eine Gehirnerschütterung erlitten hatte. Zudem hatte ihr der Schlag auf den Kopf eine empfindliche Beule zugefügt. Die Nacht über sollte sie auf jeden Fall im Krankenhaus bleiben. Dies schien ihr jedoch nichts auszumachen, da sie immer noch recht benommen war. Auf jeden Fall hatte Richard ihr das Leben gerettet. Und die durchsichtige und leichte Sommerplane, die über den Pool gespannt war, hatte Sabrinas Körper davor bewahrt, ganz unterzugehen.

Als Unruhe durch die Rettungskräfte im Garten entstand, kam Ina wieder zu sich. Sie war unter ein Gebüsch gefallen und rappelte sich jetzt mühsam hoch.

„Oh", sagte sie und befühlte sich ihren Kopf. Richard und Sarkozy stützten sie beim Aufstehen.

„Wo wollten Sie hin?", scherzte ihr Kollege. „Zu einem Maskenball?"

Sie sah ihn vorwurfsvoll an. „Nein, ich habe Sabrina inkognito verfolgt."

„Ein voller Erfolg, liebe Kollegin. Sie waren mittendrin", äußerte sich Sarkozy ironisch.

„Verdammt, meine Pistole ist weg." Verzweifelt suchte Ina in ihrer Tasche und ging um die Terrasse. Doch auch mit Hilfe der beiden Männer konnte sie ihre Waffe nicht wiederfinden.

„Oje, jetzt hat der Mörder meine Pistole." Sie schlug sich schuldbewusst an den Kopf. Sie ahnte Böses. Ansonsten spürte sie eine schmerzhafte Beule, aber von dem Überfall hatte sie nichts mitbekommen. „An den Angreifer kann ich mich nicht erinnern. Ich hatte bei

Linda geklingelt. Vergeblich. Dann bin ich um das Haus herumgegangen und von da an weiß ich nichts mehr."

Sie stöhnte und fasste sich wieder an den Kopf. Vorsichtshalber musste auch sie in die Klinik, da auch bei ihr der Verdacht auf eine Gehirnerschütterung bestand.

Linda kam im Laufe des Abends vom Deutzer Bahnhof zurück. Sie hatte über SMS eine Botschaft von Peters Handy empfangen: „Liebste Linda, hole mich bitte am Ottoplatz ab: 21 Uhr."

Voll freudiger Erwartung war sie dorthin gefahren. Sie hatte gehofft, Peter dort zu finden. Doch er war nicht da. Lange hatte sie gewartet. Unverrichteter Dinge und sehr traurig war sie wieder nach Hause zurückgekehrt.

Mittlerweile war auch Hundertmacher eingetroffen. Ihm erzählte Richard von der seltsamen SMS, die mit dem Gruß von dem toten Giovanni Caruso geschickt worden war. Sehr mysteriös, makaber! Und von der SMS des verschwundenen Peter an Linda. Beide Nachrichten waren wohl Streiche des Mörders. Vielleicht war ein weiterer Mord passiert: an Peter.

Die Kommissare überlegten: Die Nachricht war von Carusos Handy abgeschickt worden. Nur der Mörder konnte es in seinem Besitz haben. Lindas Nummer musste auf dem Handy gespeichert sein. Auch Sabrina hatte mit Caruso Kontakt gehabt. Aber warum hatte der Mörder Richard informiert, sodass Sabrina gerettet werden konnte? Auf jeden Fall sah es so aus, als ob der Mörder es auf Sabrina abgesehen hatte. Nach dem Mordanschlag am Vortag lag das nahe. Die makabere

Botschaft vom verstorbenen Caruso hielt Ina für ein neckisches Spielchen. Das traute sie Thomas nicht zu. Der war viel zu nüchtern, viel zu handfest dafür. Könnte die SMS eher eine Frau geschickt haben, fragte sich Ina. Aber wer? Hatte Thomas eine Komplizin?

31. Kapitel

Cathrina kam kurz vor sechs Uhr am Donnerstagabend mit der Bahn am Hauptbahnhof an. Von hier waren es nur zwei Minuten Fußweg zum Restaurant. Zwischen Bahnhof und Dom tummelten sich viele Menschen, einige eilten mit Koffern, um ihre Züge noch zu erreichen. Andere kamen von den Zügen und suchten Hotels in Domnähe auf oder ließen sich von der Atmosphäre rund um den Dom verzaubern.

Die angestrahlte Kathedrale zeigte sich in imposanter Größe. Cathrina erinnerte sich daran, dass sie sich schon oft vorgenommen hatte, die in vielen Farben schillernde Domfenster des Künstlers Gerhard Richter zu bewundern. Aber das zu einem anderen Zeitpunkt! Jetzt musste sie zu Richard! Ausgerechnet mit ihrem Schwager hatte sie ein Rendezvous, den sie doch seit dem Verschwinden ihres Mannes ablehnte. Aber nein, Cathrina, mahnte sie sich selbst, das ist keineswegs ein Rendezvous, sondern ein Gespräch über die Familie. Könnte Richard der Mörder sein?

Glocken fingen an zu läuten und gaben ihr das Zeichen, dass der Zeitpunkt des Treffens gekommen war. Nervös erreichte sie über eine Treppe das Restaurant im ersten Stock. Ihrem Blick bot sich ein Lokal in leicht angestaubt wirkendem Flair der sechziger Jahre. Die Wartesaal-Atmosphäre wurde im vorderen Bereich durch eine beeindruckende Aussicht auf den Dom aufgewertet.

Richard saß bereits an einem Tisch. Er stand auf, als Cathrina näher trat und reichte ihr freundlich die Hand:

„Guten Abend, Cathrina, ich freue mich, dich zu sehen."

Bewusst sachlich entgegnete sie: „Ja, wir haben viel zu besprechen! Es gibt den Mord an Caruso und mehrere Mordanschläge auf Familienmitglieder, auf Paul und Sabrina. Außerdem sagt die Polizei, dass Peter Daniels verschwunden ist. Ich will bei der Suche nach ihm und dem Täter helfen. Vielleicht hast du noch andere Einsichten in die familiären Zusammenhänge." Sie setzten sich.

„Glaubst du, dass jemand aus der Familie Anschläge auf die anderen ausführt?"

„Ja. Vielleicht können wir zusammen das ganze Knäuel der rätselhaften Geschehnisse ein wenig entwirren. Schon eigenartig", dabei lächelte er sie an, „dass wir anscheinend so viel Vertrauen zueinander haben und uns gegenseitig als Mörder ausschließen. Glücklicherweise sind Sabrina und Frau Helle heute aus der Klinik entlassen worden, es geht ihnen wieder gut. Das waren wohl ebenfalls Mordanschläge."

Der Kellner brachte die Speisekarte und sie bestellten Wasser und Jasmintee.

„Ich bin nicht so hungrig, weil ich noch unter dem Schock von gestern Abend stehe. Du hast aber hoffentlich Appetit", wünschte er.

„Ja, schon. Zudem mag ich chinesisches Essen", stellte Cathrina fest.

„Weißt du schon, was du essen möchtest", fragte er. „Ich wähle eine Fischsuppe."

„Nur eine Suppe? Da gibt es doch viel köstlichere Sachen."

„Was kann ich für dich bestellen, Cathrina?", fragte Richard freundlich.

„Ich hätte eigentlich Lust auf eine Pekingente", seufzte sie.

„Warum zögerst du dann?"

„Versteh mich bitte nicht falsch, doch dieses Gericht ist für zwei Personen bestimmt", antwortete Cathrina.

„Dann bestellen wir doch die Pekingente, vielleicht kommt mein Appetit", antwortete er aus Freude darüber, ihr einen Gefallen zu tun. Er hatte Cathrina immer schon attraktiv gefunden und es bedauert, dass sie ihm gegenüber die ganze Zeit feindselig eingestellt war.

Richard gab die Bestellung für das Essen auf.

„Haben sie aber ein Glück! Normalerweise müssen Sie die Pekingente einen Tag im Voraus bestellen. Aber soeben haben Gäste ihre Reservierung kurzfristig abgesagt", erklärte der Kellner.

„Ich glaube, es ist unser Glückstag", versicherte Richard. Dabei dachte er auch daran, dass Cathrina sich heute zum ersten Mal versöhnlich zeigte. Zum ersten Mal seit Eriks Verschwinden sah sie ihn ohne Hass, ohne Kälte in ihren Augen an. Was für ein Glücksmoment.

Es musste erst ein Mord und einige Anschläge passieren, damit wir so miteinander reden können, dachte er melancholisch.

Cathrina lobte Richard: „Du hast sehr viel Mut bewiesen, in das Wasser zu springen und Sabrina zu retten. Erstaunlich finde ich auch dein Gespür für die bedrohliche Situation, in der sie sich befand."

„Das war nicht der Rede wert", lehnte Richard ab. „Es war nicht mein Verdienst. Ich hatte eine seltsame SMS mit einem Gruß von dem toten Giovanni Caruso erhalten, Linda sei in Gefahr. Was hältst du davon?"

„Linda wurde weggelockt. Frau Helle wurde niedergeschlagen. Sabrina war das eigentliche Opfer. Wer hat es besonders auf sie abgesehen? Aber wieso wollte der Täter, dass sie gerettet wird?", überlegte Cathrina. „Vielleicht wollte der Mörder oder die Mörderin ihr nur einen Denkzettel verpassen und sie doch nicht töten. Auf wen könnte das hinweisen?"

Dem stimmte Richard nicht zu: „Das glaube ich nicht. Der Mörder hat übersehen, dass der Pool mit einer durchsichtigen Sommerplane abgedeckt war."

„Eine Sommerplane?"

„Man deckt sie über den Pool, damit das Wasser warm bleibt."

„Ach so. Davon hatte der Täter keine Ahnung. Anscheinend glaubt er, dass Sabrina etwas zu viel weiß. Vielleicht über den Mord an Caruso, vielleicht über Eriks Verschwinden."

„Aber seltsam. Nicht sie, sondern Ina scheint die Einzige zu sein, die einen Zusammenhang sieht", zweifelte Richard. „Daher denke ich, dass es eher etwas mit der Gegenwart zu tun hat."

„Das glaube ich auch. Über wen könnte Sabrina etwas wissen? Da fällt mir nur Thomas ein. Sie weiß etwas über seine geschäftlichen Machenschaften und wollte es in ihrem Buch beschreiben. Wollte er, dass sie im Pool stirbt? Wenn du zu spät gekommen wärest! Das war ein Mordversuch."

„So sehe ich das auch. Derjenige wollte sie töten, aber ob es Thomas ist?", fragte Richard. „Sie hatte schon das Bewusstsein verloren und hätte sich selbst nicht mehr retten können. Ina Helle ist dem Mörder dazwischengekommen, aber sie konnte Sabrina nicht helfen."

„Ja, das stimmt, Sabrina hatte Glück und dich."

Das Essen wurde serviert. „Das sieht ja köstlich aus. Komm Cathrina, die körperliche Stärkung macht auch die Psyche stark."

Sie lachte. „Was fällt dir denn ein, in meinem Metier zu schnüffeln?"

„Es gibt doch mystische Verbindungen zwischen Philosophie und Naturwissenschaften", konterte er.

„Für einen Naturwissenschaftler bist du halbwegs erträglich", schmunzelte sie.

Ihr Umgangston miteinander war ein anderer geworden, stellte Richard erfreut fest.

Jetzt genossen sie die drei Gänge des Pekingenten-gerichtes: zuerst Entensuppe, dann die knusprige Haut der Ente mit kleinen Pfannkuchen, Lauch, dazu eine spezielle dicke Soße aus Soja, anschließend das Entenfleisch mit chinesischem Gemüse.

Der Kellner servierte die Gänge kurz hintereinander. Richard bestellte noch mehr Jasmintee.

„Lass uns weiter überlegen, Richard", erinnerte Cathrina. „Was geschah mit dir und Robert nach Eriks Verschwinden?"

„Sein Verschwinden erdrückte uns. Ich floh in die Wissenschaft und ließ keinen außerhalb meiner Familie an mich heran. Ich verabredete mich nie mit einer Frau, da ich glaubte, dass mich diese Schuld immer wieder einholt und eine Beziehung daran zerbrechen würde."

„Ach, du Ärmster", bedauerte sie ihn.

Richard erzählte weiter: „Auch Robert litt unter Eriks Verschwinden, er konnte nicht mit seinem Schuldgefühl leben. Ich glaube, bei seinen vielen Seitensprüngen versuchte er zu vergessen. Mit der Geburt von Laura kam die Hoffnung auf, alles überwinden zu können. Doch auch seine Liebe und sein Verantwortungsgefühl zu seiner Tochter konnten ihm nicht helfen. Mit Linda sprach er nicht über seine Depression. Das Fremdgehen wurde zu einer Sucht."

In Cathrinas Augen blieb Skepsis. „Das ist kein Grund für sein Verhalten."

„Du hast Recht", bestätigte er.

„Die Martens und Familie Eisenberg haben in Lindenthal nebeneinander gewohnt, auch in Letterbach sind sie Nachbarn."

„Ja", stimmte Richard zu.

„Du weißt, Psychologen gehen immer auf die Kindheit zurück. Erzähl mir etwas aus der Kindheit der Eisenbergs", schlug Cathrina vor.

„Zu Pauls Kindheit kann ich natürlich nichts sagen", sagte Richard. „Doch von seinen Kindern Linda, Irene und Sabrina. Linda ist so alt wie ich, wir sind zusammen zur Schule gegangen. Sie war eine gute Schülerin, sie brauchte nicht viel dafür zu tun. Deshalb hatte sie genug Zeit, um sich um die Probleme ihrer Mitschüler und Mitschülerinnen zu kümmern. Nach dem Abitur sollte sie Wirtschaft studieren, doch sie widersetzte sich Pauls Wunsch und begann stattdessen mit dem Studium der Germanistik, Sozialwissenschaften und Politik. Sie reiste viel, machte ein Auslandsemester in Amerika. Linda stritt sich oft mit Paul ideologisch, aber es war trotzdem eine liebevolle Beziehung. Mit ihrer Mutter verband sie ihr Interesse zur Kunst, sie malte nebenher, sehr gut übrigens. Irene, die zwei Jahre jünger ist, war wesentlich schwächer. Von den Eltern wurde sie liebevoll umsorgt. Sie brauchte sowohl in der Schule als auch bei Hänseleien der Klassenkameradinnen Hilfe, die sie von Linda erhielt. Zu zweit waren sie unschlagbar. Trotz der Anfeindungen hatte Irene viele Freundinnen und entwickelte viele eigene Aktivitäten. Über euch lernte sie Thomas kennen, studierte kurzzeitig Wirtschaft, wurde schwanger und heiratete ihn. Doch dann hatte sie eine Fehlgeburt. Böse Zungen behaupteten, er habe sie die Treppe heruntergeworfen. Soviel ich weiß, gab sie ihre Kontakte zu ihren Freundinnen auf. Ihr Interesse an Musik, Tanz und Theater schwand. Sie war Thomas absolut hörig."

Hier unterbrach Cathrina und stellte fest: „Dann ist er wohl nicht der richtige Mann für sie. Ging es Linda nicht nach ihrer Heirat auch so?"

„Nein", antwortete Richard, „Als Ehefrau, da stimme ich mit dir überein, wehrte sie sich nicht gegen Roberts Affären, aber im Gegensatz zu Irene blieben ihr viele eigene Kontakte."

„Irene arbeitete doch lange in Pauls Büro. Kannst du dir vorstellen, warum sie nur noch kurze Zeit im Büro war, nachdem Thomas die Firma übernommen hatte?", fragte Cathrina.

„Nicht genau, aber da gab es einmal eine Auseinandersetzung zwischen ihr und ihm. Sehr lautstark. Das war vor ein paar Jahren. Ich und Linda waren verärgert, dass er Irene so laut anschrie. Die beiden hatten uns nicht gesehen und angenommen, wir hätten ihr Haus schon verlassen."

„Hast du verstanden, worum es ging?", forschte Cathrina nach.

„Es ging um die Firma", fuhr er fort. „Einige Sätze von Thomas haben wir verstanden: ‚Ich möchte nicht, dass du in der Firma erscheinst', ‚Du gehörst in den Haushalt'. Sie hat wohl klein beigegeben, denn von dem Tag an arbeitete sie nicht mehr im Büro. Was der eigentliche Grund dafür war, haben wir nie erfahren. Jetzt zu Sabrina. Sie unterschied sich nicht nur durch ihr Äußeres von ihren Schwestern, nein auch sonst. Sie war ein anstrengendes Kind, sie weinte und schrie viel, schlug um sich, zertrat ihr eigenes Spielzeug und das der anderen. Auffällig war, wie die Familie auf das aggressive Verhalten reagierte. Linda und Irene ließen sie meist gewähren. Sabrina verließ mit achtzehn Jahren das Haus, studierte in München Wirtschaft und Journalismus. Lange Zeit hörten wir nichts mehr von ihr."

„Kannst du mir vielleicht etwas über Sabrinas Verhalten zu Männern erzählen?"

„Ja, aber mit Vorbehalt, denn ich weiß das meiste nur aus Erzählungen. Sabrina wirkte sehr anziehend auf Männer. Diese Trumpfkarte spielte sie aus. Sie nahm ihren Schwestern die Verehrer weg, schon mit dreizehn versuchte sie es. Später machte sie sich an Robert und Thomas heran. Das war an dem Wochenende in Letterbach. Das weißt du ja."

„Ja, das habe ich zum Teil miterlebt. Du hast mir eine Menge Anhaltspunkte geliefert. Daraus ergeben sich einige Fragen für mich: Warum war Sabrina als Kind so aggressiv? Warum reagierte die Familie auf ihr Verhalten so ungewöhnlich milde? Weil sie die Jüngste ist? Könnte sie ihre Aggressionen von der Kindheit ins Erwachsenenalter übernommen haben? Könnte sie zu einem Mord fähig sein?", fragte sich Cathrina.

„Nein, das glaube ich nicht. Wer hätte außerdem noch Motive und Gelegenheiten für Morde in der Familie? Mona?", überlegte Richard, „Es sieht so aus, als ob sie keinerlei Motive hat. Thomas? Ihm traue ich auch alles zu. Wie du es eben schon gesagt hast."

Cathrina ließ ihren Gedanken freien Lauf und sagte: „Ja, Thomas als Mörder könnte ich mir sehr gut vorstellen. Welche Motive hatte er bei Caruso? Und Irene? Hatte sie Caruso gekannt? Richard, auch wenn es unsinnig erscheint, ich muss dich auch nach Laura und Lucille fragen."

„Sie sind die Kinder", erwiderte Richard. „Laura ist längst erwachsen, Lucille fast. Laura erscheint mir auf keinen Fall verdächtig."

Richard sprach weiter: „Laura wird von ihren Eltern sehr geliebt. Und wie man sagt, wer Liebe bekommt, kann diese Liebe weitergeben. So ist es bei ihr. Sie studiert Wirtschaft, liebt Opern. Dass die Ehe zwischen ihrem Vater und ihrer Mutter nicht so gut lief, wie man es sich als Tochter wünscht, hat sie wohl mitbekommen. Ich vermute, sie hat sich damit abgefunden. Zurzeit hat sie keinen festen Freund, wenn ich richtig unterrichtet bin."

„Und Lucille?"

„Sie ist hübsch, lustig, sympathisch, manchmal etwas kess und siebzehn Jahre alt. Nächstes Jahr macht sie

Abitur und will dann Jura studieren. Sie unterstützt ihre Mutter Irene."

„Wie meinst du das?", bohrte Cathrina.

„Ich meine psychisch. Sie redet ihr gut zu, sagt ihr, wie sie sich verhalten soll. Irene scheint etwas Probleme mit dem Alkohol zu haben, für eine Alkoholikerin halte ich sie allerdings nicht. Sie übertreibt es nur manchmal ein bisschen", urteilte Richard.

„Sind wir jetzt weiter gekommen? Was können wir über den Mörder erschließen? Der Mörder ist klug, hat irgendetwas mit der Familie zu tun, und ich persönlich halte ihn für psychisch gestört", überlegte Cathrina.

„Wir gehen am besten noch einmal alles durch, was geschehen ist, und schauen uns die Motive an. Eigentlich ist es die Aufgabe der Kommissare, alles zu überprüfen. Wer könnte ein Mordmotiv bei Caruso gehabt haben? Linda nicht, sie hatte ihn nur engagiert. Sabrina und Peter scheinen, etwas zu wissen beziehungsweise haben etwas herausbekommen. Jemand befürchtet es. Derjenige hatte ein Interesse daran, Robert den Mord zu unterzuschieben. Ich werde das Gefühl nicht los, wir übersehen etwas." Sie schüttelte ratlos den Kopf. „Es ist schon spät geworden, Richard. Ich muss bald ins Bett, morgen habe ich noch viele Patienten", mahnte sie.

„Es war ein guter Abend, schön, dass wir ein solch vertrautes Verhältnis aufbauen konnten", sagte Richard und bezahlte die Rechnung. „Übrigens, welche Botschaft stand in deinem Glückskeks? Bei mir stand: Das Glück wird bald zu Ihnen kommen."

Lächelnd erwiderte Cathrina: „Das Glück steht vor Ihnen, greifen Sie zu!"

„Oh!"

Plötzlich sprang Cathrina auf, ihre Augen waren vor Schrecken geweitet.

„Was ist los?", wollte Richard entgeistert wissen.

Sie antwortete nicht, sondern zeigte nur auf den Eingang. „Da. Da war Erik. Ganz sicher."

„Erik?" Richard war betroffen. „Wie kommst du darauf?"

„Ihr hattet doch damals Tropenhüte aus Stroh und Khakihemden an. Erik ist an dem Sonntagmorgen damit weggegangen und ich habe ihn nie mehr gesehen. Jetzt stand er da." Sie zeigt auf die Eingangstür.

„Ich sehe niemanden", versuchte Richard, sie zu beruhigen.

Sie sah ihn so unglücklich an, dass er aufstand und nach vorne ging. Dort befragte er den Kellner. „War da ein Herr mit Tropenhelm?"

„Ja, er hat gesagt, dass ich schöne Grüße an seine Frau bestellen soll", versicherte der Kellner.

Cathrina war Richard gefolgt und hatte es gehört. Sie stürmte nach draußen, um Erik noch zu erwischen. Doch vor der Tür war nur ein Menschengewimmel und sie konnte ihn nicht mehr finden. Sie war ganz unglücklich darüber.

Richard nahm Cathrina in den Arm und strich ihr beruhigend über den Rücken. „Wenn du willst, kannst du mit mir gehen. In meinem Gästezimmer ist noch Platz. Vielleicht wirst du jetzt allein keine Ruhe mehr finden. Genau wie ich. Wir können alles gemeinsam überlegen."

Sie sah ihn an und nickte. „Aber Robert?"

„Er ist nicht da. Er ist ausgezogen und wohnt jetzt bei einer Freundin."

„Freundin? Er hört wohl nie auf damit", stellte Cathrina fest. Etwas später saßen Richard und Cathrina gemeinsam in einem Taxi.

32. Kapitel

Hundertmacher wohnte wie Linda Martens in Dellbrück. Jedoch nicht in einer Villa, sondern in einem kleinen verfallenen Häuschen. Das Haus und das riesige Grundstück stammten noch von seinem Großvater. Längst hätte Hundertmacher alles verkauft, wenn nicht das Terrain so ungünstig geschnitten wäre. Die Straßenfront war relativ schmal, dagegen zog es sich etwa zweihundert Meter in die Tiefe. In der Mitte stand das alte Haus, das seit Großvaters Zeiten keine Reparatur gesehen hatte.

Den ganzen Tag fühlte sich Hundertmacher krank. Er war nicht zur Dienststelle gefahren, sondern er hatte sich krankgemeldet. Zuerst hatte er lange geschlafen, weil er in der Nacht wieder nicht zur Ruhe gekommen war. Das lag zum Teil an seinen Grübeleien über seine unglückliche Familiengeschichte, aber auch an dem Fall. Er hatte noch keine Ahnung, wer der Mörder von Caruso sein könnte. Wer hatte die Mordanschläge verübt? Einen solchen Fall hatten sie selten gehabt. Es gab kaum Anhaltspunkte. Auch auf Thomas Baumann nicht, den Ina Helle im Verdacht hatte. Und wo war Peter Daniels? Es gab kein Lebenszeichen von ihm. Und Erik Martens? Was war mit ihm? Cathrina Martens glaubte, ihn gesehen zu haben. Der Mann im Restaurant soll die gleiche Kleidung wie Erik damals getragen haben.

Mittags fuhr Hundertmacher zu seiner Stammimbissbude. Er ließ sich eine Currywurst mit Fritten für zu Hause einpacken, das war eins seiner Lieblingsgerichte. Damit konnte er sich fast immer aufmuntern. Fast glaubte Hundertmacher, dass der Mörder keiner aus der Familie Martens oder Eisenberg wäre. Wer kann schon so viel Hass auf seine eigenen Familienmitglieder haben? Auch wenn Gründe genug vorlägen. Hundertmacher selbst hätte ja auch Gründe genug in seiner Familie. Aber er hatte niemanden ermordet.

Zuhause angekommen aß er seine Currywurst. Außerdem führte er sich einen burgundischen Weißwein zu Gemüte. Mit viel Genuss trank er sein Glas Chardonnay.

Danach war er so müde, dass er sich wieder hinlegte. Seine guten Vorsätze, endlich einmal aufzuräumen und Wäsche und Geschirr zu erledigen, hatte er vergessen. Sofort war er eingeschlafen und wachte er erst wieder am Abend auf. Im ersten Moment konnte er sich gar nicht orientieren, so ungewöhnlich war dieser Tagesablauf. Verdammt, er hatte den ganzen Tag verpennt.

Jemand klingelte an Hans Hundertmachers Tür. Wer sollte jetzt kommen? In seine Hütte, die wirklich nicht den besten Eindruck machte. Selten hatte er jemanden hereingelassen, seit seine Frau nicht mehr da war. Sie hatte sich noch Mühe mit dem Aufräumen und Saubermachen gegeben. Nur seine Schwester kam manchmal vorbei. Sie erfasste dann das kalte Grauen, aber auch Putzwut. Doch sie hatte nicht besonders viel Zeit und wohnte weit weg. Heute Abend hatte sie sicher nicht ihre Sehnsucht nach ihrem Bruder und dessen vernachlässigte Wohnung gepackt.

Hundertmacher schlich mit seinen überdimensionalen Pantoffeln zur Haustür und sah durch den Spion. Es war Sarkozy. Sollte er ihn draußen lassen? Es reichte doch, wenn sie tagsüber auf der Dienststelle miteinander umgingen. Daher war Hundertmacher schon entschlossen, sich umzudrehen und leise zurück zu schleichen.

Doch Sarkozy ließ nicht locker. „Hallo, Kollege Hundertmacher! Ich weiß, dass Sie da sind. Ich habe das Licht gesehen. Machen Sie doch auf. Wir haben etwas zu besprechen!"

Unwirsch öffnete Hundertmacher die Tür. „Was wollen Sie um diese Uhrzeit? Ich bin müde. Fragen zu dem Mord und den Mordversuchen können wir morgen diskutieren."

„Es gibt neue Erkenntnisse der Spurensicherung."

Sarkozy ließ sich nicht abwimmeln und Hundertmacher konnte nicht umhin, ihm die Tür zu öffnen. „Nun, dann kommen Sie doch rein. Aber schauen Sie sich nicht um. Seit zwei Jahren hab ich keine Putzhilfe mehr."

Sarkozy hielt sich demonstrativ die Augen zu. „Wie es bei Ihnen aussieht, ist doch Ihre Sache. Wenn Sie sich dabei wohlfühlen."

Hundertmacher winkte ab. „Das kann man nicht direkt behaupten. Mir wär' s anders auch lieber. Aber ich habe einfach keinen Nerv dazu. Und ich kann' s auch nicht. Früher wurden wir anders erzogen, für die Hausarbeit hatte man eine Frau. Aber die gibt es schon lange nicht mehr."

„Wie dem auch sei", brachte Sarkozy das Gespräch auf die eigentlichen Punkte, „zu den neuen Ergebnissen zum Mord an Giovanni Caruso. Die Krawatte, mit der das Opfer an die Guillotine gefesselt war, stammt von der Firma Marinella. Und raten Sie einmal, wo diese Firma ihren Sitz hat: in Neapel! Auf der Krawatte waren Fingerabdrücke feststellbar, vor allem von Robert Martens. Bei dem Knoten in der Krawatte handelt es sich um einen sogenannten Palstek. Das ist ein Segelknoten, der sich nur mit zwei Händen lösen lässt, wurde mir gesagt. Die Familien Eisenberg und Martens kennen sich damit aus, aber Baumann ebenfalls."

„Das wissen wir schon", knurrte Hundertmacher.

„Das heißt doch, dass es auch Zeit bis morgen gehabt hätte."

Sarkozy nickt verständnisvoll. „Ja, Herr Kollege, ich wollte auch nur unseren grauen Gehirnzellen etwas zu arbeiten geben, sozusagen über Nacht, quasi im Schlaf. Vielleicht kommen wir dann morgen schneller voran."

Damit erhob er sich und steuerte auf die Tür zu, nicht ohne sich über Hundertmachers Haushaltsführung doch zu wundern.

33. Kapitel

Am frühen Freitagmorgen kam Thomas von seiner angeblichen Geschäftsreise zurück. Irene fragte lieber nicht, wo er wirklich gewesen war. Sie befürchtete, dass er sie anschreien würde oder zu noch Schlimmerem fähig war. Sie sah ihm an, dass er in der Nacht schlecht geschlafen hatte. Er hatte tiefe dunkle Ringe unter den Augen, seine Haut wirkte faltig. Mit Abscheu betrachtete Irene ihren Mann, er sollte es jedoch nicht merken.

„Wo sind meine Tropfen?", schrie er. Er meinte wohl sein Medikament gegen Bluthochdruck.

„Die müssen doch im Badzimmer stehen." Irenes Stimme klang ängstlich.

Er sah sie böse an. „Dann hole sie mir. Beeile dich."

Sie lief und kam mit dem Fläschchen zurück. Wütend wollte er es ihr aus der Hand reißen. Erschrocken ließ sie es los, es schleuderte auf den Steinfußboden und zerschellte. Die Scherben spritzten durch den ganzen Raum.

„Verdammt. Kannst du denn nicht aufpassen?", brüllte er sie an. „Was soll ich denn jetzt nehmen?"

„Vielleicht ist noch was im Medizinschrank. Ich schau mal nach", schlug Irene schüchtern vor und eilte davon.

„Lass das, darauf kann ich nicht warten", rief er ihr hinterher. „Ich habe Ersatztropfen in meinem Koffer."

Sein Köfferchen stand im Arbeitszimmer. Hastig nahm er die Tropfen. Er riss seinen Mantel vom Haken und wollte schnell zur Haustür hinaus. In dem Moment eilte Irene herbei. „Im Medizinschrank war nichts mehr. Hast du was gefunden?"

Ärgerlich brüllte er: „Was geht dich das an?" Damit knallte er die Tür zu.

Irene blickte starr vor sich hin. Lucille, die in ihrem Zimmer an ihrem Referat arbeitete, hatte den Ausbruch ihres Vaters mitbekommen. Besorgt legte sie die Arme um die Schultern ihrer Mutter und mahnte: „Mama, du darfst dir das von Papa nicht gefallen lassen."

Irene schüttelte hilflos den Kopf. „Was soll ich denn machen?" Wieder einmal fühlte sie sich völlig überfahren und richtig unglücklich.

„Geh doch wieder arbeiten", schlug Lucille vor.

Irene seufzte. „Das wird Papa nicht wollen."

„Lass dich davon nicht abhalten. Wende dich doch an Opa, er hat ja auch noch ein Wort in der Firma mitzureden", schlug Lucille vor.

Bevor Irene darauf eingehen konnte, klingelte das Telefon. Es war Kommissar Hundertmacher. „Frau Baumann, wissen Sie, wo sich Ihr Mann aufhält?"

„Wieso?", wollte Irene wissen.

„Er muss sich sofort im Präsidium einfinden. Ansonsten müssen wir ihn abholen lassen", drohte der Kommissar.

Irene erschrak. „Er ist eben weggefahren. Was ist denn mit ihm?"

„Können Sie ihn erreichen?" Was wollten die wohl von Thomas?

„Ich werde es versuchen, ich schreibe ihm eine SMS", versicherte Irene. Hundertmacher legte dankend auf. Irene ging es nicht gut. Der Kopf drohte zu zerbrechen.

Daher bat sie mit schmerzverzerrtem Gesicht: „Lucille, hole mir bitte ein Kopfschmerzmittel aus dem Medizinschrank. Ich leg mich hin."

Lucille brachte ihrer Mutter die Tabletten und Wasser. „Hier, Mama, sind deine Medikamente. Ich muss aber gleich in die Schule. Ich habe noch einen Kurs."

Bevor sie ging, deckte sie ihre Mutter fürsorglich zu.

Als Lucille gegangen war, fiel Irene ein, was sie dem Kommissar versprochen hatte. Sie schrieb Thomas eine SMS: „Du sollst dich sofort bei der Polizei melden." Es ging ihr nicht so schnell von der Hand, sie war darin etwas ungeübt. Und dann immer noch der bohrende Kopfschmerz. Erleichtert schickte sie die Nachricht ab. Von mir aus braucht er nicht mehr zurückzukommen, dachte sie. Er soll einen Unfall haben, es wäre besser für uns alle. Es war nicht das erste Mal, dass sie ihm den Tod wünschte. *Er soll sich schlecht fühlen. Warum habe ich die Kopfschmerzen? Ein schlimmes Herzrasen soll ihn erfassen.* Etwas beruhigt schlief Irene ein. Als sie nach zwei Stunden erwachte, fühlte sie sich fast wie neugeboren. Dann klingelte es an der Tür. Die Polizei. Thomas sei im Frechener Krankenhaus auf der Intensivstation eingewiesen worden, er habe einen schweren Unfall gehabt, das Bewusstsein habe er noch nicht wieder erlangt.

„Wird er wieder zu sich kommen? Inwieweit ist das Gehirn bleibend geschädigt?", fragte die fassungslose Irene. Umgehend hatte sie ein Taxi nach Frechen genommen.

„Das können wir jetzt noch nicht sagen. Anzunehmen ist, dass das Frontalhirn geschädigt wurde. Das heißt nicht, dass daraus bleibende Schäden entstanden sind. Wenn er stabiler ist, werden wir ihn umgehend in die Neurochirurgie der Universität Köln verlegen. Es tut mir leid, Ihnen nicht mehr sagen zu können", antwortete eine Ärztin und ihr Kollege nickte teilnahmsvoll.

Erschüttert saß Irene auf einem Hocker der Intensivstation. „Wie kann ich das den Kindern beibringen? Es ist doch immerhin ihr Vater", überlegte Irene. Sie hatte ihm den Tod gewünscht. Jetzt lag er da, mehr tot als lebendig. Ob sie sich wünschen sollte, dass er wieder gesund würde? Sie wusste es selbst nicht.

Als auch Lucille im Krankenhaus war, jammerte Irene: „Lucille, seit dieser Silberhochzeit ist so viel passiert. Zuerst Giovannis Tod! Dann die Anschläge auf Sabrina, Opa und Ina. Und jetzt Thomas schwerer Unfall. Was bedeutet das alles? Was steckt dahinter?"

Krampfhaft versuchte Lucille ihrer Mutter zuliebe, die Tränen zurückzuhalten.

Am Samstagmorgen rief Sarkozy bei Hundertmacher an. Dieser trank gerade seinen Kaffee.

Sarkozy war in heller Aufregung. „Haben Sie die Zeitung gelesen?"

„Nein, dazu bin ich leider noch nicht gekommen." Die zwanzig Meter bis zum Briefkasten hatte er noch nicht auf sich genommen.

„Ich lese es Ihnen vor", bot sich sein Kollege an und trommelte nervös mit seinen Fingern auf der Tischplatte. Dann las er laut: „Schwerer Unfall im Rübenacker. Am Freitag fuhr der Kölner Unternehmer B. auf der Dürener Straße von Köln Richtung Frechen. Aus bisher ungeklärten Gründen kam sein Wagen von der

Straße ab, überschlug sich und blieb in einem Rübenacker liegen. B. konnte schwerverletzt geborgen und in eine Klinik gebracht werden. Seine Kopfverletzungen sind so schwer, dass er noch nicht aus dem Koma aufwachte. Sein Wagen erlitt einen Totalschaden." Darunter war noch ein Foto von einem völlig zerstörten Mercedes Sport Coupé zu sehen."

Hundertmacher hatte bestürzt zugehört. „Das ist Baumann. Ganz bestimmt." Er war sich sicher. „Ich rufe seine Frau an."

Mark war am Telefon, schluchzend berichtete er: „Papa hatte gestern einen schweren Unfall. Meine Mutter ist immer noch bei ihm im Krankenhaus, meine Schwester Lucille war auch bis soeben da. Sie ist gerade nach Hause gekommen und schläft jetzt."

„Gute Besserung für deinen Vater", wünschte Hundertmacher und legte auf.

Man könnte auf die Idee kommen, dass es nicht nur ein Unfall war. Könnte Baumann einen Selbstmordversuch begangen haben? Die Schlinge hatte sich schon um ihn zugezogen. Er wusste ja, dass die Polizei ihm auf den Fersen waren, überlegte Hundertmacher.

Anschließend telefonierte er mit der Spurensicherung: „Der Wagen von Thomas Baumann muss genau untersucht werden. Vorher schau ich ihn mir selbst an."

Bisher war der Fall dem Mordkommissariat nicht gemeldet worden, weil ein normaler Unfall angenommen worden war. Die gründliche Untersuchung des Autos war noch nicht vorgenommen worden. Hundertmacher schimpfte über die Schlamperei.

Thomas schrottreifer Wagen wurde daraufhin bei der KTU aus Gründen der Beweissicherung genauestens untersucht. Hundertmacher erfuhr im Laufe des Vormittags, dass der Wagen ungebremst – es gab keine Bremsspuren – im Tempo von circa hundert Stundenkilometern von der Straße abgekommen war, in einen Rübenacker raste und sich dort mehrfach überschlagen hatte. Einen direkten Augenzeugen gab es nicht. Der Traktorfahrer hatte den Schwerverletzten aus dem Wagen gezogen, Erste Hilfe geleistet und den Rettungswagen informiert. Baumanns Wagen war völlig eingedrückt. Es war fast ein Wunder, dass Thomas überhaupt noch lebte. In dem Wagen wurden Thomas' Firmenunterlagen gefunden, die er immer mit sich führte. Er war mittlerweile in die neurochirurgische Spezialabteilung der Uniklinik Köln eingeliefert worden, aber noch nicht aus dem Koma erwacht. Seine Schädeldecke war zur Entlastung des Gehirns aufgesägt worden. Eine Blutuntersuchung hatte ergeben, dass sich bei Baumann keine Spuren von Alkohol, Drogen oder giftigen Stoffen gefunden hatten, nur geringfügige Spuren von Blutdrucksenkern.

Die Ärzte hielten sich sehr bedeckt betreffs einer Prognose. Keiner wollte dazu eine genauere Aussage machen, doch die Gesichter sahen sorgenvoll aus.

Sarkozy hatte Ina angerufen und sie informiert. Sie überlegte, ob Thomas' Unfall nicht in Wirklichkeit ein Mordanschlag auf ihn war. Wie waren die Zusammenhänge? Wer hätte ein Motiv, ihn zu töten? Seine Frau Irene und die Kinder? Sonst jemand aus der Familie? Alle! Jeder glaubte, dass er für alles Schreckliche in der Familie verantwortlich war.

Ina rief Irene an. Am Telefon wirkte diese gefasst, sachlich konnte sie über den Unfall ihres Mannes berichten. Insgesamt schien sie nicht mehr so bedrückt wie zuvor. War das nicht verdächtig? Hatte sie etwas mit dem Unfall ihres Mannes zu tun? Man hätte es verstehen können, dachte Ina. Und bei Caruso?

Kannte sie ihn doch? Und hatte sie ein Motiv, ihn zu töten. Oder kannte Thomas den Künstler Caruso?

Irenes Antworten klangen ehrlich. „Ich kannte Caruso nicht. Ob Thomas ihn kannte, weiß ich nicht. Mit der Firma hatte ich schon lange nichts mehr zu tun. Thomas wollte nicht, dass ich dort arbeitete. Ich fand das schade. Ich fühlte mich so nutzlos. Er war kein guter Ehemann, anscheinend auch kein guter Chef oder Geschäftspartner. Er wurde eher gehasst. Von allen." Da war sich Irene sehr sicher. „Übrigens hatte er gestern einen Termin auswärts. Weil es zu weit war, hat er auch dort übernachtet, hat er gesagt. Aber ich habe es ihm nicht geglaubt. Ich war froh, dass er weg war. Ein schönes Gefühl, frei zu sein. Ich wusste nicht, dass es von dem Tag an immer so sein würde. Heute Vormittag kam er zurück. Er war noch nervöser und unfreundlicher als normal. Als ob irgendetwas passiert war. Ich habe ihn nicht gefragt, er hätte mir sowieso keine Antwort gegeben. Vielleicht hätte er mich verprügelt."

Mehr konnte Irene Ina nicht sagen, sie schien nichts weiter zu wissen. Für den Thomas' Unfall war sie wohl nicht verantwortlich. Ina glaubte dies nur zu gerne. Ihre Kollegen von der Kölner Kriminalpolizei bat sie, zu überprüfen, wo Thomas' Handy gestern Abend geortet worden war. Es wäre eine Möglichkeit, festzustellen, wo er die Nacht verbracht hatte, vielleicht auch mit wem. Gleichzeitig sollte auch in der Firma nach dem Terminkalender von Thomas geforscht werden. Hatte sein nächtlicher Aufenthalt etwas mit seinem Unfall zu tun?

Es stellte sich heraus, dass er Köln nicht verlassen hatte. Er war gar nicht weit weg gewesen, sondern in einem Hotel in Köln-Mülheim. Sofort erwachte Inas Verdacht, dass dahinter eine Frau stecken müsse. Ina fuhr zu dem Hotel. Ein Ort, an dem man sich wohlfühlen konnte mit Pool, Saunen, Fitnesseinrichtungen und noch anderen Annehmlichkeiten.

Auf Thomas Baumanns Name war kein Zimmer gebucht worden. Deshalb zückte Ina ein neueres Foto von Thomas, das bei der Silberhochzeit aufgenommen worden war, und zeigte es der Dame am Empfang. „Ja, natürlich. Der ist häufig Gast in unserem Haus. Er wohnt dann bei Frau Wilma Lennart, die hier eine Suite besitzt."

„Ist Frau Lennart hier?"

„Nein. Sie ist heute Morgen abgereist."

„Kennen Sie eine andere Adresse von ihr?"

„Nein. Sie ist kein normaler Hotelgast und muss hier nichts ausfüllen."

„Können Sie Frau Lennart beschreiben?"

„Ende vierzig, Anfang fünfzig, lange schwarze Haare."

Ina bedankte sich und ging. Hatte diese Frau Thomas' Unfall herbeigeführt? Wie auch immer? Wer war sie? Die Geliebte? Für die sich Thomas nicht scheiden ließ? Die sich deshalb rächen wollte? Ina zweifelte daran, dass irgendeine Frau den brutalen Thomas als Ehemann haben wollte. Hatten sie ein gemeinsames dunkles Geheimnis? Vielleicht im Zusammenhang mit Carusos Ermordung? Die Beziehung könnte schon sehr viel älter sein, überlegte Ina, denn sowohl Thomas als auch die Frau waren bereits einiges über vierzig, fast fünfzig. Sie kannten sich bestimmt schon seit langer Zeit, vielleicht aus der Jugend. War es die Jugendfreundin von Thomas, mit der er immer noch Kontakt hatte? Wie konnte Ina diese Frau ausfindig machen? Warten, bis sie wieder ins Hotel kam?

Das war zu unsicher. Eventuell müsste Ina beantragen, dass die Suite von Frau Lennart durchsucht würde. Aber vor allem musste sie in Thomas' Vergangenheit forschen. Seine Kindheit und Jugend. Er war doch auch aus Köln. Von der Kölner Polizei erhielt sie die Adresse seiner Eltern. Zumindest, wo er früher mit ihnen gewohnt hatte.

Ina stand etwas später vor dem heruntergekommenen Haus.

„An die Baumanns kann ich mich noch gut erinnern", sagte die alte Nachbarin. „Aber die wohnen schon lange nicht mehr hier. Die Mutter ist vor zwei, drei Jahren gestorben. An einer Lungenkrankheit, COPD. Sie war starke Raucherin, zuletzt konnte sie ohne Sauerstoffflasche nicht mehr atmen. Da sie das Rauchen trotzdem nicht aufgeben wollte, hat sie sich eines Tages in die Luft gesprengt. Nicht schade um sie, wenn Sie mich fragen."

„Und der Vater?"

„Der war noch viel schlimmer. Der hat noch mehr gesoffen, hat seine Frau im Suff verprügelt und seinen

Sohn, Einzelkind. Der hat alles abbekommen. Der hat sich dann zu den Nachbarn verkrochen. Da war ein Mädchen, ein paar Jahre älter als er. Sie hat ihn bei sich aufgenommen, wohl auch mit in ihr Bett. Das war so was wie Verführung Minderjähriger, nur anders herum. Er war ihr hörig, denke ich. Ohne sie ging nichts mehr. Dann hat er ihr das nicht so gedankt, wie sie sich das vorgestellt hatte. Er hat eine andere geheiratet, die Tochter eines reichen Bauunternehmers. Seitdem hat man Thomas hier nicht mehr gesehen. Er hat sich nicht um die Eltern gekümmert. Es war ihm egal, dass sie vor die Hunde gegangen sind. Aber irgendwie verstehe ich ihn auch", gab die alte Frau zu.

„Und was ist aus dem Nachbarmädchen geworden?"

„Die ist auch weggezogen. Hat geheiratet, nicht Thomas. Hab mir sagen lassen, dass sie sich schnell hat scheiden lassen. Dann muss sie noch einmal einen gefunden haben. Auf dem Dorf. Ab und zu ist sie wieder zurückgekommen und hat angegeben. Dass sie jetzt viel Geld hat, sie kann sich alles leisten. Eine Suite in einem Hotel in Köln und ein Strandhotel in Brasilien. Wovon sie das Geld hatte, weiß ich nicht. Reich geheiratet hat sie ja nicht. Bei der könnte ich mir vorstellen", sie flüsterte, „dass sie das auf krumme Touren hinbekommen hat. Anfangs mit Thomas zusammen, später wohl auch ohne ihn. Aber mich würde es auch nicht wundern, wenn die immer noch in Kontakt wären und ihre Dinger zusammen drehen würden. Manchmal kam sie zu ihren Eltern, um zu zeigen, was aus ihr geworden ist. Feine Klamotten, die Hände schön maniküRt, oft mit Glitzersteinen. Dann habe ich mich gefragt, ob das nicht richtige Brillanten sind, so hat das gefunkelt. Alles nur Angeberei habe ich mir gedacht. Nein, die Wilma ist keine Ehrliche. Ihr Elternhaus war nicht ganz koscher. Doch der Thomas hat mir in seiner Kindheit und Jugend ziemlich leid getan. So Familienverhältnisse willst du nicht haben."

Jetzt konnte sie Thomas in seiner Aggressivität besser verstehen, doch entschuldigen konnte sie sein Verhalten trotzdem nicht. Das ehemalige Nachbarmädchen war die Frau, mit der immer noch zu tun hatte. Der er hörig gewesen war und vielleicht immer noch war.

34. Kapitel

Sabrina trat auf Irene zu, die am offenen Grab stand, ihre Kinder Lucille und Mark hatte sie rechts und links eingehakt. „Herzlichen Glückwunsch", sagte sie zu ihrer Schwester und umarmte sie. Ina stutzte, sie musste sich verhört haben. Beide Schwestern lachten. Also hatte Ina doch nicht falsch gehört. Die beiden waren fröhlich, freuten sich richtig gehend. Ina konnte es gut verstehen, sie hatte mit Thomas ebenfalls nicht die besten Erfahrungen gemacht.

Dann trat der Pastor hinzu. Es war Baumtaler, den sie bei mehreren Beerdigungen in letzter Zeit erlebt hatte. Als ob er ein Abo dafür hätte, ging ihr durch den Kopf. Er fing mit seiner Rede an: „Gott erbarme sich der Seele unseres Bruders und des Sünders Thomas." Beifälliges Gemurmel. „Er hat durch einen tragischen Verkehrsunfall sein Leben verloren, aber das Himmel-reich gewonnen."

Jemand von den Anwesenden rief: „Das bezweifele ich aber." Alle schauten zu ihm hinüber, ein unauffälliger Mann, Anfang fünfzig, wirres Haar. Keiner kannte ihn. Auf den meisten Gesichtern zeigte sich ein Lächeln. Nur Paul und der Pastor blickten missbilligend.

„Er war kein einfacher Mensch", setzte der Geistliche seine Rede fort. „Er liebte die Auseinandersetzung. Es konnte ihm nicht handfest genug sein."

„Und wie", sagte die Stimme. Wieder sahen sich alle um, wieder der Mann. Wer ist es? Jemand, der Thomas gekannt hatte, der von seinen Machenschaften wusste?

Inas Blick ging ringsum. Kaum jemand benötigte ein Taschentuch. Nur die Kinder Lucille und Mark schienen gerötete Augen zu haben.

„Sein Schwiegervater nahm ihn nur notgedrungen in der Firma auf. Fachlich war er auf der Höhe. Thomas hat die Firma als Bau de Cologne weitergeführt, aber er war größenwahnsinnig. Er wollte Baumann de Cologne daraus machen. Er war weder für die Familie noch für die Firma ein Vorbild. Lieber Thomas …" Das klang ironisch. „Wir haben nichts verloren, sondern Freiheit und Selbstbestimmung gewonnen. Wenn er uns nicht den Gefallen getan hätte, einen Unfall zu haben, hätte jemand nachhelfen müssen. Thomas, lasse uns in Frieden, tauche nie mehr aus dem Grab auf."

Alle klatschten, dann traten sie der Reihe nach ans Grab, um eine Schaufel Erde auf den Sarg zu werfen. Jeder sagte leise einen Spruch, der fast bei allen gleich klang: „Ich bin froh, dass du niemanden mehr quälen kannst."

Der Mann war verschwunden. Wie ein Geist, dachte Ina.

Sie überlegte, dass alle – vielleicht mit Ausnahme der Kinder – reichlich Motive hatten, Thomas den Tod zu wünschen. Sicher hatte bei seinem Unfall jemand nachgeholfen.

Mit Kopfschmerzen erwachte Ina. Es war ein Traum gewesen. Er war ihr so wirklich vorgekommen.

Das verursachte bei ihr ein ungutes Gefühl, daher rief sie bei Irene an. Eine fremde Stimme meldete sich.

„Frau Baumann ist nicht da. Sie ist in der Klinik. Ihr Mann ist diese Nacht gestorben."

Jetzt war auch Ina betroffen. Keine Freude. Kein Triumph. Für was war Thomas alles verantwortlich?

Nahm er sein Wissen mit ins Grab? Auch das Wissen um Eriks Verschwinden? Und Peter? Lebte er noch? Würde er sterben, weil er irgendwo eingesperrt war? Vielleicht wusste Thomas' Geliebte etwas über Peter.

35. Kapitel

Cathrina saß in ihrer Praxis und arbeitete Schriftliches auf. Dann kam eine SMS von Sabrina: „Bitte komme sofort zu mir.‟

Warum hat sie es so eilig gemacht, überlegte Cathrina. Seit der Silberhochzeit hatten sie sich öfter mal angerufen und ihre Gedanken ausgetauscht. Vor allem über diesen Abend, an dem der Mord an Giovanni Caruso geschah. Ihr ging durch den Kopf, dass sie mittlerweile auch mit Richard ein neues Verhältnis aufbauen konnte. Es erschien ihr faszinierend und vielversprechend.

Aber was war mit Sabrina? Als ob es um Leben und Tod ging. Sie war gerade erst einem Mordanschlag entkommen. Arme Sabrina, sie musste ihr helfen.

Cathrina machte sich auf den Weg. Es gab keinen Aufzug, ein Altbau. Sie stieg in den dritten Stock zu Sabrinas Wohnung hoch. Sie hatte unten geklingelt und es war sofort – ohne zu fragen – geöffnet worden. Von der Treppe aus sah sie schon, dass sie auch oben nicht warten musste, denn die Tür stand einen Spalt offen. „Hallo Sabrina‟, rief sie, „ich bin da.‟

Es kam keine Antwort. Warum kam sie ihr nicht entgegen? „Sabrina‟, wiederholte sie, als sie die Tür aufschob. In diesem Moment spürte sie einen schrecklichen Schmerz auf dem Kopf. Und sie ging zu Boden. Doch dann dachte sie gar nichts mehr. Als sie aufwachte, lag sie in Sabrinas Wohnzimmerchen, auf dem Boden. Ihr Kopf und alle Gelenke taten ihr weh. Sie spürte, dass sie gefesselt war. Als sie zu würgen begann, bemerkte sie den Knebel im Mund. Neben sich sah sie Sabrina, sie lag auf dem Boden, ebenfalls gefesselt, geknebelt und den Mund zugeklebt. Aber sie schien nicht bei Bewusstsein zu sein, denn sie rührte sich nicht. Lebte sie überhaupt noch? Was war passiert? Cathrina konnte sich ihre eigenen Fragen nicht beantworten. Dann sah sie vor sich eine Frau, lange schwarze Haare, schmale Lippen, energisches Kinn, wässrige Augen. Etwa so alt wie sie selbst, vielleicht ein bisschen älter. Wer war sie? Cathrina war sich sicher, sie nicht zu kennen. Was wollte sie von ihr und Sabrina?

Die Frau sah, dass Cathrina sich bewegte, und sie begann zu sprechen: „Schön, dass du wieder zu dir kommst. Ich hatte schon gedacht, dass ich zu kräftig zugeschlagen hätte. Dabei habe ich gar nichts gegen dich. Du hast mir niemals im Weg gestanden. Im Gegensatz zu der da." Sie zeigte auf die immer noch reglose Sabrina. „Die und ihre Sippe, die haben mir alles verdorben. Sie hat sich an Thomas herangemacht. Thomas, meine einzig wahre Liebe." Das Gesicht der Frau verzerrte sich schmerzlich. Thomas? Meinte sie Irenes verstorbenen Ehemann? Eriks Freund? Was hatte diese Fremde mit der Familie Eisenberg und Baumann zu tun?

„Schau mich nicht so ungläubig an. Genau der Thomas. Ich kannte ihn schon, als wir noch Kinder waren. Wir wohnten Haus an Haus. Als ich sechzehn und er dreizehn war, sah ich in ihm schon den gut entwickelten Jungen. Er kam zu mir, in der Nacht. Seine Eltern waren meist betrunken und haben ihn verprügelt. Ich war für ihn da, ganz und gar. Und er für mich. Wir brauchten uns, wir liebten uns. Es sollte immer so bleiben, es sollte niemals enden. Er hat alles kaputtgemacht, als er zuerst deinen Erik und dich und später die Familie Eisenberg kennenlernte. Sabrina war besonders schlimm, sie hat sich ihm wie ein Flittchen aufgedrängt. Und er hat auch noch mit Begeisterung von ihr gesprochen. Wie frei sie beim Sex sein konnte. Stell dir das mal vor. Du als Psychologin kannst das doch sicher nachvollziehen, wie schlimm das für mich war. Aber ich konnte nicht von ihm lassen. Sogar als er diese dusselige Irene heiratete. Aber nur um an das Geld und an die Firma ihres Vaters heranzukommen. Dabei hatten wir selbst schon einiges. Thomas und ich waren trotzdem ein Paar, die ganze Zeit. All die Jahre. Wir trafen uns mindestens einmal im Monat in meinem Hotel. Dann gehörte die Welt nur uns. Ich hatte auch geheiratet, zuerst einen, mit dem es nicht klappte. Er war ein Säufer. Dann einen netten und lieben Mann. Sabrina kennt ihn auch. Da hatte sie schon wieder ihre Finger im Spiel. Aber der ist nur ein Pantoffelheld, ein Langweiler. Bei dem spüre ich kein bisschen Prickeln, kein bisschen Abenteuer. Das war mit Thomas anders. Schlimm war es dann auch, dass Irene von meinem Liebsten zwei Kinder bekam. Ich hätte von ihm so gerne ein Kind gehabt, ich konnte es nicht bekommen. So viel ich mich bemühte." Sie schluchzte und wischte sich über die Augen. Mittlerweile bewegte sich auch Sabrina. Sie stöhnte.

„He, du Hure", fuhr die schwarzhaarige Frau Sabrina an, „habe ich wohl nicht fest genug zugeschlagen? Bei dir tut es mir nicht leid. Aber sterben müsst ihr nachher beide. Das ist meine Rache an der Familie Martens und

Eisenberg, sie haben mir alles genommen, was mir wichtig war."

Cathrina blickte zu Sabrina, sah die dicke Beule und das Blut an deren Stirn. Hatte diese Frau wirklich vor, sie und Sabrina zu töten? Aber warum? Weil Erik vor langer Zeit mit Thomas befreundet war? Der das als Sprungbrett für sein Leben in Macht und Wohlstand gesehen hatte? Und Sabrina hatte mal Sex mit ihm gehabt. War das Grund genug, jemanden zu töten? Warum rächte sich diese Frau nicht an Irene, nicht an Thomas selbst? Aber Thomas war tot. Gestorben, weil er einen mysteriösen Unfall hatte. Plötzlich hatte Cathrina einen schrecklichen Verdacht. Hatte diese Frau bei Thomas' Tod nachgeholfen? Und war Erik damals vor fünfundzwanzig Jahren auch schon aus Rache getötet worden? Ein Gefühl der Verzweiflung und Hoffnungslosigkeit überfiel sie. Diese Verrückte saß auf dem Sofa und redete vor sich hin. Auch wenn sie mit ihr hätte sprechen können, zweifelte Cathrina daran, dass sie für ihre Argumente zugänglich wäre. Sabrina konnte die Situation wohl genauso wenig einschätzen. Sie lag da nur mit vor Schrecken geweiteten Augen und blickte auf die Pistole, mit der die Frau herumspielte.

36. Kapitel

Ina war wieder auf dem Weg zu Irene und Mark. Diesmal hatte sie ihre Hunde Mio und Chica dabei.

Das Zusammentreffen mit Thomas musste sie nicht mehr fürchten, darüber war sie sehr erleichtert. Dann wurde ihr bewusst, dass er tot war, und sie kam sich schäbig vor.

Es hieß, dass sein Unfall mysteriös war. Auf ebener und gerader Strecke war er mit seinem Wagen von der Fahrbahn abgekommen und eine Böschung herabgestürzt. Konnte das nicht auch ein Mordanschlag gewesen sein? Aber wer steckte dahinter? Wie waren die Zusammenhänge?

Schon vor Irenes Haustür hörte Ina fröhliche Musik und Irene, die mehr oder weniger gekonnt dazu sang. Das war kein Haus, in dem vor kurzem der geliebte Ehemann gestorben war. Ina musste wieder an die seltsame Beerdigung aus ihrem Traum denken.

Irene öffnete ihr. Ina musste zweimal hinsehen, um sie zu erkennen. Die dunklen Flecken im Gesicht waren verschwunden. Sie war wohl auch beim Coiffeur gewesen, eine luftige Frisur mit blonden Reflexen, keine grauen Strähnen mehr, war das Ergebnis. Ein nettes Lächeln.

Ina musste sie wohl angestarrt haben, denn Irene drehte sich vor ihr im Kreis und fragte: „Gefällt es dir?"

„Ja, es sieht toll aus", bestätigte Ina aus ganzem Herzen.

„Es war Zeit für eine Veränderung. Ich werde mein Leben von jetzt an genießen", versicherte Irene, „mit meinen Kindern und wer weiß." Sie lachte übermütig. „Komm doch rein. Wir müssen feiern, dass mein Leben sich so zum Positiven gewendet hat", schlug Irene vor. In der Küche holte sie einen Champagner aus dem Kühlschrank und entkorkte ihn. Dann goss sie sich selbst und Ina ein Glas ein. Sie prosteten sich zu. „Schön, dass du deine Hunde mitgebracht hast. Wir können mit ihnen spazieren gehen. Mark wird sich auch freuen, wenn sie seinen Kaninchen nichts tun. Er nennt es nicht mehr Blacky, es heißt jetzt Caruso." Ina und Irene lachten.

„Ganz passend. In Erinnerung an den früheren Besitzer. Caruso ist tot, es lebe Caruso", bemerkte Ina. „Ein schöner Gedanke: Caruso lebt."

Irene war wie ausgewechselt, eine völlig andere Person. Sie hatte eindeutig vom Tod ihres Mannes profitiert. Hatte sie vielleicht nachgeholfen? Sie hätte doch die Gelegenheit gehabt, ihm etwas in seine Tropfen zu tun oder sie ganz auszutauschen. Ina hätte das gut verstehen können. Mit Thomas hatte sie kein Mitleid, dagegen mit Irene schon. Lass ich es auf sich beruhen oder soll ich nachbohren, überlegte Ina.

„Wusstest du eigentlich, dass Linda Giovanni Caruso engagiert hatte? Dass sie kein Paar waren?", fragte Ina.

„Ja, ich wusste es", gab Irene zu. „Ich habe sogar mit ihr geplant. Sie hat nicht alles allein gemacht. Bei mir lag eines Tages ein Prospekt im Briefkasten. Von Giovanni Caruso. Das habe ich Linda gezeigt. Sie war sofort begeistert. Vor allem weil die Guillotine eine solche symbolische Bedeutung hat. Sie hat sich dann mit ihm in Verbindung gesetzt und den Termin und den Preis ausgemacht. Er wollte gar nicht so viel dafür haben. Das hat uns noch so gewundert."

„Hast du den Prospekt mal liegen lassen? Hat vielleicht Thomas ihn gesehen?"

„Ja, stimmt. Er interessierte sich sehr dafür. Ich habe ihm erzählt, dass Giovanni auf der Feier auftreten und auch den Trick mit der Guillotine zeigen würde", erinnerte sie sich.

„Kannte er Giovanni vielleicht vorher schon? Was meinst du?", wollte Ina wissen.

„Sein Interesse war fast zu groß. Normalerweise war es ihm egal, was ich gemacht habe, aber diesmal wollte er jedes Detail wissen. Als ob er selbst damit etwas verknüpfte. Kam mir schon komisch vor, aber er wollte mir dazu nichts sagen."

„Es gab eine Verbindung. Thomas kannte Giovanni schon länger. Caruso hat ihn erpresst, weil er über seine Machenschaften Bescheid wusste. Thomas muss die Gelegenheit genutzt haben, ihn auf der Feier zu töten. Außerdem kannte er alle Segelknoten. Auch den, mit dem er Giovanni an die Guillotine festgebunden hatte. Roberts Krawatte kam ihm recht, um den Verdacht auf seinen Schwager zu lenken", überlegte Ina.

„Ja, das klingt logisch. Da fällt mir etwas ein. Sabrina und Thomas haben sich bei unserer Sonntagseinladung ziemlich in die Haare bekommen, weil sie eine Andeutung machte wegen dunkler Geschäfte. Er fühlte sich anscheinend angesprochen, angeklagt." Irene war nachdenklich geworden.

„Das ist die Bestätigung. Deshalb musste der Zauberer sterben. Und der hat die Begegnung mit Thomas provoziert, indem er den Prospekt einwarf. Woher wusste Caruso von dem Fest? Von Sabrina? Sie hat ja zugegeben, dass sie doch Kontakt mit ihm hatte. Warum sie das nicht vorher erzählt hat? Auf jeden Fall hat sie gehofft, von Giovanni Informationen zu bekommen. Wahrscheinlich weiß sie mehr, ich muss sie fragen", sagte Ina.

„Ja, wahrscheinlich weiß sie mehr", bestätigte Irene. „Hat Thomas dann auch die Mordanschläge auf Sabrina verübt? Weil sie zu viel wusste?"

„Es muss so sein. Sonst müsste er einen Komplizen gehabt haben. Könntest du dir jemanden vorstellen, der mit ihm gemeinsame Sache macht?", fragte Ina.

„Nein, das kann ich mir nicht vorstellen. Er hat keine besonderen Freunde. Nicht mal Stammtischbrüder."

„Weißt du nichts über seine Jugendfreundin Wilma?"

„Wilma? Nicht viel. Irgendwann war der Name mal gefallen. Aber er sagte, dass das alles längst vorbei sei. Ich habe nicht weiter nachgefragt. Er mochte das nicht."

„Wenn Thomas die Anschläge verübt hätte, wäre Sabrina nicht mehr in Gefahr. Wenigstens etwas Positives", folgerte Ina. „Aber ich werde es doch über-prüfen, ob das zeitlich zusammenpasst. Ob nicht doch noch jemand aus seiner Vergangenheit, seine Hände im Spiel hat. Jetzt gehe ich zu Sabrina."

„Ich mache dir einen Vorschlag: Lass doch solange die Hunde hier. Dann kommst du nachher noch einmal vorbei und wir feiern", schlug Irene vor.

„Der schwarze Hund ist Chica, die Mutter, und der bunte ist Mio. Sie ist die Tochter", stellte sie ihr die Tiere vor.

„Sehr erfreut Mutter und Tochter", sprach Irene die beiden an.

Ina verabschiedete sich von Irene und den Hunden.

„Aber denk daran, wir müssen noch feiern", rief Irene ihr hinterher.

„Was denn genau?", fragte Ina nach.

„Dass wir leben, dass es uns gut geht. Jeden Moment des Lebens."

„Das ist gut. Bis später", verabschiedete sie sich.

37. Kapitel

Auch Ina klingelte an der Haustür von Sabrinas Wohnhaus. Wieder wurde sofort geöffnet, ohne nachzufragen. Das kam ihr seltsam vor. Doch sie dachte nicht weiter darüber nach. Kurze Zeit später merkte sie, dass das ein Fehler war.

Genau wie Cathrina wurde sie unmittelbar, nachdem sie Sabrinas Wohnungstür geöffnet und sich vorsichtig hineingebeugt hatte, niedergeschlagen. Sie war nicht vorsichtig genug gewesen. Nicht so, wie es eine Polizistin handhaben sollte, dachte sie noch, bevor sie zu Boden ging.

Als sie einige Zeit später wieder zu sich kam, musste sie feststellen, dass sie in eine Falle getappt war. O verdammt. Warum habe ich nicht die Hunde mitgenommen? Dann wäre das nicht passiert, schimpfte sie still vor sich. Was ist hier los?

Neben ihr lagen Sabrina und Cathrina ebenfalls gefesselt, aber beide zudem noch geknebelt, sodass sie nicht reden konnten. Ina selbst hatte keinen Knebel, deshalb konnte sie fragen: „Wer tut uns das an?"

Cathrina und Sabrina sahen sie intensiv an und zeigten mit Augenbewegungen auf die Küche. Aha, dort musste der Geiselnehmer sein. Sie hörte nur eine Person dort hantieren, den Kühlschrank öffnen, etwas herausnehmen, die Tür wieder schließen.

Dann trat eine schwarzhaarige Frau ins Zimmer. Trotz der Verkleidung erkannte Ina sie sofort und fragte überrascht: „Aber Mine, was ist los? Wozu das Ganze?" Es war ihre eigene Schwägerin, die sie vor sich sah, zwar mit einer schwarzen Perücke, aber unverkennbar, Mine als Verbrecherin. Diese sah sie eiskalt an und hielt eine Pistole in der Hand. Inas Pistole.

„Dazu kann es kommen. Das hättest du wohl von mir nicht gedacht."

„Aber du bist doch meine Schwägerin. Was hast du mit uns vor?" Ina konnte immer noch nicht glauben, dass die Frau ihres Bruders Jens sich so entpuppte.

„Ich habe den beiden gerade erklärt, was für ein Schlappschwanz dein Bruder ist, dass ich in Wirklichkeit immer nur Thomas geliebt habe."

Ina sah sie fragend an. Den Zusammenhang mit Thomas konnte sie nicht herstellen. Er war doch Irenes Mann gewesen.

Mine ging nicht auf sie ein, sie schien in einer anderen Welt zu sein, dann sah sie Ina triumphierend an. „Bin ich doch schlauer als du. Ich konnte dich nie leiden. Weil du denkst, dass ich dumm bin." Ina wollte widersprechen, doch Mine ließ sie nicht zu Wort kommen. „Und jetzt sieht es schlecht aus für dich. Und ich habe keinesfalls vor, dich davon kommen zu lassen. Ich bringe euch alle drei um. Dann geht' s für mich ab nach Brasilien. Ticket ist schon gebucht." Sie schwenkte es siegessicher.

Ina erkannte, dass Mine es ernst meinte. Ich muss mit ihr reden, vielleicht ergibt sich eine Chance, sagte sich Ina.

„Du musst uns alles erzählen. Wir haben ein Recht darauf zu erfahren, warum wir sterben müssen", forderte sie ihre Schwägerin auf.

„Ja, das mache ich auch. Nicht, weil ihr ein Recht darauf habt, sondern weil ich das will. Damit ihr einseht, dass ihr mich immer unterschätzt habt. Ihr haltet mich für dumm, weil ich nur die Hauptschule besucht habe. Doch ich bin viel schlauer als ihr alle zusammen. Haha. Wer zuletzt lacht." Sie grinste und rieb sich die Hände.

„So meine Lieben und Schönen. Schade für euch. Jede von euch ist eine Schönheit. Aber vorbei, bald vorbei, Schönheit vergeht, meine Damen. Also fangen wir an, sonst erfahrt ihr es nicht mehr. Ina, meine liebe Schwägerin, du darfst mich fragen", forderte Mine sie auf.

„Du meinst Thomas, Irenes Mann?"

„Genau den meine ich. Er hat zwar Irene geheiratet, aber ich war seine Frau. Bis zum Schluss. Fast, muss ich sagen. Dann wollte er nichts mehr von mir wissen. Er hat gesagt, ich sei ihm zu dick geworden, aufgegangen wie ein Hefekloß, ich sei nur noch teigig, er ekle sich vor mir. Stell dir das mal vor. Das konnte ich mir nicht sagen lassen." Sie lachte, aber nicht triumphierend.

„Hast du denn mit seinem Unfall zu tun?" Ina ahnte es schon, sie wollte es sich nur noch bestätigen lassen.

„Was denkst du denn? Wer Mine vor den Kopf stößt, muss mit den Konsequenzen rechnen. Pech gehabt, Thomas." Wieder rieb sie sich ihre Hände und lachte höhnisch.

„Aber wie hast du es gemacht?", fragte Ina.

„Wir hatten uns mal wieder in meinem Hotel getroffen. Das war mindestens einmal im Monat fällig. Das musste auch sein. Aber dann meinte er, wir müssten unsere Treffen reduzieren, am besten ganz einstellen.

Ich versuchte, ihn umzustimmen, indem ich vor ihm herum-getanzt bin, fast nackt. Aber leider wollte er nicht mehr. Er wurde sogar unverschämt. Ich sei ihm zu fett, aus der Form gegangen, aufgedunsen, wabbelig. Ich habe ihm seine Blutdrucktropfen halb ausgeschüttet und mit K.o.-Tropfen aufgefüllt. Irgendwann wird er sie wohl genommen haben."

„Sieht so aus. Und was war mit Giovanni Caruso?"

„Mit dem hatte ich nichts zu tun. Thomas hatte mir erzählt, dass er von Caruso erpresst würde. Der wusste, dass Thomas krumme Geschäfte mit italienischen Firmen gemacht hatte. Da war es eine Gelegenheit, Caruso bei dem Fest zu treffen. Der dachte, er bekäme Geld, viel Geld von Thomas. Aber der hatte nur eine Spritze für ihn. Ein Stich und Caruso war bewegungsunfähig. Schnell hat er ihn auf seine Guillotine gefesselt – witziger Weise mit Roberts Krawatte – und Zack den Kopf ab. Aus die Maus."

Mine lachte schallend. Ina schauderte es und die beiden anderen schauten ängstlich. Sie waren aber unfähig, sich zu rühren oder etwas zu sagen.

„Wenn ihr Fragen habt, dann muss Ina für euch sprechen. Alle drei seid mir zu viel." Mine lachte, als ob sie einen Witz gemacht hätte.

„Cathrina, du willst sicher wissen, was aus deinem Liebsten geworden ist."

Wieder rieb sich Mine die Hände.

Cathrina sah sie erwartungsvoll, aber auch ängstlich an und nickte.

„Ich hatte ja nichts gegen Erik. Eigentlich. Aber als Thomas mehr mit euch abhing als mit mir, gefiel mir das gar nicht. Dann bekam Erik mit, dass wir in eine krumme Sache verwickelt waren. Deshalb mussten wir ihn unschädlich machen."

„Was für eine Sache? Was passierte mit Erik?", fragte Ina nach.

„Gut, jetzt kann ich es dir erzählen. Du kannst mich nicht mehr verraten. In dem Altenheim, wo ich damals gearbeitet habe, war so eine alte Frau, eine alte Dame, muss ich sagen. Sie hatte Geld, viel Geld. Ich habe mich ein bisschen eingeschleimt. Das kann ich gut bei alten Leuten, das ist meine große Stärke. Ich bin nicht reich geboren, vielleicht nicht schulintelligent, aber clever bin ich. Alle Alten – das kannst du mir glauben – halten viel von mir und sie schenken mir ihr Vertrauen, mehr als ihren eigenen Kindern. Deshalb bekam ich Vollmachten und noch mehr. Ich brauchte mich nur zu bedienen. Die Kinder der Alten merkten es meistens nicht. Sie waren nur froh, dass ihre Eltern sich wohlfühlten. Manchmal half ich bei den Alten mit ein paar Tröpfchen nach, Alkohol oder wenn sie zu anstrengend wurden, auch K.o.- Tropfen zur Beruhigung. Die Alte hat mir ihr Haus überschrieben. Dann verpasste ich ihr eine Insulinspritze. Das war nicht gut für sie. Als sie tot war, hat Thomas das Haus verkauft. Er saß damals an der Quelle. Er machte sein Wirtschaftspraktikum bei einem Immobilienmakler. Es gab eine Million und noch die Maklercourtage. Die durfte er behalten und noch zehn Prozent. Der Rest blieb für mich. Hat sich gelohnt, hab ich gut angelegt: ein Hotel in Brasilien, eine Suite in einem Kölner Hotel und noch genug auf der hohen Kante." Mine war ins Schwärmen geraten. Ina ließ sie reden, denn sie wusste, solange sie in ihren Gedanken bei ihren stolzen Taten war, würde sie ihnen nichts tun.

Auch Cathrina und Sabrina wussten das. Doch sie durften nicht zu optimistisch sein, Mine war unberechenbar. Aber jetzt fühlte sie sich ganz in ihrem Triumph, in ihrer Macht, eine Rolle, die ihr eindeutig gefiel. Ina musste ihr schmeicheln: „Mine, ich habe dich wirklich unterschätzt. Das tut mir leid. Du hast das alles sehr schlau eingefädelt. Mein Kompliment. Und du hast auch den Anschlag auf mich verübt?"

Mine lächelte und nickte. Fast hatte Ina den Eindruck, dass sie errötete, weil sie endlich die Anerkennung bekam, die ihr in ihren Augen schon längst gebührte. Aber Mine und erröten? Solche menschlichen Regungen konnte sie nicht haben, sagte sich Ina.

„Was habt ihr mit Erik gemacht?", fragte sie.

„Also Thomas ist den Brüdern bis zur Höhle nachgegangen. Ich kam mit dem Auto hinterher. Als die sich die Augen verbanden, um sich in die Tiefe zu lassen, hat Thomas Erik geschnappt, ihm eine Pistole an den Kopf gehalten und weggeführt. Der hielt es für einen Scherz. Thomas war ja sein bester Freund. Wir haben ihn ins Auto gebracht und sind davon gefahren. Unterwegs hätten wir beinahe ein kleines Mädchen überfahren, wir mussten abrupt stoppen, weil sie mit ihrem Fahrrad herumkurvte. Mittlerweile hatte Erik erkannt, was mit ihm geschah, deshalb rief er: ‚Hilfe, ich werde entführt.' Die Kleine wollte wohl ans Auto kommen, doch wir haben sie weggestoßen."

„O, das war ich", entfuhr es Ina. Schlagartig erinnerte sie sich an die Situation. Endlich bekam sie ihre Blitzlichter zusammen: das Fahrrad, das Auto, das Schreien.

„Tatsächlich hätte mich damals beinahe ein Auto überfahren, dann wurde ich zur Seite gestoßen, als das Auto anhielt. Und ich habe etwas gehört. Und gesehen." Es war dieses Ereignis, das sie immer so beunruhigt hatte. Sie hatte sogar gesehen, dass ein Mann heftig von innen an das Autofenster klopfte. Er hatte etwas gerufen. Oder bildete sie sich das jetzt nur ein? Weil es so gewesen sein musste?

Mine schaute zunächst betroffen, doch dann lachte sie höhnisch. „Verdammt. Ich hätte dich damals überfahren sollen. Dann wäre mir viel erspart geblieben. Dann wärst du mir nicht in die Quere gekommen. Aber egal. Jetzt hat sich alles umgekehrt. Ich bin die Siegerin. Da kannst du machen, was du willst. Apropos Erik. Es gelang ihm nicht, die kleine Göre Ina auf sich aufmerksam zu machen. Wir haben ihn zum Laacher See gebracht. Dort lag unser Boot. Bis auf die Mitte des Sees ist Thomas gerudert. Er hat Erik in Planen eingewickelt und über Bord geworfen. Mit einem Stein am Bein war das todsicher. Bis heute ist er nicht wieder aufgetaucht." Ihr Lachen klang zynisch.

Auch Ina wusste, dass Erik von da kaum wieder auftauchen konnte. Der See war an der tiefsten Stelle 51 Meter tief. Cathrinas Gesicht war schmerzlich verzogen. Tränen rannen an ihrer Wange herab.

„Liebe Ina", das klang ironisch, „gibt es sonst noch was zu fragen? Du musst zugeben, Thomas und ich waren ein gutes Team. Aber er wollte dann nicht mehr. ‚Teigig', hat er gesagt, wabbelig sei meine Figur", wiederholte sie. Ihr Gesicht hatte einen wütenden Ausdruck angenommen. „Dabei war er auch schon lange nicht mehr Adonis. Aber er war immer noch gut im

Bett. Das war ausgesprochen wichtig. Im Gegensatz zu deinem Bruder Jens. Der Schlappschwanz."

Mine hatte ihr Gesicht zu einer abfälligen Grimasse verzogen. Ina kam es so vor, als ob Mine jetzt ihre ungeschminkte Hässlichkeit zeigte. Niedertracht und Bösartigkeit spiegelten sich in ihren Augen wider. Die Schwägerin schaute auf ihre Uhr.

„Warum hast du dich auf Jens eingelassen? Wenn er doch so ein Schlappschwanz ist", fragte Ina, weil sie Mines Eile spürte.

„Ich hatte das Gefühl, ich müsste mich um ihn kümmern. Er war so ein verlorenes Schaf. Ich hatte schon immer etwas für gequälte Männer übrig", erinnerte sich Mine.

Aha, wie Ina gedacht hatte, das Gefühl von Macht.

„Es wird Zeit, Abschied zu nehmen, meine Lieben. Mein Flugzeug wartet nicht. Letterbach adios, Familie adios. Ihr könnt mich alle mal." Sie hob die Pistole und zielte auf Sabrinas Kopf. „Du Flittchen hast als Erste die Ehre."

Sabrina zitterte, riss erschrocken die Augen auf und schüttelte entsetzt den Kopf.

Eilig rief Ina: „Mine, bitte nicht."

Mine zuckte zusammen und zögerte. Dann schaute sie ungeduldig auf ihre Uhr. „Was denn?"

„Es gibt doch so etwas wie einen letzten Wunsch. Können wir wenigstens noch einen Schluck Sekt trinken." Es fiel ihr gar nichts Besseres ein. Natürlich wäre das nicht ihr letzter Wunsch gewesen.

„Wenn es nicht mehr als das ist. Ich schau eben nach." Mine lief zum Kühlschrank und riss ihn auf. „Tut mir leid, es gibt keinen. Sabrina hat nicht gut vorgesorgt. Dann muss es auch so gehen." Wieder hob sie die Pistole und zielte auf Sabrina.

38. Kapitel

In diesem Moment wurde die Tür aufgerissen und Irene stand im Zimmer. Sie hatte die Flasche Champagner in der Hand. „Hallo Mädels, wir müssen feiern: meine Freiheit." Mine schnellte herum und richtete die Pistole jetzt auf Irene.

Mittlerweile hatte Ina die Fesseln um ihre Beine lockern können und sie trat mit all ihrer Kraft gegen Mines Schienbein. Die knickte ein und wäre fast vornüber gefallen. Mit Mühe und Not versuchte sie, sich an einer Sessellehne festzuhalten. Dabei verlor sie die Pistole aus der Hand. Verzweifelt suchte sie die Waffe auf dem Boden, die unter das Sofa geschlittert war. Geistesgegenwärtig trat Irene Mine auf den Unterarm. Vor Schmerz schrie diese auf. Geistesgegenwärtig sprang Irene hinzu und ergriff die Waffe und richtete sie auf Mine. „Setz dich gefälligst auf das Sofa. Und halte dich ruhig. Ich habe kein Erbarmen. Ich drücke sofort ab", drohte Irene.

Mine folgte missmutig ihren Anweisungen. Mittlerweile war Mark mit den Hunden eingetreten. Schnell befreite er Ina und dann die beiden anderen. Ina hatte die Pistole übernommen. Gemeinsam fesselten sie Mine. Dann fielen sich alle um den Hals. Als die Polizei informiert war, feierten sie mit dem mitgebrachten Champagner. Cola für Mark fand sich im Kühlschrank.

„Mine, wo ist Peter? Weißt du es?"

„Peter? Den könnt ihr vergessen. Er wusste zu viel. Er war Thomas auf die Schliche gekommen."

„Mine, wenn du uns sagst, wo Peter ist, dann bekommst du vielleicht ein paar Jahre weniger Gefängnis", versprach Ina.

Mine schüttelte den Kopf. „Das ist mir egal. Ob zwanzig oder dreißig Jahre, dann ist mein Leben eh vorbei. Außerdem kann ihm sowieso keiner mehr helfen. Er ist tot."

Ina erschrak. „Tot? Wie habt ihr ihn umgebracht?"

„Wir haben ihn in ein verlassenes Jagdhaus eingesperrt und dann nicht mehr nach ihm gesehen. Er hatte weder Essen noch Trinken."

Ina überschlug in Gedanken schnell Peters Möglichkeiten, trotzdem noch zu leben. Befreit hatte er sich wohl nicht, sonst wäre er wieder aufgetaucht. Freitagmittag vor einer Woche war er verschwunden. Das war mehr als eine Woche. Solange konnte man ohne Essen, aber kaum ohne Trinken aushalten. Aller Wahrscheinlichkeit nach wäre er qualvoll verdurstet.

„Wo ist das Jagdhaus?", wollte Ina wissen. Man musste wenigstens alles versuchen.

Jetzt schaltete sich Irene ein. „Vater hatte früher ein Jagdhaus hier im Wald. Manchmal waren wir dort und haben Partys gefeiert, wenn wir nicht in die Eifel fahren wollten."

Mittlerweile war Sarkozy mit anderen Polizisten eingetroffen. Mine wurde in Gewahrsam geworden. Der Kommissar bestellte weitere Polizeiautos und einen Krankenwagen. Mit Blaulicht und Martinshorn machten sie sich zum Jagdhaus im Gierather Wald auf. Irene und Mark fuhren mit, um den Weg zu zeigen. Ina schloss sich ihnen an. Zudem informierte sie Linda und versuchte, auch Mona zu erreichen. Linda kam mit ihrer Tochter Laura zur gleichen Zeit in den Wald wie die Polizei.

Ratlos standen alle vor der Holzhütte. Die Tür und die Fenster waren fest verschlossen und anscheinend von außen und von innen unmöglich zu öffnen.

„Wo ist der Schlüssel?", fragte Sarkozy. „Hat niemand einen Schlüssel?" Seine Stimme war laut geworden.

Die Polizisten suchten nach Baumstämmen, um die Tür einzurammen.

„Peter, Peter!", rief Linda und schlug voller Verzweiflung gegen die Tür. Doch es kam keine Antwort.

„Moment, es muss einen Schlüssel geben. Wir haben ihn versteckt. Ich war mit meinen Freunden öfter mal hier", erklärte Mark.

Aus einem versteckten Winkel unter der Regenrinne zauberte Mark einen leicht angerosteten Schlüssel hervor. Ein Polizist probierte ihn sofort aus. Er musste mehrfach drehen. Mit etwas Mühe gelang es ihm dann, die Tür zu öffnen.

Völlig entkräftet – mehr tot als lebendig – wurde Peter in der Hütte gefunden. Er war nicht mehr ansprechbar. Sofort wurde er ins Krankenhaus eingeliefert. Linda fuhr mit ihm.

39. Kapitel

„Doktor Schulz will dich sprechen", sagte Inas Kollegin.

Ina seufzte. Irgendwie kam ihr das bekannt vor. Déjà vu. Oje, jetzt gibt es wieder eine Strafpredigt. Wie schon bekannt saß der Chef auf seinem Sessel und nahm zunächst keine Kenntnis von seiner „Untergebenen". So kam sich Ina vor. Das gehörte anscheinend zu seinem Chefrepertoire, die Leute einzuschüchtern.

„Hatten Sie einen schönen Urlaub?", fragte er, als er endlich aufsah. Man hätte meinen können, es sei wohlwollend, zumindest ironisch gemeint. Doch der Chef zeigte nicht die Spur eines Lächelns. Was wollte er hören? Die Wahrheit?

„Urlaub? Nein. Es gab viel zu tun", antwortete sie wahrheitsgemäß.

„Das habe ich gehört, meine Liebe." Das klang ironisch. „Sie wollen mir sicher Genaueres dazu mitteilen", forderte er sie auf. „Und vor allem erklären Sie mir, wie Sie sich in Ihrem sogenannten Urlaub in Dinge mischen, die nicht in unseren Bereich fallen?"

„Es war eine Familienangelegenheit. Ich habe mich nur etwas umgehört." Das stimmte doch auch, dachte sie.

Jetzt sah er sie zum ersten Mal an, seitdem sie in seinem Büro saß. Und er lächelte, nur leicht, aber doch sichtbar. Das Lächeln blieb mindestens zehn Sekunden. Wie hatte sie das verdient?

„Ich weiß, Frau Helle. Da hatten Sie anscheinend den richtigen Riecher", meinte er. Und es klang fast wie ein

Kompliment. „Was haben Sie aber auch für eine Familie? Und Sie erledigen gleich zwei Fliegen mit einer Klappe. Zwei Fälle geklärt! Das schafft nicht jeder." Das war eindeutig ein Kompliment.

Ina musste sich zusammenreißen, nicht ein freudiges Lächeln zu erwidern. Denn sie konnte nicht glauben, dass er sie wirklich nur loben wollte. Das dicke Ende kam bestimmt.

„Aber mich macht nachdenklich, dass Sie sich selbst in eine solche Gefahr bringen. Ich habe es Ihnen schon einmal gesagt, dass das eines Tages schlimm ausgehen wird."

Aha, da war also der Vorwurf. Ganz so Unrecht hatte er nicht, musste Ina zugeben. Vor allem war es nicht mal ihr Verdienst, dass sie und die anderen gerettet wurden. Sie seufzte bei dem Gedanken, dass es wirklich haarscharf gewesen war. Sie nickte. Doktor Schulz schaut überrascht, weil sie nicht widersprach. Dass sie so etwas zugab, hatte er wohl nicht erwartet.

„Übrigens man hat mit einem Tauchroboter den Laacher See abgesucht. Der genaue Ort im See war ja nicht bekannt, aber wenigstens so ungefähr. Man glaubt, auch etwas gesichtet zu haben, an einer der tiefsten Stelle. Etwas Großes in Plastiktüten einge-wickelt. Die Überreste des Ermordeten werden wohl geborgen werden müssen, auch wenn nicht mehr viel übrig sein wird. Ein gewaltiger finanzieller Aufwand. Für die Wahrheit muss man wohl Opfer bringen", überlegte er.

Der Chef stand auf, reichte Ina die Hand und sagte: „So, dann machen Sie sich an die Arbeit. An unsere! Es gibt auch hier genug zu tun."

Ina wollte sich zum Gehen wenden.

„Ach, noch was. Nebenbei hat man die Machenschaften des Thomas Baumann aufgedeckt. Also drei Fliegen mit einer Klappe. Seitdem Baumann die Firma Bau de Cologne leitete, war auffällig, dass die Firma wesentlich mehr mit ausländischen, besonders italienischen Firmen zusammenarbeitete. Im Gegensatz zu früher waren die Umsätze um etwa das Zehnfache gestiegen, die Gewinne waren angeblich nur unwesentlich höher. Die Bezahlungen wurden zumeist auf ein Schweizer Konto der Firma Eterno Suisse getätigt. Über diese Firma muss die Wirtschaftspolizei wohl noch weiter recherchieren. Zudem waren nach Aussagen des Rechtsanwalts und Schwagers Robert Martens in letzter Zeit häufig Schadensersatzklagen von Kunden wegen großer Risse und weiteren Schäden in der Bausubstanz zu bearbeiten. Es war nicht nur minderwertige Ware, sondern asbestbelastetes Material, dass einfach nur mit anderen Dingen ummantelt wurde. Ein anonymer Hinweis besagt, dass die italienischen Firmen der Mafia gehören", stellte der Chef dar. „Mit dem Mord an Caruso hatte sie aber nichts zu tun."

„Puh, solche Verwicklungen. Wer hätte das gedacht? Das war etwas zu viel."

40. Kapitel

In Letterbach sollte ein Fest stattfinden. Paul und Elisa wollten ihre Hochzeit feiern. Ohne Zauberer, ohne Guillotine. Leider war Eriks Tod jetzt Gewissheit. Aber die Wahrheit hatte gesiegt. Auf jeden Fall musste gefeiert werden: Dass die Mörder bekannt waren, der eine tot, die andere wartete im Gefängnis auf ihren Prozess.

Es war ein kleiner Kreis der Eingeladenen. Da waren Linda und Peter. Er hatte sich wieder gut erholt. Mittlerweile hatte er sich ganz von seiner Frau Mona getrennt und keine Angst mehr, sich zu Linda zu stellen. Das verursachte zunächst ziemlich viel Ärger. Besonders was Monas Reaktion anging. Aber dann gab sie zu, eigentlich nichts mehr von Peter zu wollen. Mit Linda wollte sie in nächster Zeit jedoch auch keinen Kontakt mehr.

Robert würde nicht zur Hochzeit von Elisa und Paul kommen. Er hatte noch ungute Gefühle, was Hochzeiten anging. Und irgendwie passte er jetzt auch nicht mehr hierhin, dachte Ina.

Laura als Enkelin kam nur zu gerne, sie hatte ihren neuen Freund dabei. Alle staunten: Es war Sarkozy. Er hatte sie von Anfang an bewundert und umwarb sie mit romantischen Geschenken und Ideen. Nach ihrem vorigen Freund Wolf war das ein paradiesischer Zustand. Der hatte gar nicht daran gedacht, sie zu beschenken. Er war immer voller Vorwürfe, dass sie ihn nicht richtig beachtete. Außerdem war er penibel darauf bedacht gewesen, dass er finanziell nicht ausgenutzt wurde. Das bedeutete bei ihm, dass sie genauso viel bezahlte wie er. Da war André´ Sarkozy ganz anders. Er war davon überzeugt, sein Glück und die Frau seines Lebens gefunden zu haben.

Auch Tessa war gekommen. Sie hatte ihren Vater Jens mitgebracht. Endlich hatte er sich erweichen lassen. Zuerst hatte er sich mit Händen und Füßen dagegen gewehrt. „Nein, das geht nicht. Das kann ich nicht. Dann ist es wieder wie damals." „Es ist niemals wie damals. Gib dem Leben doch eine Chance", hatte ihn seine Tochter aufgefordert. Die Aussicht, Sabrina wiederzusehen, machte ihm wohl Angst. Doch dann kamen sie sich wieder näher. Sie stellten fest, dass sie sich sehr verändert hatten. Doch nicht unbedingt zum Nachteil. Und da Jens wieder vogelfrei war und eine sturmfreie Bude hatte, war das vielversprechend. Ina freute sich für ihren Bruder.

Irene war immer noch in einem Hochgefühl. Endlich frei, endlich nicht mehr Opfer. Sie arbeitete auch wieder in der Firma. Es gab viel zu tun, um das Vertrauen für Bau de Cologne wieder zurückzugewinnen.

Mark war da. Er las Goethes „Die Leiden des jungen Werthers". Kein Krimi, stellte Ina erleichtert fest. Aber wenn er die Eigenschaft hat, sich in die Charaktere hineinzuversetzen, dann wäre das auch nicht ganz gesund.

Cathrina und Richard waren jetzt unzertrennlich, nachdem sie Jahrzehnte nichts von ihm wissen wollte, ihn sogar gehasst hatte. Aber das hatte sich wohl ins Gegenteil verkehrt, sie hatte seine guten Seiten entdeckt. Er hatte sie ohnehin immer geliebt. So findet zusammen, was zusammengehört, resümierte Ina.

Natürlich war Ina eingeladen, weil sie bei der Aufklärung der Geschehnisse nicht locker gelassen hatte. Mark brachte ihr ein Ständchen: „Ina Helle, Ina Helle löst alle Fälle, auf die Schnelle." Das kannte sie doch. Wieso wusste Mark von diesem Liedchen? Hatte er etwa bei Benno angerufen, um sich zu erkundigen? Sie musste Mark fragen, nicht Benno. Vor zwei Wochen hatte sie es noch gestört, dass sie ihren Noch-Ehemann mit einer anderen knutschend auf dem Sofa angetroffen hatte. Jetzt war er mit seiner neuen Flamme auf einer Karibikkreuzfahrt. Er wollte den Namen seiner Freundin nicht verraten. Aber Benno war endgültig passé, vorbei, finito, aus, dachte Ina. Diesmal ohne Stich in der Herzgegend.

Und Pablo? Was er wohl machte? Sie wünschte sich, dass er da wäre. Aber er hatte nichts von sich hören lassen. Er verzieh ihr wohl nicht, dass sie sich nicht für ein Leben in Spanien entscheiden konnte. Noch nicht! Bei ihr dauerte so etwas länger. Aber eins war sicher, sie vermisste ihn.

Ina traf ihren Bruder Jens, der einen glücklichen Eindruck machte.

„Wo ist Tessa?", fragte sie.

„Sie will noch eine Überraschung holen", antwortete er.

„Für wen? Für das Brautpaar? Sie kennt Elisa und Paul doch kaum", wunderte sich Ina.

„Lass dich überraschen", tat ihr Bruder geheimnisvoll.

„Wieso ich?", fragte sie noch. Dann wurde es dunkel um Ina. „He, was soll das?", protestierte sie und versuchte die Hände, die ihr die Augen zuhielten, wegzuschieben.

„Ich habe eine Überraschung für dich. Was kann es sein?", fragte Tessa. Ina sah nichts, hörte aber Marks Lachen.

„Ein Zauberer? Eine Guillotine?", riet sie.

„Mit dem Ersten könntest du Recht haben." Tessa nahm ihre Hände von Inas Gesicht. Vor ihr stand Pablo. Lachend. Mit einem Blumenstrauß.

Als sie und Pablo am Abend in Hassfeld in ihrer Wohnung waren, schauten sie auf den kleinen Wald in der Nähe. Wieder hatte Ina das Gefühl, als ob da jemand unter dem Baum stünde und sie beobachtete. Aber wer? Benno konnte es nicht sein, er war immer noch in der Karibik.

Ina fühlte eine Bedrohung. Doch jetzt war Pablo bei ihr und sie zog entschlossen die Vorhänge zu.

Ende

Weitere Bücher von B.D.Thion:
1) *Der Tote in deinem Garten*
   ISBN-13: 978-3739233970

2) *Tote Helden sterben nie*
   Kriminalgeschichten
   Ebook

Leseprobe:

Pablo Cuerto, Kommissar der Ferieninsel Grandaria, musste seinen Wagen vor der Auffahrt zur Villa „Mon Bijou" am Fuße des Hügels stehen lassen. Polizeiautos und ein Krankenwagen versperrten den Weg, auch ein Leichenwagen war von Weitem zu erkennen.

„Immer dieser Umstand", murrte Pablo, der nicht der Sportlichste war, „immer dieses Chaos! Können die sich nicht ordentlich hier an die Seite stellen? So dass andere noch durchkommen." Es war erst Ende Juni und trotzdem herrschte eine ungewöhnliche Hitze. Pablo schaute zum wolkenlosen Himmel empor. Für diese Jahreszeit war es entschieden zu heiß. Es sah alles staubtrocken aus. Und dann dieser steile Weg nach oben. Pablo musste zugeben, dass er ein paar Kilos zu viel mit sich herumschleppte.

Missmutig musterte er den langen Kiesweg vor sich. Die weißen Steinchen sahen zwar gut aus, aber das Gehen erleichterten sie keineswegs. Von langen Wanderungen oder Spaziergängen hielt er ohnehin nichts. Tatsächlich keuchte er bereits nach wenigen Metern und spürte, wie ihm das Blut ins Gesicht schoss. Der Schweiß war ihm ausgebrochen. Er nahm ein Stofftaschentuch hervor und wischte sich die Stirn ab.

Wenn er mehr Zeit hätte, würde er ins Fitnessstudio gehen, vielleicht einmal in der Woche. Den Gedanken musste er weiterverfolgen, nahm sich Pablo vor. Wer schon einiges über dreißig war, sollte auch nicht mehr bei seiner Mutter wohnen, die ihn täglich mit ihren Kochkünsten verwöhnte. Das war ihm klar, aber er brachte es nicht übers Herz, seine Mutter allein zu lassen.

Keuchend quälte sich Pablo weiter den Berg hoch. Jemand lachte schadenfroh hinter ihm, dann neben ihm – und ganz schnell vor ihm. Es war sein Mitarbeiter Sancho Delgado, der jede Gelegenheit zum Laufen nutzte. Mit den neuesten Joggingschuhen an den »Hufen«, wie er es selbst nannte, stürmte er leichtfüßig an ihm vorbei und rief: „Hey Comisario, ein bisschen schneller. Sie sollten es auch mal mit Sport probieren!"

„Nur keine Sorge, Sancho. Die Leiche läuft uns nicht davon. Übrigens: Die Schuhe passen nicht zu Ihrem hellblauen Anzug."

Darauf gab Sancho keine Antwort, er wieherte nur wie ein Pferd und spurtete weiter bergauf. Sancho hatte die Figur eines Marathonläufers, stellte Pablo verärgert fest. Zunehmend hatte er den Eindruck, Sancho warte nur darauf, dass sein Chef von einem Herzinfarkt dahingerafft und er selbst an seine Stelle treten könne. Aber den Gefallen würde er ihm nicht tun, dachte Pablo und seufzte tief auf.

Als er etwa die Hälfte des Weges geschafft hatte, lehnte er sich erschöpft an eine der wuchtigen Palmen, die den Wegrand säumten.

Als er wieder zu Atem gekommen war, machte er sich an den weiteren Aufstieg.

Völlig aufgelöst und verschwitzt kam er vor der Villa an. Er drehte sich herum und ließ seinen Blick über die sich kilometerweit erstreckende Bucht schweifen, über die weißen Strände, die schönen Sandbuchten zwischen steilen Felsen und den kleinen Ort Cala Grana, wo auch sein Elternhaus stand. Es war ein malerisches Städtchen mit einem beschaulichen Fischerhafen auf der einen und einem etwas größeren Yachthafen auf der anderen Seite. Im grellen Sonnenlicht erschien das Meer türkisblau. (aus: Der Tote in deinem Garten)